SUSAN MALLERY
La caricia de un beso

Editado por Harlequin Ibérica.
Una división de HarperCollins Ibérica, S.A.
Núñez de Balboa, 56
28001 Madrid

© 2013 Susan Macias Redmond
© 2014 Harlequin Ibérica, S.A.
La caricia de un beso, n.º 53 - 1.3.14
Título original: Just One Kiss
Publicada originalmente por HQN™ Books

Todos los derechos están reservados incluidos los de reproducción, total o parcial. Esta edición ha sido publicada con autorización de Harlequin Books S.A.
Esta es una obra de ficción. Nombres, caracteres, lugares, y situaciones son producto de la imaginación del autor o son utilizados ficticiamente, y cualquier parecido con personas, vivas o muertas, establecimientos de negocios (comerciales), hechos o situaciones son pura coincidencia.
® Harlequin, HQN y logotipo Harlequin son marcas registradas por Harlequin Enterprises Limited.
® y ™ son marcas registradas por Harlequin Enterprises Limited y sus filiales, utilizadas con licencia. Las marcas que lleven ® están registradas en la Oficina Española de Patentes y Marcas y en otros países.
Imagen de cubierta utilizada con permiso de Harlequin Enterprises Limited. Todos los derechos están reservados.

I.S.B.N.: 978-84-687-4071-3
Depósito legal: M-35002-2013

De la pluma de la excepcional narradora Susan Mallery nos llega *La caricia de un beso,* una historia sobre primeros amores que nunca se olvidan, ambientada en un pequeño pueblo de California donde el sentido de comunidad fomenta el amor y la amistad.

Nuestros protagonistas, Patience y Justice, piensan que un beso no los comprometía, ni tampoco otro más... ni siquiera una noche juntos. Pero acabarán aprendiendo que enamorarse se escapa al control de cualquiera.

Mallery desarrolla magistralmente a sus personajes con una prosa ingeniosa y provocativa, y unos ágiles y divertidos diálogos que estamos seguros harán las delicias de nuestros lectores. Por eso no queremos pasar la oportunidad de recomendar esta novela.

Los editores

Prólogo

Quince años atrás...

Patience McGraw no podía respirar. Se puso la mano en el pecho preguntándose si era posible sufrir un infarto y morir de miedo... o tal vez de ilusión. Tenía un nudo en la garganta, las ideas se le agolpaban en la cabeza y ahí estaba, posiblemente en el día más importante de su vida y sin poder respirar. ¡Qué patético!

—La nieve se está derritiendo —dijo Justice señalando hacia las montañas al este del pueblo.

Patience alzó la mirada y asintió.

—Está subiendo la temperatura.

«¿Está subiendo la temperatura?». Contuvo un gruñido. ¿Pero por qué tenía que parecer tan estúpida? ¿Por qué tenía que estar tan nerviosa? Estaba con Justice, su mejor amigo desde que él se había mudado a Fool's Gold a comienzos de octubre del año anterior. Se habían conocido en la cafetería del instituto cuando ambos habían ido a echar mano de la última magdalena. Él le había dejado quedársela y ella se había ofrecido a compartirla, suponiendo que, al ser mayor, se negaría, pero al contrario, Justice le había sonreído y así se habían convertido en grandes amigos.

Lo conocía. Salían juntos después de clase, echaban

partidas de vídeo juegos e iban al cine. Se divertían. Era fácil estar con él, o lo había sido hasta hacía unas semanas, cuando de pronto lo había mirado a esos ojos de un azul intenso y había sentido algo que no había experimentado jamás.

Su madre le había asegurado que era normal. Patience tenía catorce años y Justice dieciséis, de modo que no era muy probable que siguieran siendo amigos para siempre. Sin embargo, Patience no estaba segura de que le gustara ese cambio. Antes no había tenido que pensar en todo lo que decía ni preocuparse por qué ropa se ponía o por cómo le había quedado el pelo, y ahora siempre le estaba dando vueltas a todo y eso complicaba mucho las cosas cuando quedaba con él.

Después de dos meses de pensarse mucho cada palabra que decía y cada cosa que hacía, se había cansado. ¡Iba a contarle la verdad a Justice! Iba a decirle que le gustaba, que quería ser algo más que su mejor amiga. Y si él le correspondía, pues entonces... no sabía qué pasaría, pero estaba segura de que sería maravilloso. Y si Justice no sentía lo mismo, entonces probablemente su corazón roto la mataría.

Paseaban por una tranquila calle residencial de Fool's Gold. El pequeño pueblo estaba ubicado al pie de las montañas de Sierra Nevada. Ahora que la primavera estaba dejando de lado al invierno había capullos en los árboles y los primeros narcisos y tulipanes de la temporada se mecían con la brisa de la tarde. Y nada de eso tenía que ver con el hecho de que estuviera seriamente asustada. Porque mientras que hablar sobre morir por un corazón roto era muy de *Orgullo y prejuicio*, el libro y la película favoritos de su madre, podía ser doloroso y algo asqueroso.

Pero tenía que averiguarlo. Tenía que dejar de preguntárselo. Tenía que decírselo y acabar de una vez con el asunto. En dos semanas se celebraría un baile en el instituto y quería ir con Justice.

Estaba segura de que a él no le gustaba nadie porque, aunque era dos años mayor, no salía con ninguna chica y siempre almorzaban juntos. Por otro lado, tampoco podía decirse que hubiera intentado besarla ni nada por el estilo. Ella no estaba segura de qué pensar sobre el tema de los besos, pero sabía que si algún chico tenía que besarla quería que ese chico fuera Justice. Oh, ¿por qué le dolía tanto el estómago?

—¿Patience?

Ella se sobresaltó.

—¿Qué?

—¿Estás bien?

Patience se detuvo y se llevó los libros contra el pecho.

—Muy bien. ¿Por qué lo preguntas?

—Estás muy callada. ¿Pasa algo?

«Qué ojos más bonitos tiene», pensó. Azules oscuros, oscuros, y con unas arruguitas que le salían alrededor cuando se reía, lo cual no sucedía muy a menudo. Por otro lado, tenía una sonrisa preciosa. Era demasiado delgado, como si hubiera crecido demasiado deprisa, pero también era muy mono. Y muy dulce con ella.

—Justice, tengo que preguntarte algo.

Él asintió y esperó. La miró.

—Claro, dime.

Patience abrió la boca y la cerró al instante. Se quedó sin palabras al perderse en el miedo, en el pánico y...

—¡Ey, Justice!

Ambos se giraron y vieron a Ford Hendrix cruzando la calle hacia ellos. Tanto aliviada como frustrada por la interrupción, soltó el aire que había estado conteniendo.

Ford tenía cinco hermanos. Era moreno y con los ojos oscuros. Todas las chicas decían que estaba como un tren, pero ella solo tenía ojos para Justice.

—¿Te puedes creer lo de ese examen de Historia? —preguntó Ford. Justice y él eran de la misma edad y tenían muchas clases juntos—. Hola, Patience.
—Hola.
Y así, juntos los tres, echaron a andar hacia casa. ¡Había perdido la oportunidad!
—Tío, ¿por qué tenemos que saber esas cosas? La Primera Guerra Mundial pasó hace cientos de años o así. Esa pregunta de la redacción...
—Ha sido brutal —terminó Justice por él.
Patience lo miró y vio que estaba observándola como preguntándose qué le pasaba. Tragó saliva al darse cuenta de que él podría preguntarle de qué había querido hablar, pero estaba claro que no podía decir nada delante de Ford. No, por muy majo que fuera ese chico.
—Yo... eh... tengo que irme a casa. Voy a atajar por aquí. Hasta mañana.
—Patience, espera.
Pero lo ignoró y salió corriendo metiéndose por detrás de una casa y cruzando el patio trasero.

A la mañana siguiente, Patience estaba decidida a no esperar ni un segundo más para contarle la verdad a Justice. Había pasado una noche terrible dando vueltas y con náuseas y no podía seguir así. Sería valiente. Sería sincera. Y si las cosas salían muy mal, estaba segura de que su madre la ayudaría.
Como cada mañana desde hacía meses, salió de su casa para ir hacia la de Justice. Él vivía un par de manzanas más cerca del pueblo, así que le pillaba de paso. Al bajar por la acera, vio la pequeña casa de dos dormitorios que compartía con su tío. Normalmente cuando llegaba, Justice ya estaba esperándola sentado en los escalones del porche, pero esa mañana no estaba ahí.

¿Lo sabría? ¿Se habría imaginado qué iba a decirle? ¿Estaría molesto? ¿La consideraba una pirada y estaba tan avergonzado que no quería ni hablar con ella?

Subió los escalones movida por el nerviosismo. Si era algo malo, quería oírlo rápido; él debería decirle la verdad para no darle esperanzas. Después se le partiría el corazón y con el tiempo se recuperaría y...

Se detuvo en el porche al darse cuenta de que la puerta estaba parcialmente abierta, como si alguien se hubiera marchado apresuradamente. Frunció el ceño y dio un paso adelante.

—¿Justice? ¿Estás bien?

Llamó una vez y la puerta se abrió.

Había estado en esa casa montones de veces. Había un salón con un diminuto comedor y una cocina al otro lado. Tenía dos dormitorios y un baño al fondo. Recordaba que había un sofá, un par de sillas y una mesita de café.

Pero allí ya no quedaba nada de eso. El salón estaba vacío, igual que el comedor. No había nada. Ni un cojín, ni una caja o un trozo de papel. Era como si allí nunca hubiera vivido nadie.

Lentamente recorrió la casa y su fuerte respiración fue lo único que se oyó en el silencio del lugar. No lo entendía. ¿Cómo podía haber desaparecido todo?

La cocina estaba tan vacía como el resto. Los armarios estaban abiertos y los estantes vacíos, igual que la pila y los cajones. En el dormitorio de Justice no había ni rastro de que hubiera estado allí alguna vez.

Volvió al salón y parpadeó para librarse de las repentinas lágrimas que la asaltaron. Dio una vuelta sobre sí misma cada vez más asustada.

No podía ser, la gente no desaparecía en mitad de la noche sin más. Algo había pasado. Algo malo.

Salió corriendo hacia la puerta principal y volvió a casa. Entró por la puerta trasera y llamó a su madre a gritos.

—¡Justice no está! ¡No están ni él, ni su tío, ni todas sus cosas!

Su madre entró corriendo en el salón.

—¿De qué estás hablando?

Le contó lo sucedido. Ava agarró una chaqueta, la siguió hasta la puerta trasera y diez minutos después estaba viendo el interior de la casa vacío. Quince minutos más y la policía había llegado.

Patience presenció todo el movimiento y escuchó la conversación. Nadie sabía lo que había pasado. Nadie había oído ni visto nada, pero todos coincidieron en que era muy extraño. Justice y su tío habían desaparecido. Era como si nunca hubieran estado allí.

Capítulo 1

—Recórtame las cejas —dijo Alfred agitando sus blancas y pobladas cejas al hablar—. Quiero estar atractivo.

Patience McGraw contuvo la sonrisa.

—¿Tienes planeada una gran noche con tu señora?

—Y tanto.

Un concepto que resultaría romántico si Alfred y su encantadora esposa tuvieran menos de... pongamos... noventa y cinco. Patience tuvo que contenerse para no decirle que a su edad debían tener cuidado; suponía que la lección más importante que podía sacar era que el amor verdadero y la pasión podían durar toda una vida.

—Estoy celosa —le dijo mientras le recortaba las cejas.

—Elegiste a un hombre pésimo —le contestó Albert encogiéndose de hombros—. Con perdón.

—No puedo quejarme porque me digas la verdad —dijo Patience, preguntándose cómo sería vivir en una ciudad más grande donde nadie supiera cada detalle de tu vida personal. Pero había nacido en Fool's Gold y había crecido con la idea de que entre amigos y vecinos pocos secretos podía haber.

Lo cual significaba que todo el pueblo sabía que se había quedado embarazada con dieciocho años y que «ese hombre pésimo», que era el padre de su hija, las había abandonado menos de un año después.

—Ya encontrarás a alguien —le dijo Alfred dándole una palmadita en el brazo—. Una chica tan bonita como tú debería tenerlos haciendo cola —le guiñó un ojo.

Pero a pesar de sus cumplidos, resultaba que estaba increíblemente libre de hombres. Por un lado, no es que en Fool's Gold hubiera mucho donde elegir y, por otro, como madre divorciada, tenía que tener mucho cuidado. Además, estaba el hecho de que a la mayoría de los hombres que conocía no les apetecía tener que cargar con los hijos de otros.

Mientras Patience elegía las tijeras adecuadas para librarse de un par de pelillos rebeldes, no dejaba de decirse que estaba muy a gusto con su vida. Si le dieran a elegir, preferiría poder abrir su propio negocio antes que enamorarse. Pero de vez en cuando se veía anhelando a alguien en quien apoyarse; un hombre al que amar, un hombre que estuviera a su lado.

Dio un paso atrás y observó el reflejo de Albert.

—Estás más guapo todavía que antes —le dijo soltando las tijeras y quitándole la capa.

—Cuesta creerlo —contestó Albert con una sonrisa.

Ella se rio.

—¿Patience?

Se giró sin reconocer la voz que la había llamado. En la puerta del establecimiento había un hombre.

Su mente se percató de varias cosas a la vez. Albert era su último cliente del día. Si ese hombre estaba de paso por allí, no podía saber su nombre. Era alto, con el pelo rubio oscuro y los ojos de un azul intenso. Tenía los hombros anchos y un rostro que bien podía aparecer en una pantalla de cine. Sí, muy guapo, pero no tenía ni idea de quién era...

Al instante, y cuando lo vio avanzar hacia ella, la capa

se le cayó de las manos. Era más alto y mucho más musculoso, pero sus ojos... eran exactamente los mismos. ¡Hasta le salieron unas arruguitas cuando le sonrió!

—Hola, Patience.

De pronto, volvía a tener catorce años y estaba en aquella casa vacía, más asustada que en toda su vida. No habían obtenido respuestas, no desde aquel día, ni ninguna solución al misterio. Solo preguntas y la agobiante sensación de que algo terrible había sucedido.

—¿Justice? —preguntó con voz débil—. ¿Justice?

El hombre se encogió de hombros y ese gesto tan familiar le bastó para echar a correr. Se abalanzó sobre él, decidida a no dejarlo escapar en esta ocasión.

Él la abrazó casi con la misma fuerza con la que ella se aferraba a él. Estaba ahí, era real. Patience apoyó la cabeza en su hombro e inhaló su aroma. Un aroma masculino a limpio que no tenía nada que ver con el aroma del chico que recordaba. No podía estar pasando, pensó aún aturdida. Era imposible que Justice hubiera vuelto.

Y, sin embargo, ahí estaba. Pero ese hombre era muy distinto de aquel chico y enseguida la situación se volvió algo incómoda. Se apartó y se apoyó las manos en las caderas.

—¿Qué te pasó? ¡Me dejaste! ¿Adónde demonios fuiste? Estaba aterrada. Todo el pueblo estaba preocupado. Llamé a la policía.

Él miró a su alrededor y Patience no tuvo que seguirle la mirada para saber que eran el centro de atención. Ella estaba acostumbrada, pero Justice podía encontrarlo algo embarazoso.

—¿Cuándo puedes tomarte un descanso?

—En cinco minutos. Alfred es mi último cliente del día.

—Te esperaré fuera.

Se marchó antes de que pudiera detenerlo y lo hizo

moviéndose con una combinación de determinación y energía. En cuanto la puerta se cerró tras él, las demás peluqueras y la mitad de las clientas se acercaron.

—¿Quién es? —preguntó Julia, su jefa—. ¡Qué hombre más guapo!

—Ya lo he visto antes por el pueblo —añadió otra mujer—. Con esa bailarina. Era su guardaespaldas.

—¿Se ha mudado aquí?

—¿Es un antiguo novio?

Alfred carraspeó antes de decir:

—Tranquilas, señoras. Dejadle a Patience algo de espacio para respirar.

Patience le sonrió con gesto de gratitud. Él le pagó el corte de pelo y le dio cincuenta centavos de propina. «No me voy a hacer rica trabajando aquí», pensó al acompañar al anciano hasta la puerta y darle un beso en la mejilla.

Después, fue a ordenar su puesto de trabajo bajo la atenta mirada de Julia.

—¿Nos darás detalles mañana?

—Por supuesto.

Compartir lo que a uno le pasaba formaba parte de la cultura de Fool's Gold, tanto como presentarte en una casa con una cacerola de comida recién hecha cuando se producía algún nacimiento, una muerte o una enfermedad grave. Por mucho que no quisiera revelar cada detalle de su inminente encuentro con un hombre de su pasado, sabía que esa decisión no estaba en sus manos.

Paró brevemente en el lavabo para asegurarse de que no tenía manchada la camiseta negra, se soltó su larga melena castaña de la cola de caballo y por un momento se paró a pensar que debería haberse echado las mechas, haber llevado algo de maquillaje y haberse puesto una ropa algo más llamativa ese día. Pero qué más daba. Era como era, y nada, a excepción de una cirugía plástica o un cambio de imagen total, la cambiaría ya.

Se puso un poco de brillo de labios y se estiró la parte delantera de su camiseta de «Chez Julia» una última vez. Dos minutos más tarde, ya tenía el bolso en la mano y estaba saliendo a la calle.

Justice seguía allí, con su más de metro ochenta. Llevaba un traje oscuro, una camisa blanca e impoluta y una corbata gris humo.

—Hace quince años no tenías tanto estilo.

—Gajes del oficio.

—Lo cual me lleva a hacerte la pregunta. ¿A qué te dedicas? Bueno, eso puede esperar —lo miró intentando relacionar a ese hombre con el adolescente al que había conocido y amado. Bueno, vale, tal vez no lo había amado, pero sí que le había gustado mucho. Había sido el primer chico que le había gustado de verdad; había querido decírselo, había querido ser su novia, pero él se había marchado—. ¿Qué pasó?

Él miró a su alrededor.

—¿Puedo invitarte a una taza de café?

—Claro —respondió ella señalando al final de la calle—. Por allí hay un Starbucks.

Comenzaron a bajar la calle. Miles de preguntas se le agolpaban en la mente, aunque no se sentía capaz de formular ni una sola. Tenía curiosidad, pero también vergüenza, una mezcla que no propiciaba una conversación fluida y natural.

—¿Cuánto tiempo llevas…?

—Creía que…

Hablaron al mismo tiempo.

Ella suspiró.

—Hemos perdido el ritmo; qué pena.

—Ya lo recuperaremos —le aseguró—. Dale un poco de tiempo.

Llegaron al Starbucks y él le sujetó la puerta, pero Patience se detuvo antes de entrar.

—¿Has vuelto para siempre? ¿O al menos para un poco?
—Sí.
—¿No desaparecerás en mitad de la noche?
—No.
Ella asintió.
—No sabía qué pensar. Estaba asustadísima.
Él posó esa intensa mirada azul en su cara.
—Lo siento. Sabía que estarías preocupada. Quise decirte algo, pero no pude.

Patience vio a un par de mujeres mayores acercándose y entró corriendo en el local. Al llegar al mostrador, sacó su tarjeta del Starbucks, pero Justice la apartó.

—Yo invito. Es lo menos que puedo hacer después de lo que pasó.

—¡Sí, claro! Con que intentas disculparte y crees que te va a bastar con un café en lugar de invitarme a un solomillo.

Él le sonrió y esa sonrisa le resultó tan familiar que se le encogió el corazón al mismo tiempo que experimentó un cosquilleo muy claro debajo de su vientre. «¡Guau, qué guapo!». Había pasado tanto tiempo que le llevó un segundo reconocer la presencia de la atracción sexual.

«Eres patética», pensó al pedir lo de siempre: su *latte* de vainilla grande *light*. Eso era lo más parecido a una cita que había tenido en los últimos cinco o seis años. Estaba claro que necesitaba salir más y, en cuanto tuviera un poco de tiempo libre, se pondría a ello.

—En jarra grande —le dijo Justice a la chica.
Patience puso los ojos en blanco.
—Muy masculino. Ni siquiera me sorprende.
Él le lanzó otra sonrisa.
—No te veo pidiéndote un *latte* de soja.
—No, pero pagaría por ver tu cara mientras te bebes uno.
—No hay suficiente dinero en el mundo para eso.

Se apartaron para esperar a que preparan su pedido y después lo llevaron a una mesa de una esquina.

—Imagino que querrás sentarte de espaldas a la pared, ¿verdad? —preguntó ella al sentarse.

—¿Y por qué lo dices?

—Alguien me ha dicho que eres guardaespaldas, ¿no?

Estaba frente a ella, con esos hombros tan anchos y ese cuerpo que parecía estar desafiando al espacio que los separaba.

—Trabajo para una empresa que proporciona protección.

Ella dio un trago de café.

—¿No puedes responder que sí, sin más?

—¿Qué?

—La respuesta es «sí». No sería más fácil que decirme que trabajas para una empresa que proporciona protección?

Él se inclinó hacia ella.

—¿Cuando éramos pequeños eras tan fastidiosa?

Ella sonrió.

—He mejorado con la edad —levantó su vaso—. Bienvenido, Justice.

Los ojos marrones de Patience parecían danzar de diversión, tal como él recordaba. Estaba un poco más alta y había desarrollado unas curvas fascinantemente femeninas, pero por lo demás seguía siendo la misma. «Atrevida», pensó. No era una palabra que habría utilizado para referirse a una adolescente, pero sí que encajaba a la perfección ahora. La Patience que recordaba había sido todo carácter y franqueza, y parecía que eso no había cambiado.

Ella miró a su alrededor y suspiró.

—¿Qué habrá? ¿Unos cinco millones como este en todo el país? Necesitamos algo distinto.

—¿No te gusta el Starbucks?
—No —respondió antes de dar otro trago—. Adoro Starbucks, pero ¿no crees que un pueblo como Fool's Gold debería tener un establecimiento local? Me encantaría abrir mi propia cafetería. Qué tontería, ¿no?
—¿Por qué va a ser una tontería?
—No es un gran sueño. ¿No deberían ser grandes los sueños? ¿Como, por ejemplo, acabar con el hambre en el mundo?
—Tienes derecho a soñar lo que quieras.
Ella lo observó.
—¿Con qué sueñas tú?
Él no era un gran soñador. Quería lo que el resto de la gente no valoraba: la oportunidad de ser como los demás. Pero eso no lo podía tener.
—Acabar con el hambre en el mundo.
Ella se rio, y ese alegre sonido lo hizo retroceder en el tiempo hasta aquella época en la que eran niños. Lo habían obligado a mentir cada segundo del día. Lo habían intentado disuadir de que se hiciera amigos y se relacionara demasiado, pero los había desafiado a todos al decir que Patience era su amiga. Incluso, entonces, había sabido que era distinto, pero, aun así, había querido sentir que ese era su sitio. Ser su amigo había sido lo único «normal» de su vida. La había necesitado para sobrevivir.
Había hecho una elección egoísta y ella había pagado el precio. Cuando había tenido que marcharse, ni siquiera había podido decirle por qué, y más adelante había sabido que ponerse en contacto con ella la introduciría en su mundo y la apreciaba demasiado como para hacerle eso.
Pero entonces, ¿cuál era su excusa ahora? Mientras la miraba a los ojos sabía que de nuevo había optado por lo que quería en lugar de lo que era correcto para ella. Sin embargo, no había podido resistirse a la llamada de su pa-

sado. Tal vez, en el fondo, había estado esperando que no fuera tan maravillosa como la recordaba y ahora tenía que lidiar con el hecho de que era aún mejor.

Patience se inclinó hacia él.

—Has estado fuera demasiado tiempo, Justice. ¿Qué ha pasado todos estos años? Primero estabas ahí y al segundo habías desaparecido.

Aún llevaba el pelo largo y él podía recordar esas suaves ondas y cómo se le había agitado el cabello al caminar. Muy sexy.

Por entonces, había sido demasiado mayor para ella. Al menos, eso se había dicho cada vez que se había visto tentado a besarla. Un chico de dieciocho años haciéndose pasar por uno de dieciséis para engañar al hombre que quería verlo muerto.

—Estaba en el programa de protección de testigos.

Ella abrió los ojos de par en par y se quedó boquiabierta.

Justice esperó a que asimilara esas palabras y se tomó un momento para mirar el dibujo de una peluquera que tenía en la parte delantera de su camiseta de «Chez Julia». La muñeca dibujada estaba empuñando unas tijeras con actitud muy cómica.

—¿Estás de broma? ¿En serio? ¿Aquí?

—¿Y dónde mejor que en Fool's Gold?

—No puede ser verdad. Parece cosa de película.

—Fue real —dio un trago de café y pensó en su pasado.

Rara vez hablaba del tema y ni siquiera sus amigos más íntimos estaban al tanto de los detalles.

—Mi padre era un criminal reincidente —dijo lentamente—. Un hombre que se creía que el mundo le debía algo. Iba de crimen en crimen. Si hubiera puesto la mitad de esfuerzo en tener un trabajo estable, podría haber hecho una fortuna, pero eso a él no le iba.

Patience seguía con los ojos de par en par mientras sostenía su taza.

—Por favor, no me hagas llorar con tu historia.

Él levantó un hombro.

—Haré lo que pueda por ceñirme a los hechos.

—¿Porque eso no me hará llorar? —respiró hondo y añadió—: De acuerdo, así que fue un mal padre. ¿Y después qué?

—Cuando tenía diecisiete años, él y un par de colegas atracaron un supermercado. El dueño y un cajero murieron y fue mi padre el que apretó el gatillo. La policía pilló a sus amigos y ellos delataron a mi padre. Bart. Se llamaba Bart Hanson —al nacer, a él le habían puesto el nombre de Bart Hanson Junior, pero lo había rechazado hacía años y se lo había cambiado legalmente. No había querido nada que hubiera pertenecido a su padre—. Los SWAT fueron a buscarlo, pero mi padre no tenía intención de entregarse sin luchar. Lo había planeado todo y tenía pensado cargarse a tantos polis como pudiera. Yo descubrí lo que iba a hacer y salté sobre su espalda. Lo distraje lo suficiente para que la policía pudiera atraparlo y no le hizo ninguna gracia.

Bueno... eso era decir poco. En realidad, su padre lo había maldecido, había jurado que lo castigaría costara lo que costara. Y todo aquel que había conocido a Bart Hanson sabía que era más que capaz de asesinar a su único hijo.

—Es horrible. ¿Y dónde estaba tu madre?

—Había muerto años antes. Un accidente de coche.

No se molestó en mencionar que le habían cortado los frenos del coche. Las autoridades locales habían sospechado de Bart, pero no habían conseguido pruebas suficientes para poder condenarlo.

—Cuando testifiqué contra mi padre, su rabia se volvió en ira. Y justo después de que lo condenaran, se escapó de la cárcel y fue a por mí. Me metieron en el programa de protección de testigos y me trajeron aquí. Y ahí es cuando nos conocimos.

Ella sacudió la cabeza.

—Es increíble y aterrador. No me puedo creer que hayas pasado por todo eso. Nunca dijiste... —se detuvo y lo miró—. ¿Diecisiete? ¿Tenías diecisiete años? Creía que tenías quince cuando llegaste aquí. Celebramos tu cumpleaños cuando cumpliste dieciséis.

—Mentí.

—¿Sobre tu edad?

—Formaba parte del programa. Era dos años mayor de lo que pensabas. Y sigo siéndolo.

Pudo ver que a ella no le hizo gracia el chiste.

—Yo tenía catorce.

—Lo sé. Por eso nunca... —agarró su café—. Bueno, el caso es que vieron a mi padre por la zona. En aquel momento, yo estaba viviendo con un federal del programa de protección e inmediatamente decidieron sacarme del pueblo. Quería decírtelo, Patience, pero no pude. Pasó mucho tiempo hasta que detuvieron a mi padre y lo encerraron, y, después, ya no estaba seguro de que fueras a acordarte de mí.

O de que debiera ponerse en contacto con ella. Incluso ahora, mientras le contaba la versión saneada de su pasado, veía que estaba siendo demasiado para ella. Parecía impactada. Él mismo lo había vivido y aún le costaba creer lo sucedido.

—¿Y qué pasó con tu padre? ¿Aún sigue entre rejas?

—Está muerto. Murió en un incendio en la cárcel.

«Murió y quedó irreconocible», pensó. Lo habían identificado mediante informes dentales. Pero Justice no sentía nada por ese hombre, lo único que sintió cuando murió fue alivio.

Y la pregunta sobre cuánto había de su padre en él no

era algo que quisiera discutir con ella. Patience no formaba parte de todo eso; era la luz para su oscuridad y no quería que eso cambiara.

—La cabeza me da vueltas —admitió Patience y soltó el café—. ¿Sabes qué es lo más retorcido? Que lo que más me sorprende es que tuvieras dieciocho años cuando yo creía que tenías dieciséis; me sorprende más que el hecho de que estuvieras en un programa de protección de testigos porque tu padre te quería ver muerto. Creo que eso significa que algo no me funciona bien y me disculpo por ello.

Él le sonrió.

—Al menos tienes prioridades.

Se quedó observándolo un segundo y después agachó la cabeza.

—No puedo imaginarme todo por lo que has pasado. ¡Y yo aquí compadeciéndome de mí misma porque estaba loquita por ti! Quería contártelo. Es más, iba a contártelo aquel día, pero apareció Ford.

Él se dijo que esa información era interesante, aunque no importante. Aun así, sintió cierta satisfacción seguida rápidamente por una sensación de pérdida. A menudo se había preguntado qué habría pasado si hubiera sido un chico normal que vivía en Fool's Gold, pero, por desgracia, nunca había tenido tan buena suerte.

Sabía que si fuera un tipo medianamente decente, se marcharía de inmediato. Que un hombre como él no tenía cabida en su vida. Pero no podía marcharse, al igual que no había sido capaz de olvidar.

—Recuerdo aquel día —admitió—. Actuabas como si estuvieras pensando en algo.

—Y así era. Pensaba en ti. Con catorce años, mi corazón de chiquilla temblaba cada vez que estabas cerca.

Le gustó cómo sonó eso.

—Qué mal, ¿eh?

Ella asintió.

—Me daba esperanzas que no parecieras interesado en nadie, pero me preocupaba que solo me vieras como amiga. Estaba decidida a contarte la verdad, aunque también estaba aterrorizada. ¿Y si yo no te gustaba?

—Sí que me gustabas. Pero era demasiado mayor para ti.

—Eso lo veo ahora –sonrió—. Dieciocho. ¿Cómo puede ser? Estoy totalmente alucinada. Me recuperaré, pero necesitaré un momento —su sonrisa se desvaneció—. Justice, cuando te marchaste… Bueno, todos te echamos de menos y nos preocupamos por ti.

Él alargó la mano por encima de la mesa y le acarició el dorso de la mano.

—Lo sé. Y lo siento.

—Fue como si nunca hubieras estado allí. Solía pasar por tu casa esperando que aparecieras tan misteriosamente como te marchaste.

Y él, por su parte, había esperado que ella lo hiciera. A menudo había pensado en Patience, se había preguntado si se acordaría de él. En algunos momentos, pensar en ella había sido lo que le había ayudado a seguir adelante.

—¿De verdad estuviste aquí el otoño pasado?

—Un poco. Tenía una clienta.

—Dominique Guérin. Lo sé. Soy amiga de su hija —Patience ladeó la cabeza—. ¿Por qué no fuiste a buscarme?

Antes de que él pudiera pensar en una excusa que sonara mejor que decir que había tenido miedo, una niña entró en el establecimiento. Debía de tener diez u once años, tenía el pelo largo y unos ojos marrones que le resultaban familiares. Miró a su alrededor y corrió hacia su mesa.

—Hola, mamá.

Patience se giró y sonrió.

—Hola, cielo. ¿Cómo sabías que estaba aquí?

—Julia me ha dicho que ibas a tomar un café —miró a Justice—. Con un hombre.

Patience suspiró.

—A este pueblo le encanta cotillear —rodeó a su hija con el brazo—. Lillie, te presento a Justice Garrett. Es amigo mío. Justice, te presento a mi hija, Lillie.

Capítulo 2

En cuanto pronunció la palabra «hija», supo que había un problema. ¿Cómo iba a decir sin más que no estaba casada delante de su hija y mientras Justice no dejaba de mirarle el dedo anular izquierdo? E igual de complicado fue contener el deseo de ir directa al grano y decir: «estoy soltera». Sin embargo, se resistió. Darle información era una cosa; parecer desesperada, otra.

—Hola —dijo Lillie con timidez y curiosidad a la vez que se inclinaba hacia su madre—. ¿De qué conoces a mamá?

—La conocí cuando era solo un poco mayor que tú ahora.

Lillie se giró hacia ella.

—¿De verdad, mamá?

—Ajá. Tenía catorce años cuando conocí a Justice. Vivió aquí un tiempo, aunque después tuvo que irse. Somos viejos amigos.

«Más amigos que viejos», pensó. O, al menos, eso esperaba.

Seguía rodeando a su hija con el brazo.

—Lillie tiene diez años y es la niña más inteligente, más preciosa y con más talento de todo Fool's Gold.

Su hija se rio.

—Mamá siempre dice eso —se inclinó hacia Justice y bajó la voz—. No es verdad, pero me quiere y por eso se cree eso.

—Es el mejor amor que te pueden dar.

Ella estaba a punto de aprovechar para decir que no estaba casada cuando pensó que no sabía nada de la vida íntima de Justice. Respiró hondo y luchó contra el calor que ardía en sus mejillas. ¿Y si era la mitad de una feliz pareja con una docena de niños encantadores?

¿Pero por qué había admitido que había estado coladita por él sin haberse esperado a enterarse de algunos datos? Tenía que empezar a poner en práctica eso de pensar antes de hablar. Las noticias de la noche siempre hablaban de grandes historias sobre personas de ochenta años que se sacaban el diploma del instituto o que aprendían a leer, así que seguro que ella podía aprender a controlarse.

—Justice ha vuelto a Fool's Gold. Va a... —se detuvo—. No tengo ni idea de lo que vas a hacer aquí.

—Voy a abrir una academia de entrenamiento de guardaespaldas. Mis socios y yo aún no hemos estudiado los detalles, pero vamos a ofrecer entrenamiento de seguridad para profesionales junto con actividades de incentivo para grupos corporativos y programas de defensa personal.

—¿Son cosas que se hacen al aire libre? —preguntó Lillie.

—Eso es.

—A mamá no le gusta eso.

—No soy una gran admiradora ni de las inclemencias del tiempo ni del barro, pero tampoco es que me guste vivir en una burbuja de plástico —esbozó una débil sonrisa—. Entonces... eh... ¿te mudarás aquí con tu familia?

—¿Tienes familia? —le preguntó Lillie—. ¿Algún hijo?

—No. Estoy solo yo.

«¡Punto para el equipo local!», pensó Patience aliviada.

—Yo solo tengo a Lillie —dijo esperando sonar natural y despreocupada—. Su padre y yo rompimos hace mucho tiempo.

—No lo recuerdo —apuntó Lillie—. No lo veo —parecía como si fuera a decir algo más, pero se detuvo.

Patience había esperado algún tipo de reacción por parte de Justice ante la noticia de que no estuviera casada; que hubiera cerrado el puño en señal de victoria habría sido perfecto, pero no hubo forma de descubrir en qué estaba pensando. Bueno, al menos no había salido corriendo del establecimiento, así que suponía que eso podía interpretarlo como una buena señal. Y, además, él mismo había ido a buscarla. No es que ella hubiera ido tras él ni que se hubieran encontrado por casualidad.

Por otro lado, era probable que hubiera abandonado el programa de protección de testigos hacía años y ni aun así se había molestado en contactar con ella en ningún momento. Los hombres de su vida solían abandonarla. Su padre. El padre de Lillie. Justice. Estaba claro que Justice no había elegido marcharse, pero tampoco había elegido volver a contactar con ella. Al menos, no hasta ahora.

Respiró hondo. Necesitaba poner un poco de distancia de por medio para verlo todo con perspectiva. Justice era un viejo amigo, no tenía por qué valorar su personalidad ahora mismo. Ella también tenía cosas que hacer y miles de detalles de los que ocuparse en su vida. Quería pasar más tiempo con él, conocer al hombre en quien se había convertido. Pero no ahí, en mitad del pueblo.

—Ven a cenar —le dijo antes de poder arrepentirse—. Por favor. Me gustaría que nos pusiéramos al día y sé que a mi madre le encantaría verte.

La expresión de él se suavizó.

—¿Aún vive por aquí?

—Vivimos juntas —le respondió Lillie—. Mamá, la abuela y yo. Es una casa de chicas.

Patience se rio.

—Está claro que ha oído esa frase antes —se encogió de hombros—. He vuelto a casa. Me marché poco después de casarme, y después volví con Lillie. Nos va muy bien juntas —porque, de ese modo, Ava tenía compañía, Patience tenía apoyo como una madre soltera y Lillie gozaba de la estabilidad que todo niño necesitaba.

Agradecía que la intensa mirada azul de Justice no la juzgara por ello.

—Hoy es noche de lasaña —le dijo Lillie—. Con pan de ajo.

Justice sonrió.

—Bueno, en ese caso, ¿cómo voy a decir que no? —se giró hacia Patience—. ¿A qué hora?

—¿Te viene bien a las seis?

—Sí.

Ella se levantó.

—Genial. Pues, entonces, luego nos vemos. ¿Recuerdas dónde está la casa?

Él se levantó y asintió.

—Nos vemos a las seis.

Patience se obligó a caminar a su paso habitual. Quería correr, o al menos ir dando saltitos, pero eso requeriría algún tipo de explicación y probablemente generaría algunas llamadas a las autoridades locales por parte de los vecinos.

Lillie le hablaba sobre cómo le había ido el día en el colegio y ella hizo todo lo que pudo por prestarle atención, aunque le resultó complicado. Su mente no dejaba de revivir el inesperado encuentro con Justice. No podía explicarse que hubiera aparecido así, sin previo aviso. Eso sí que era un buen regalo del pasado.

Doblaron la calle que conducía a su casa y se detuvo a

observarla con ojo crítico mientras se preguntaba qué vería Justice al estar frente a ella.

El color había cambiado. Ahora era amarillo pálido en lugar de blanco. El invierno había llegado tarde y no habían caído las primeras nevadas hasta Nochebuena, pero después se habían quedado durante semanas. Los narcisos, el azafrán y los tulipanes habían llegado a mediados de marzo para iluminar el jardín y los que quedaban estaban haciendo un último esfuerzo antes de desaparecer con la calidez de los días de primavera. El césped no estaba demasiado mal y el porche delantero resultaba acogedor. Había sacado el banco y dos butacas justo la semana anterior.

La casa tenía dos plantas. Al igual que muchas casas de esa parte del pueblo, se había construido en los años cuarenta y era de estilo Craftsman con grandes ventanas frontales y pequeños detalles encastrados y molduras.

Lillie fue la primera en subir las escaleras y entrar por la puerta.

Las cosas habían cambiado dentro un poco. Además de cambiar el sofá y un par de electrodomésticos en la cocina, su madre había realizado algunas reformas cuando Patience se había mudado poco después del divorcio. Los tres dormitorios de arriba se habían convertido en dos, quedando los dos más pequeños como una suite de buen tamaño, y se había añadido un segundo dormitorio a la planta baja que daba al gran jardín trasero. Dado el estado de Ava, había sido un añadido necesario.

Cuando Patience tenía trece años a su madre le habían diagnosticado esclerosis múltiple. Y si había un tipo «bueno», ese era el que padecía Ava. La enfermedad avanzaba lentamente, y aún podía moverse, aunque tenía días complicados en los que subir escaleras se había vuelto demasiado difícil. Con el dormitorio adicional en la planta baja, se ahorraba ese problema.

—Abuela, abuela, ¿a que no sabes a quién he conocido hoy? —le preguntó Lillie al entrar corriendo en la casa.

Ava estaba en su despacho; un espacio abierto con un escritorio, tres monitores de ordenador y tres teclados. Una maravilla tecnológica que podría ser objeto de envidia para la NASA. Al parecer, los genios de la informática se saltaban una generación en su familia porque mientras que Lillie podía hacerlo casi todo con un ordenador, Patience tenía problemas para usar su smartphone.

—¿A quién has conocido? —preguntó Ava extendiendo los brazos.

Lillie corrió hacia ella y le dio su abrazo de la tarde. Se quedaron así varios segundos; era un ritual diario que Patience siempre encontraba gratificante.

—A Justice Garrett —respondió Patience junto a la puerta de su despacho.

Su madre se la quedó mirando.

—¿El chaval que desapareció?

—El mismo. Ha vuelto al pueblo y ya no es ningún chaval.

Ava sonrió.

—No me esperaba otra cosa. Pues va a tener que dar muchas explicaciones. ¿Qué pasó? ¿Te ha dicho dónde ha estado?

—Formaba parte del programa de protección de testigos.

Ava abrió los ojos de par en par.

—¿En serio?

Patience miró a Lillie, señal de que no quería entrar en detalles en ese momento. No era necesario que su hija de diez años supiera que había padres tan horribles como para querer matar a sus propios hijos.

—Lo hemos invitado a cenar —dijo Lillie—. Ha dicho que sí y le he dicho que tenemos lasaña.

—¡Por supuesto! ¿Quién podría resistirse a una lasaña?

Lillie se rio.

—Llegará a las seis —Patience miró el reloj. Tenía tiempo de sobra para ducharse, maquillarse un poco y volverse loca pensando en qué ponerse.

Ava la miró con un pícaro brillo en la mirada.

—Imagino que querrás prepararte.

—He pensado que debería cambiarme de ropa, aunque tampoco es para tanto.

—Claro que no.

—No es más que un viejo amigo.

—Sí, eso es.

Patience sonrió.

—No saques cosas de donde no las hay.

—¿Crees que yo haría eso?

—Sin dudarlo.

A las seis menos veinte, Patience estaba en su dormitorio. Se había duchado, se había secado su larga y ondulada melena hasta dejarla lisa, se había cambiado la camiseta del trabajo por un conjunto de camiseta y rebeca de punto fino en verde claro y los vaqueros negros por un par azul y ajustado. Después se había puesto un vestido, seguido por una camisa y una blusa antes de probarse unos vaqueros con una camiseta de manga larga que la proclamaba la reina de todo. Era la madre divorciada de una niña de diez años que, además, vivía en la misma casa donde había crecido y con su madre. No había prenda en el mundo que pudiera ocultar esa verdad. Y no es que quisiera cambiar nada de su vida, ni disculparse por ella. Había forjado una buena vida para su hija y para ella. El problema era que pensar en Justice la ponía nerviosa, aunque, por otro lado, si él no respetaba sus elecciones, ya fueran buenas o malas, más valía que se marchara.

Bajó y encontró a su madre y a Lillie en la cocina. La mesa estaba puesta. Habían cortado los últimos tulipanes del jardín y los habían metido en un jarrón de cristal. El olor a lasaña y a ajo llenaba la casa.

—Relájate —le dijo su madre.

—Estoy relajada. Alerta y relajada. Es una buena combinación.

Ava sonrió con gesto de diversión.

—Bueno, ¿y Justice va a venir solo?

—Sí. Ha dicho que no estaba casado.

—Y no tiene hijos —añadió Lillie—. Debería tener una familia.

Patience se giró hacia su madre.

—No empieces...

—¿Yo? Estoy contenta de recibir en casa a uno de tus amigos del colegio. Nada más.

—Vale. Pues que siga así.

—Sin embargo, siento curiosidad por su pasado.

Patience contuvo un gruñido.

—Por favor, mamá, no.

—Yo soy la madre —le recordó Ava guiñándole un ojo—. Puedo hacer prácticamente todo lo que quiera.

Justice estaba en la acera mirando la casa. Muy poco había cambiado. El color, tal vez el jardín, pero nada más. A un lado podía ver una rampa para silla de ruedas, pero conducía a la puerta trasera más que a la principal. Supuso que era para Ava.

Al subir los escalones, se preparó para lo que se podía encontrar. La madre de Patience siempre lo había recibido muy bien en su casa y se había mostrado muy amable y maternal. Como niño que había crecido rodeado de mucho miedo, había absorbido al máximo el afecto que la mujer le había brindado; había sido para él como un refugio emocional y la había echado de menos casi tanto como había echado de menos a Patience.

No sabía mucho sobre su enfermedad, pero sí que sabía que era implacable y cruel. Se recordó que había visto cosas mucho peores, que su trabajo le había enseñado a no reaccionar ante nada, y después llamó al timbre.

A los pocos segundos Lillie abrió y le sonrió.

—¡Hola! —le dijo alegremente—. Me alegro de que estés aquí. Me muero de hambre y el pan de ajo huele genial —dio un paso atrás para dejarle pasar y se giró para gritar—: ¡Mamá, el señor Garrett está aquí!

Patience entró en el salón.

—Nada de gritar, ¿recuerdas? —lo miró—. Hola.

—Hola. Gracias por invitarme a cenar.

Estaba guapa. Tenía una melena larga y lisa con un brillo de esos que le hacían a uno querer acariciarla. Llevaba unos vaqueros y una camiseta con una chica dibujada con una corona. *Reina de todo* estaba escrito debajo. Patience era muy curvilínea y, cada vez que sonreía, él se sentía como si le hubieran dado una patada en la tripa. La Patience de catorce años había hecho que se le quebrara la voz, pero la Patience madura era físicamente bella, emocionalmente dulce e intelectualmente desafiante. Una combinación letal.

Siempre había intentando no ser como su padre y, ante la duda, siempre pensaba en lo que Bart haría y entonces optaba por hacer lo contrario. Ahora se daba cuenta de que lo correcto sería alejarse..., aunque no quería hacerlo.

—De nada. Será divertido charlar y ponernos al día de nuestras vidas.

Le entregó la botella de vino que había llevado. Un buen Cabernet de California que, según el dependiente, iría muy bien con la pasta. Sus dedos se rozaron y sintió una sacudida de atracción. Maldiciendo para sí, dio un paso atrás. No, imposible. Con Patience, no. Se negaba a fastidiar uno de los pocos buenos recuerdos que tenía en toda su vida. Era su amiga, nada más.

—¡Vaya, mírate! Ya eres un chico mayor.

Se giró hacia la voz y vio a Ava entrando en la habitación.

Estaba igual, pensó aliviado. Necesitaba que Ava estuviera bien, pero no solo por ella, sino también por él. Necesitaba que mantuviera su conexión con el pasado.

Era unos centímetros más baja que Patience y con el mismo pelo castaño, aunque ella tenía unos rizos más marcados que le llegaban a los hombros. Tenía unos grandes ojos marrones y una agradable sonrisa. Cuando extendió los brazos hacia él, Justice se acercó instintivamente.

La mujer lo abrazó con fuerza. Había olvidado lo que era que Ava lo abrazara, verse sumido en un círculo de aceptación y afecto. Siguió abrazándolo como si no fuera a soltarlo jamás, como si siempre fuera a estar a su lado. Lo abrazó como una madre que de verdad quería a todos los jóvenes y que quería que lo supieran. Cuando era niño, Ava había sido una especie de revelación. Los federales habían hecho lo posible por darle un hogar estable, pero en el fondo habían sido unos meros empleados con un horario. Ava había sido la madre de su mejor amiga. Le había preparado galletas y había charlado con él sobre la universidad, como si fuera un chaval más.

—Estaba nervioso por verte —admitió él, hablando en voz baja para que solo ella pudiera oírlo.

Ava siguió abrazándolo con fuerza un momento más antes de soltarlo.

—Tengo días buenos y días malos —ladeó la cabeza.

Él le siguió la mirada y vio la silla de ruedas plegada en la esquina de lo que era, claramente, su despacho.

—Hoy tengo un día muy bueno —le dijo mirándolo fijamente—. Estábamos muy preocupadas por ti.

—Lo sé y lo siento. Os lo habría contado si hubiera podido.

—Pero has vuelto y eso es lo que importa —se giró hacia su nieta—. Tienes hambre, ¿verdad?

Lillie empezó a bailar mientras respondía:
—¡Sí, mucha! ¡Me muero de hambre!
Ava extendió una mano hacia ella.
—Pues vamos a poner las ensaladas en la mesa. Patience, ¿por qué no le dices a Justice que abra la botella de vino que ha traído?

Patience esperó hasta que ellas hubieron entrado en la cocina para acercarse más y decirle:
—Aún sigue gobernando el mundo, como puedes ver.
—Está genial y tiene un aspecto fantástico. Con su enfermedad... —no estaba seguro de qué quería preguntar.

Patience asintió y lo llevó hasta un aparador del comedor. Abrió un cajón y le pasó un sacacorchos.
—Ha tenido un par de brotes malos, pero después han remitido. Ahora mismo su enfermedad no es agresiva. La mayoría de los días no puede subir las escaleras; técnicamente podría, probablemente, pero le supone demasiado esfuerzo y la deja agotada. El problema lo tiene sobre todo en las piernas y eso supone que pueda seguir trabajando sin problema.

Ava era diseñadora de software. Había empezado en el negocio cuando los ordenadores eran una novedad, y su trabajo le permitía trabajar desde casa, lo cual era una ventaja teniendo en cuenta que su marido las había abandonado cuando le habían diagnosticado la enfermedad. Cuando Patience se lo había contado, él se había dado cuenta de que no hacía falta que un padre sacara un arma o empleara los puños para hacerle daño a su familia. El dolor podía presentarse de muchas formas distintas.

Se dispuso a abrir la botella de vino mientras Patience sacaba las copas del armario.
—Es la persona más valiente que conozco. Siempre está tan amable y cariñosa. Me gustaría gritar por lo injusto que es todo, pero ella nunca lo hace —sonrió—. Cuando sea mayor, quiero ser como mi madre.

—A mí también me inspira —admitió él—. Cuando me encontraba en una situación difícil, siempre pensaba en Ava y me recordaba que yo lo tenía fácil.

Patience parpadeó varias veces como si estuviera conteniendo las lágrimas.

—Es usted un gran adulador, señor Garrett. Podría haberme halagado con cumplidos vacíos, pero en lugar de eso me deja sin defensas al decir esas cosas sobre mi madre.

—Lo digo en serio —le respondió mirándola a los ojos e inhalando su perfume a limpio con un toque floral. No era su perfume, se recordó; era su esencia. Esencia de Patience—. No soy adulador. Estoy diciendo la verdad. He visto lo que hace falta para ser valiente, y tu madre lo tiene —sabía el peligro que supondría acercarse demasiado, pero no pudo evitar alargar la mano y acariciarle la mejilla—. Soy yo, Patience. Sé que ha pasado mucho tiempo, pero no hace falta que estés con las defensas en alto.

Sin embargo, en cuanto pronunció esas palabras, se dio cuenta de que debería haber mantenido la boca cerrada. Patience tenía razón al ser cauta con él.

Algo cayó al suelo en la cocina. Patience se giró hacia el sonido y Justice aprovechó la distracción para seguir con el vino y, así, poner algo de distancia entre los dos.

Quince minutos más tarde todos estaban sentados a la mesa. Lillie había olfateado la copa de vino de su madre y había arrugado la nariz diciendo que era un olor «asqueroso». La lasaña estaba sobre la encimera, lista para servir, y ya tenían las ensaladas delante.

Patience alzó su copa.

—Bienvenido a casa, Justice.

—Gracias.

Todos dieron un trago a sus bebidas y después Lillie bajó su vaso de leche y miró a su abuela.

—El señor Garrett es guardaespaldas. Como en la tele, ¿sabes?

Patience se había referido a él como «el señor Garrett» a propósito, para que no resultara demasiado familiar, y la niña estaba dirigiéndose así a él porque así era como la habían educado.

—Si a tu madre no le importa, puedes llamarme «Justice».

Lillie sonrió.

—¿Te parece, mamá?

—Claro.

La pequeña se sentó un poco más derecha y se aclaró la voz.

—Justice es guardaespaldas, abuela.

—Ya lo he oído —respondió y lo miró—. Parece peligroso, ¿lo es?

—A veces. Normalmente protejo a gente rica que viaja a lugares peligrosos y me tengo que asegurar de que estén a salvo.

—¿Entonces qué estás haciendo en Fool's Gold? —preguntó Patience—. Somos lo menos peligroso que te puedes encontrar. ¿Has venido por tu nuevo negocio?

Él asintió y miró a Ava.

—Quiero abrir un negocio con un par de amigos. Ofreceremos formación para empresas de seguridad.

Ava se mostró interesada.

—¿Una escuela de guardaespaldas?

—Nosotros lo vemos como algo más completo que eso. Ofreceremos formación sobre estrategia, armas y demás. Elaboraremos informes de última hora sobre distintos conflictos en diferentes partes del mundo y, además, queremos ofrecer actividades de recreo e incentivo para empresas que incluyan carreras de obstáculos y demás retos físicos.

Patience parpadeó.

—¡Vaya! Eso hace que mi idea de poner una cafetería parezca ridícula. Quiero decir, lo máximo a lo que puedo aspirar ahí es a tener un club de lectura u organizar alguna que otra noche de monólogos, pero nada más.

—Mis socios y yo llevamos tiempo ideándolo y hemos estado esperando a encontrar el lugar adecuado. Ford sugirió Fool's Gold, así que cuando vine aquí el año pasado, eché un vistazo.

La sorpresa de Ava se hizo evidente en su tono de voz.

—¿Ford? ¿Ford Hendrix?

Él asintió.

—Hace tiempo que somos amigos y volvimos a encontrarnos en el ejército. Nuestro tercer socio es un tipo llamado Angel Whittaker.

—Había oído que Ford iba a volver —dijo Ava—, pero nadie sabe cuándo. Lleva años sirviendo en el ejército.

—Saldrá en los próximos meses y se supone que entonces volverá aquí.

A Angel no le importaba dónde montaran el negocio y, después de que Justice hubiera vuelto el año anterior, había hecho presión para que se decantaran por Fool's Gold. En aquel momento había pensado en buscar a Patience, pero había tenido el autocontrol suficiente para evitarla. En esta ocasión, sin embargo, no había tenido tanto.

—¿Quién es Ford? —preguntó Lillie.

—Conoces a las mellizas Hendrix y a la señora Hendrix —dijo Patience—. Ford es el hermano pequeño.

—¡Pero si es un señor mayor!

Ava sonrió.

—Tendrá treinta y algo, Lillie.

La niña se mostró algo confusa.

—¿Tantos?

—¡Ah! Lo que daría por volver a ser joven —Ava levantó su tenedor y pinchó un poco de lechuga—. Bueno, Justice, cuéntame qué has estado haciendo los últimos quince años. ¿Te has casado?

Capítulo 3

Patience se juró que jamás volvería a quejarse de su madre. Y no es que lo hiciera mucho, pero a veces era difícil compartir casa. Esa noche, sin embargo, Ava había demostrado ser toda una maestra a la hora de sacarle información a alguien.

Para cuando habían retirado los platos y el postre estaba servido, Justice ya había escupido casi todos sus secretos. Había pasado diez años en el ejército antes de meterse en el sector de la seguridad privada. No se había casado nunca y no tenía hijos. Había estado a punto de comprometerse una vez, había vivido por todo el mundo, pero no tenía ningún sitio al que llamar «hogar», y había pospuesto encontrar una casa o un apartamento en Fool's Gold al preferir vivir en un hotel hasta que el negocio estuviera en marcha y prosperando.

Patience se había limitado a escuchar. El amable interrogatorio de su madre había sido mejor que una función de teatro y había podido disfrutar tanto del espectáculo como de las vistas.

Desde su previo encuentro en la peluquería, Justice se había cambiado el traje por unos vaqueros y una camisa de manga larga. Le gustaba cómo la llenaba, era puro músculo, pura fuerza, sin duda fruto de una condición física excelente. Imaginaba que el negocio de los guardaespaldas lo requería.

Mientras lo observaba al hablar, se fijó en dos pequeñas arruguillas alrededor de los ojos y en cómo su expresión era más cauta de lo que recordaba. Además, cayó en la cuenta de que el último hombre que había pisado su casa había sido un fontanero y, antes que él, el chico que les había instalado la televisión por cable. Ava no había tenido muchas citas después de que su marido la hubiera abandonado. No tenía intención de seguir los pasos de su madre en ese terreno, pero, aun así, ahí estaba, acercándose a los treinta y soltera crónica.

Justice era la clase de hombre que podía alborotar hasta al más casto de los corazones y Patience debía admitir que, por su parte, la castidad había estado motivada por las circunstancias, no por su propia elección. Así que si su guapísimo y algo peligroso amor de juventud daba el primer paso, ella accedería tan contenta. Justice parecía la clase de hombre que podía curar prácticamente cualquier mal femenino siempre, claro estaba, que ella tuviera el cuidado de no involucrarse demasiado emocionalmente.

Suponía que hoy en día debería estar más que dispuesta a ser ella la que diera el primer paso, que debería actualizarse un poco, pero no era su estilo. Nunca había sido especialmente valiente, y ahora que estaba acompañando a Justice hasta el porche delantero no sentía ninguna ráfaga de valor repentino.

—¿Sigues adorando a mi madre a pesar de todo? —le preguntó al cerrar la puerta por si a él se le ocurriría darle un beso de buenas noches. Cosa que debería hacer, por otro lado. Estaba haciendo todo lo posible por mandarle ese mensaje telepáticamente a pesar de no tener ningún poder psíquico.

Justice se sentó en la baranda del porche y asintió.

—Es muy buena. Voy a proponerles a Ford y a Angel

que la contratemos para impartir las clases de interrogatorios.

Patience sonrió.

—Es un don y hace uso de él. Creo que la gente se piensa que yo fui una niña buena por naturaleza, pero no es verdad en absoluto. Lo fui porque sabía que mi madre podía hacerme confesar si sospechaba que había hecho algo malo —se apoyó contra el poste y sonrió—. También me sirve para mantener a Lillie a raya.

Justice sonrió.

—Lillie es genial. Eres afortunada de tenerla.

—Estoy de acuerdo.

Su sonrisa se desvaneció.

—¿Puedo preguntarte por su padre?

—Puedes y hasta te responderé —se encogió de hombros—. Ned y yo nos casamos porque me quedé embarazada. Era joven y estúpida.

—¿Lillie tiene diez años?

—Ajá. Te haré las cuentas. Yo tenía diecinueve cuando nació. Ned era un chico con el que salía. Estaba aburrida y no sabía lo que quería en la vida, y una cosa llevó a la otra. Me quedé embarazada y él hizo lo correcto y se casó conmigo. Seis meses después, se largó con una pelirroja cuarentona que tenía más dinero que sensatez. Lillie tenía tres semanas.

La expresión de Justice se endureció.

—¿Te pasa la manutención?

Se concedió la ilusión de creer que Justice iría a por Ned si le decía que no le pagaba y resultó una fantasía muy gratificante.

—No tiene que hacerlo. Renunció a sus derechos a cambio de no tener que mantenerla. Creo que yo salí ganando. No habría sido constante y eso le habría hecho mucho daño a Lillie.

—El dinero te habría venido bien.

—Tal vez, pero vamos tirando. Nunca podré ahorrar lo suficiente para abrir el Brew-haha, pero podré soportarlo.

Él se puso derecho.

—¿Qué?

Patience se rio.

—Brew-haha. Así llamaría a mi cafetería. Hasta he diseñado el logo. Es una taza de café con corazoncitos y «Brew-haha, Ooh la-la» escrito.

Él contuvo la risa y ella se llevó las manos a las caderas.

—Disculpa, pero ¿te estás riendo de mi negocio?

—Yo no.

—Te parece un nombre ridículo.

—Creo que es perfecto.

—No estoy segura de poder creerte. Juego a la lotería casi todas las semanas y cuando gane vas a ver lo genial que es ese nombre.

—Espero que ganes.

Tal vez era cosa de su imaginación, pero juraría que Justice estaba acercándose. Su intensa mirada azul se clavó en la suya. La noche era tranquila y de pronto notó que le costaba respirar.

«Bésame», pensó todo lo alto que pudo.

Pero Justice no la besó. Simplemente se quedó mirándola, lo cual la puso nerviosa. Y cuando estaba nerviosa, hablaba mucho.

—Me alegra que hayas vuelto —murmuró—. Que hayas vuelto a Fool's Gold.

¡Arg! ¿En serio había dicho eso? ¡Estaba claro que había vuelto a Fool's Gold!

—Y a mí me alegra estar de vuelta. Tu amistad significó mucho para mí.

—Para mí también significó mucho.

Él se acercaba más y más… hasta que se levantó.

—Debería volver al hotel —dijo echándose a un lado y empezando a bajar las escaleras—. Gracias por la cena.

Patience lo vio marchar. Tal vez tendría que haberle respondido, haber pronunciado alguna frase socialmente correcta, pero lo único en lo que podía pensar era en que Justice Garrett le debía un beso y en que tenía que encontrar el modo de reclamárselo.

La noche siguiente Patience estaba subiendo las escaleras de casa. Le había tocado trabajar hasta tarde y por eso ya eran casi las siete. En esos casos, su madre se ocupaba de prepararle la cena a Lillie y de ayudarla con los deberes, lo cual hacía que ese turno no le resultara muy complicado. Sabía que era afortunada y que muchas madres divorciadas no tenían ese apoyo.

Abrió la puerta principal y estaba a punto de decir que había llegado cuando vio a su madre hablando por teléfono. Ava parecía seria y preocupada y ninguna de esas cosas era buena. Patience soltó el bolso sobre la mesa junto a la puerta y subió a la habitación de su hija.

Lillie estaba acurrucada y leyendo en la cama.

—Ey, cielo —le dijo al entrar y sentarse en la cama.

—¡Mamá! —Lillie soltó el libro y se echó a sus brazos—. Ya estás en casa.

—Sí, aquí estoy. ¿Cómo te ha ido el día?

—Bien. El examen de Matemáticas era fácil. Mañana vamos a ver un vídeo sobre gorilas y hemos cenado tacos.

Patience la besó en la frente y se la quedó mirando a los ojos.

—Veo que has hablado muy por encima del examen de mates.

Lillie sonrió.

—Si estudio, los exámenes me resultan más fáciles que si no lo hago.

—Ajá. Y eso significa que yo tenía...
—Razón —farfulló su hija—. Tenías razón.
Patience la abrazó de nuevo.
—Eso siempre será verdad.
—Te encanta llevar la razón.
—Y me encanta más todavía cuando lo dices —miró hacia las escaleras—. ¿Sabes con quién está hablando la abuela?
—No.
Bueno, suponía que ya se enteraría cuando su madre colgara.
—Voy a prepararme una ensalada. ¿Quieres algo?
—No, gracias —respondió la niña agarrando de nuevo el libro.
Patience volvió a bajar y entró en la cocina. Podía oír la voz de su madre, pero no la conversación. Abrió la nevera y sacó la carne de los tacos que había sobrado. Para cuando su madre había colgado, ya se había preparado una ensalada y estaba llevándola a la mesa.
—Lo siento —dijo Ava al entrar en la cocina—. Era mi prima Margaret —se sentó frente a su hija.
Patience pinchó la ensalada y masticó.
—Vive en Illinois, ¿no? —preguntó al tragar.
Su madre tenía parte de familia en el Medio Oeste. Patience apenas los recordaba de cuando habían ido de visita siendo ella niña, pero en los últimos años no habían tenido mucho contacto. Intercambiaban las felicitaciones de rigor en Navidad y cumpleaños, pero no mucho más.
—Sí. Margaret y mi «tiastra», su madre. Es complicado.
Patience la miró, consciente de que había sucedido algo. Ava estaba sonrojada y no podía dejar de mover las manos.
—¿Estás bien?
—Muy bien —empezó a sonreír y después sacudió la

cabeza. Hizo ademán de levantarse, pero volvió a sentarse de golpe—. La tía abuela Becky ha muerto.

—¿Quién?

—La tía abuela Becky. La madre de mi «tiastra». No era teóricamente pariente mía, o al menos no que yo sepa. Nos escribíamos de vez en cuando. La conociste una vez. Tenías cuatro años.

Patience soltó el tenedor.

—Siento que haya muerto. ¿Estás bien?

—Estoy triste, por supuesto. Pero no la vi muchas veces. Nos visitó cuando eras pequeña —sonrió—. A ti te encantaba. Desde el segundo en que la viste no pudiste apartarte de ella. Querías que te llevara en brazos, querías sentarte en su regazo. Cuando se levantaba, la seguías de habitación en habitación. Era muy dulce verte.

—O irritante, si a la tía abuela Becky no le gustaban los niños.

Ava se rio.

—Resultaba que estaba tan encandilada contigo como tú con ella. Prolongó su visita y las dos llorasteis cuando finalmente se marchó. Siempre decía que volvería, pero nunca pudo ser.

—Ojalá pudiera recordarla —tenía vagos recuerdos de una mujer alta, aunque podría haber sido cualquiera—. ¿Quieres que les envíe una tarjeta de condolencias?

—Si quieres... La cuestión es que la tía Becky te ha dejado algo de dinero. Una herencia.

—¡Oh! —eso sí que era inesperado—. ¿Es que no tenía hijos?

—Una hija. Ya te he dicho que era la madre de mi «tiastra». La tía abuela Becky era muy rica, así que sus familiares más directos están muy bien acomodados. No tienes que preocuparte por eso —se inclinó hacia delante y le agarró las manos—. Te ha dejado cien mil dólares.

Patience se quedó mirando a su madre. Oyó como un

zumbido y, de haber estado de pie, se habría caído redonda al suelo. Sintió como si la habitación se moviera ligeramente a la izquierda.
—Cien...
—Mil dólares. Has oído bien.
Era una cifra demasiado grande. No. ¡Era enorme! Imposible de asimilar. Para ella era como todo el dinero del mundo.
—Margaret quería que supiera que el abogado que está llevando el tema de la herencia te llamará por la mañana. Tiene el cheque firmado y listo para entregártelo.
Patience se llevó una mano al pecho.
—Creo que no puedo respirar.
—Lo sé.
—Podremos saldar la hipoteca.
—No quiero que te preocupes por eso.
Patience sacudió la cabeza.
—Mamá, has estado cuidando de mí toda mi vida. Quiero saldar la hipoteca. Y después meteré dinero en la cuenta de la universidad de Lillie —se mordió el labio.
Y aun después de todo eso, le quedaría dinero de sobra. Tal vez unos veinticinco mil dólares. Y contando con guardar un poco para imprevistos y malas rachas, seguiría teniendo suficiente para...
Ava asintió.
—Lo sé. Yo también he pensado en eso.
—La cafetería.
—Sí. Podríamos hacerlo.
Patience se levantó y corrió arriba. Cuando llegó a su dormitorio, abrió el último cajón de su pequeño escritorio situado bajo la ventana y sacó una carpeta. Era su plan de negocio, el mismo en el que llevaba años trabajando.
Volvió a la cocina y extendió los papeles.
Todo estaba ahí. El coste del alquiler, el presupuesto para alguna que otra reforma, para suministros y para pu-

blicidad. Tenía proyecciones de costes, estimaciones de ingresos y un estado de ganancias y pérdidas.

—Podríamos hacerlo —dijo con la respiración entrecortada—. Aunque iríamos un poco justas.

—Yo tengo algunos ahorros y me gustaría invertir en el negocio. Así seríamos socias.

—Lo somos pase lo que pase.

—Quiero hacerlo, Patience. Quiero que abras ese negocio y quiero ayudarte.

Patience volvió a su silla.

—Estoy aterrorizada. Tendría que dejar mi trabajo con Julia para hacerlo —lo que implicaba renunciar a la seguridad de un sueldo regular. También tendría que hacerse cargo del alquiler y de contratar empleados.

El estómago le daba vueltas. Soñar era mucho más sencillo que enfrentarse a la posibilidad de intentarlo y fracasar. Pero a la vez que se preguntaba si podría hacerlo, sabía que no tenía elección. Le habían dado la oportunidad de su vida y el obsequio de la tía Becky se merecía mucho más que tener miedo.

—¿Quieres hacerlo? —le preguntó a su madre.

—Totalmente.

—Pues entonces lo haremos —respiró hondo—. Llamaré a Josh para ir a ver lo antes posible el local al que le había echado el ojo. Una vez sepamos si es el lugar adecuado, podremos seguir adelante con esto.

Se levantó y su madre hizo lo mismo. Se miraron.

—¡De verdad vamos a hacerlo! —dijo riéndose.

—¡Sí!

Se abrazaron y empezaron a dar saltos. Lillie apareció en las escaleras.

—¿Qué pasa?

—Vamos a abrir la cafetería —dijo Patience alargando el brazo para que su hija se uniera a ellas.

—¿En serio? ¿Vas a llamarlo el Brew-haha?

—¡Sí!
—¿Y puedo ayudar?
—¡Sí!
Se abrazaron, saltaron, gritaron y bailaron. Y cuando estaban agotadas, pero seguían sonriendo, Ava les indicó que la siguieran.
—Esto se merece un helado. Vamos a por unos helados con chocolate caliente.
Patience se rio.
—Siempre he admirado tu estilo, mamá.

—¿Justice?
Se giró al oír su nombre. Patience estaba al otro lado de la calle saludándolo.
Verla, ver esos vaqueros ciñéndose a sus curvas, esa camiseta de un gato con un martini en una pezuña, y esa melena larga y ondulada sacudiéndose con el viento hizo que un cosquilleo le recorriera el estómago. Y un poco más abajo. Su sonrisa lo hizo sonreír y su entusiasmo lo alcanzó.
En los quince años que llevaban separados nunca la había olvidado, ni siquiera a pesar de haberse preguntado si estaba recordando más de lo que había existido en realidad. Y ahora que la veía prácticamente bailando en la acera, mientras él cruzaba para acercarse, supo que había pasado por alto el detalle principal: que en la vida real, Patience era mucho más apasionante que en cualquiera de sus recuerdos.
—¿Sabes qué? —le preguntó cuando él llegó a su lado. Lo agarró del brazo y literalmente empezó a saltar—. ¡Adivina! ¡Adivina! —le agarraba con fuerza los bíceps y sonreía—. Jamás lo adivinarías, así que te lo voy a decir.
Sus ojos marrones resplandecían de emoción y tenía la piel sonrojada. Parecía alguien a quien acababa de tocarle

la lotería… o a quien habían besado apasionadamente. De pronto, se vio deseando lo primero y pensando que, si era lo último, tendría que hablar muy seriamente con alguien.

—¡Mi tía abuela Becky ha muerto!
—¿Y eso es bueno?
—Oh —dejó de saltar—. Tienes razón. Está claro que no me alegro de su muerte. Al parecer, vivió una vida larga y muy feliz.
—¿No la conocías?
—La conocí cuando tenía cuatro años. No la recuerdo, pero al parecer la quería mucho. Y ella a mí también y era una mujer tremendamente generosa —se detuvo expectante—. ¡Me ha dejado cien mil dólares!

Él sonrió.
—¿Así que de eso se trata?
Ella empezó a saltar de nuevo.
—¿Te lo puedes creer? ¡Cien mil dólares! Es mucho dinero. Mi madre y yo estuvimos hablando anoche. Puedo saldar la hipoteca y reservar dinero para la universidad de Lillie.

Se inclinó hacia él y su aroma a vainilla y a flores lo alcanzó.
—Soy peluquera. Adoro a mis clientes, pero hay tipos que me dan cincuenta centavos de propina. Así me era imposible ahorrar para los estudios de Lillie. A mi madre le va bien como programadora de software, pero su seguro médico es muy caro y no cubre algunos de sus medicamentos. Me ayuda, pero también tiene que mantenerse. Este dinero supone seguridad para las tres. Jamás pensé que pudiera llegar a tenerlo.

Le soltó el brazo y dio una vuelta sobre sí misma.
—¿Y sabes lo mejor?

Él sacudió la cabeza, agradecido de no tener que hablar porque, teniendo a Patience bailando a su alrededor, su cerebro no funcionaba bien y otras partes de su cuerpo estaban empezando a tomar el control. El deseo comenzó a palpitar al ritmo de su corazón, y de no haber estado en un lugar público en mitad de Fool's Gold, la habría tomado en sus brazos y la habría besado. Después... habría hecho mucho más.

—Me va a quedar dinero.

Él tardó un segundo en seguir la conversación.

—¿De la herencia?

Patience asintió enérgicamente.

—Mira.

Señaló al otro lado de la calle donde se veía un escaparate de un local vacío.

—¿No es perfecto?

El edificio no era demasiado especial; una puerta, ventanas y espacio dentro, pero sabía que esa no era la cuestión. Para Patience era su sueño.

Él también iba a abrir un negocio porque le parecía que era el siguiente paso que debía dar; sin embargo, por mucho que pensara que iba a tener éxito y por mucho que fuera a disfrutar con ese trabajo, no era ningún sueño. No se permitía soñar.

—Es perfecto —le respondió, disfrutando de ver cómo ella contemplaba el local como si se tratara de algo mágico.

—Sé exactamente cómo va a quedar. Ya tengo mi plan de negocio diseñado. Me he esforzado mucho por prepararlo todo y por ahorrar, pero lo cierto es que nunca pensé que fuera a tener la oportunidad.

Él alargó el brazo y le apretó la mano.

—Me alegro muchísimo por ti. Felicidades.

—Gracias —respondió ella entrelazando sus dedos—. Ven conmigo. He quedado con Eddie ahora mismo. Va a dejarme pasar para que pueda ver el local por dentro.

Sus resplandecientes ojos marrones lo animaron a asentir.

—Claro.

Patience respiró hondo y se acercó.

—Intentaré controlarme para no soltar los típicos gritos agudos de chica. Vivo con una niña de diez años y sé lo estridentes que pueden resultar.

—Puedes chillar todo lo que quieras. Esto es algo emocionante.

—Lo sé.

Le agarró la mano con las dos suyas, pero Justice ni se inmutó, al suponer que si le decía algo, ella se apartaría avergonzada, y eso era lo último que él quería. Su entusiasmo le recordaba que en el mundo aún quedaba mucha alegría y esa era una lección que necesitaba.

Patience iba tirando de él mientras cruzaban la calle.

—Está claro que la ubicación es fabulosa —le dijo prácticamente vibrando de entusiasmo—. Mira. Estamos justo al otro lado del parque y en la zona por donde pasan los desfiles cuando hay fiestas, lo que significa que estamos accesibles para los turistas y para los locales. Me encantaría estar cerca de la librería de Morgan, pero está justo al otro lado de la esquina de ya sabes dónde.

—¿Ya sabes dónde?

Patience miró a su alrededor como asegurándose de que no había nadie cerca que pudiera oír su conversación.

—La otra cafetería —susurró—. Los quiero y me siento un poco culpable por lo que estoy a punto de hacer.

—La otra cafetería... ¿Te refieres al Starbucks?

—Shhh —dijo agitando la mano que tenía libre—. No lo digas.

—¿Por qué no?

—No lo sé. No quiero herir sus sentimientos.

—¿Crees que ese establecimiento está triste por esto? —preguntó suavizando el tono—. Ya sabes que son una empresa multimillonaria. Seguro que no les pasa nada.

Ella se detuvo un segundo y asintió.

—Tienes razón. ¡Adiós a mi sentimiento de culpa! —tocó uno de los ventanales—. ¿Qué te parece?

—Es muy bonito.

Ella se rio.

—Ya lo sé, no es más que un local vacío, ¿verdad? Pero aquí hay mucho más. En cuanto Eddie nos deje entrar, te lo enseñaré.

—¿Eddie?

Antes de que Patience pudiera darle los detalles, una mujer más mayor dobló la esquina. Tendría unos setenta años y el pelo corto, blanco y rizado. Llevaba un chándal de velvetón color chillón y unas deportivas.

—Me alegra que no me hayas hecho esperar —dijo mientras sacaba la llave del gran bolso de mano que llevaba y la introducía en el cerrojo—. Tengo que ayudar a Josh a hacer entrevistas. Ese hombre no es capaz de conservar a sus empleados. No deja de hablar de sueños y de hacer lo que es correcto, y entonces les llena la cabeza de ideas sobre unirse a los cuerpos de paz o trabajar para organizaciones benéficas. Sí, sin duda están salvando el mundo, pero yo no dejo de formar a gente nueva.

Se detuvo y lo miró.

—No nos han presentado.

—Justice Garrett —dijo él apartándose de Patience y estrechándole la mano.

La mujer batió las pestañas al responder:

—Eddie Carberry. Eres muy guapo.

—Gracias.

—¿Soltero?

Esa mujer era incapaz de guardarse lo que pensaba y antes de que él pudiera procesar la pregunta, Patience se situó entre los dos.

—Lo siento, Eddie, está conmigo.

Eddie suspiró.

—Los buenos siempre están pillados —giró la llave y abrió la puerta.

—Tómate tu tiempo para echar un vistazo. Yo voy a volver a la oficina. Llámame cuando hayas terminado de verlo todo. Volveré y cerraré —lo miró—. Si cambias de opinión...

Él se aclaró la voz.

—Ha sido un placer conocerla, señora.

La mujer le tocó el brazo ligeramente.

—Llámame «Eddie» —se giró hacia Patience—. Josh quiere que te quedes con el local. Te dejará un buen alquiler, ya sabes lo mucho que apoya los nuevos negocios en el pueblo. Es un buenazo; me parece un milagro que pudiera llegar a hacerse tan rico —se acercó a Patience—. ¿Has comprobado su...?

—Sí —le susurró Patience interrumpiéndola—. Tal vez deberías volver a la oficina.

—Sí que debería. Llámame cuando termines.

—Lo haré.

Justice vio a la mujer marcharse. No había muchas situaciones en las que llegara a sentirse incómoda, pero esa había sido una de ellas.

—¿Estaba intentando...?

—¿Sugerirte que no le importaría tener un rollo contigo? —le preguntó Patience con los ojos brillantes de diversión—. ¡Claro! Eddie y su amiga Gladys se creen grandes entendidas en hombres guapos. Sobre todo en hombres guapos y desconocidos. Así que si te interesa, dímelo y te doy su número.

—Muy graciosa.

Ella sonrió.

—Antes he actuado sin pensar. Ya sabes, cuando he dicho que estábamos juntos. Porque puedo decirle que solo somos amigos. Eddie es muy dulce. Lleva años trabajando para Josh.

Justice supuso que ese hombre desconocido para él sería un tema de conversación más seguro.

—¿Josh?

—Josh Golden. Es un antiguo ciclista. Muy famoso.

—He oído hablar de él. Ganó el Tour de Francia varias veces.

—Entre otras carreras. Es un tipo genial y vive aquí en el pueblo.

De pronto, Justice vio que los demás hombres empezaban a caerle mal.

—¿Lo conoces?

—Todo el mundo lo conoce. Es un miembro muy importante de la comunidad. Se casó hace tres años, y Charity y él han tenido su segundo hijo hace un par de meses. Un niño —se giró hacia el espacio abierto—. Bueno, aquí está, ¿qué te parece?

Él centró su atención en el local. La sala principal tendría unos ciento cuarenta metros cuadrados y suponía que habría algo más atrás como almacén. Estanterías que iban de suelo a techo dominaban toda una pared y grandes ventanales dejaban entrar mucha luz.

—Me encanta el suelo —dijo Patience señalando los listones de madera noble—. Está en muy buen estado. No lo cambiaría y está claro que las estanterías se quedan. He pensado poner unas puertas en la parte baja para guardar cosas.

—Tendrás que cambiar las cerraduras.

Ella arrugó la nariz.

—Probablemente —y fue hacia el fondo del local—. En esta pared obraré mi magia. Tendremos un mostrador largo y ancho con tres pilas. El lavaplatos irá atrás.

Se giró y avanzó tres pasos.

—El mostrador principal estará aquí y habrá vitrinas con pasteles, sándwiches y cosas así. Mamá y yo hemos elegido una vitrina refrigerada genial—estiró las manos como señalándole dónde iría—. Llevamos meses mirándolas por Internet y ya sabemos qué electrodomésticos vamos a querer —su sonrisa aumentó—. Me he pasado la mañana mirando lo que tienen en oferta. ¡Es todo tan surrealista! Cuando termine aquí, voy a ir a hablar con un abogado sobre el tema del alquiler.

Juntó las manos y dio una vuelta.

—No me lo puedo creer. ¡Vamos a hacerlo! ¡Vamos a abrir el Brew-haha!

Todo su cuerpo era la viva imagen de la felicidad. Su pelo se sacudió cuando se movió y cerró los ojos. Se la veía absolutamente emocionada, esperanzada y sexy.

Cuando rozó una caja con el pie, tropezó e, instintivamente, Justice fue a sujetarla. En cuanto sus dedos se cerraron alrededor de su brazo, supo que estaba perdido y que solo había un modo de volver a encontrarse.

Capítulo 4

Patience abrió los ojos mientras intentaba recuperar el equilibrio. Unos brazos cálidos y fuertes la rodeaban. Justice la acercó tanto a sí que no tuvo más opción que dejarse caer contra él. Había estado en peligro de caer al suelo, pero al segundo ya estaba viendo sus intensos ojos azules. La cabeza le daba vueltas, aunque ahora por una razón muy distinta.

Apoyó las manos sobre sus hombros porque le parecía el lugar más sensato donde posarlas. Vio el sol colándose por las ventanas y diminutas motas de polvo flotando en el aire. Sintió cómo el corazón le latía demasiado deprisa y notó la intensidad de su mirada.

Al momento, él estaba agachando la cabeza y ella solo tuvo un segundo para recuperar el aliento antes de que sus bocas se rozaran.

Los labios de Justice eran firmes; no implacables, pero sí decididos. Él estaba tomando las riendas y, dadas las circunstancias, a ella le pareció bien. Ya había tenido demasiadas responsabilidades en su vida, así que era algo que agradecía.

Él movía la boca lentamente, con suavidad, explorando, probando, como si disfrutara con lo que estaba haciendo, y ella se entregó a esa deliciosa presión.

Hacía mucho tiempo que un hombre no la besaba; años en realidad. Casi había olvidado lo emocionante que era esa cercanía, el cosquilleo en su estómago, pensar que podía haber más; algo más que podría arrebatarle la respiración.

Era consciente de la suavidad de su camisa bajo sus dedos y de sus esculpidos músculos. De que era mucho más alto y fuerte que antes y de cómo se había imaginado a sí misma recostada sobre él de muchas más formas.

Entonces, su boca se movió un poco más, adelante y atrás, como si se estuviera pensando cómo hacerlo. Esos primeros cosquilleos comenzaron en lo más profundo de su ser y, en ese momento, razonar se volvió muy complicado. Ahora solo podía sentir. Sentir sus manos sobre su cintura, su boca sobre la suya. Sentir el acelerado palpitar de su corazón y cómo su sangre parecía fluir más y más deprisa.

Él se movió, le besó una mejilla, y después la otra. Le besó la nariz y la barbilla antes de volver a centrarse en su boca.

Con la primera caricia, Patience tuvo que contener un gemido. Con la segunda, le temblaron las rodillas. Con la tercera, quería suplicar. Su deseo no era nada sutil. Estalló en sus pechos y después salió disparado a cien kilómetros por hora en dirección al centro de su ser. Se excitó tanto y tan deprisa que casi le dolió.

Lo rodeó por el cuello y, sin decir nada, lo animó a aprovecharse de ella, aunque fuera de forma poco apropiada. ¿Es que de verdad no quería tocarle los pechos o colar la mano entre sus muslos? La idea de que la llevara contra la pared y le hiciera el amor ahí la hizo estremecerse de placer. Era una idea tan vívida que empezó a respirar con dificultad.

«Ahora», pensó desesperadamente. Debería actuar ahora.

Él se echó atrás y le sonrió.

—Tal vez debería dejarte ponerte con esto.

«¿Esto?» No tenía ni idea de a qué se refería.
Justice se aclaró la voz.
—Tienes mucho que hacer.
Dio otro paso atrás, fue hacia la puerta y antes de que ella pudiera enterarse de lo que pasaba, ya se había ido. Así, sin más. Un par de besos ardientes y se había largado por la puerta.

Patience tenía la sensación de que debía de parecer tan impactada como se sentía. ¿Cómo podía haberla dejado así? La había besado. Apasionadamente. ¿Es que no quería hacer nada más? ¿Algo más? ¿Algo para lo que tuvieran que desnudarse y sudar?

Allí de pie y sola en el local tenía la respuesta: no.

La decepción reemplazó a la emoción y la excitación. La realidad se había entrometido. Justice era un tío bueno; lo había sido cuando eran niños y eso no había cambiado. Le había gustado por entonces y ahora seguía gustándole, lo cual la hacía más vulnerable.

Aunque no podía culparlo por haberse esfumado de su vida tantos años atrás, por otro lado, tampoco había hecho nada por intentar contactar con ella. Se le podían ocurrir cientos de razones que explicaran sus actos, pero no podía evitar la verdad: si hubiera querido verla antes, lo habría hecho, así que quedaba claro que no había querido.

Ahora había vuelto y resultaba más tentador de lo que debería, tan tentador que podría resultar peligroso. Ella ya no era una niña de catorce años, era una madre divorciada con una hija impresionable. Sabía cómo Justice podía terminar rompiendo sus tiernos corazones, y por eso tenía que ser fuerte y resistir. Por su bien, pero también por el de Lillie.

Justice estaba en el centro del viejo almacén en el extremo del pueblo. El edificio era mucho menos bonito que el local que había visitado el día anterior con Patience. Los suelos eran de cemento, no había paredes ni ventanas y las cañerías estaban a la vista, pero era un edificio resistente además de apartado. Levantar tabiques sería fácil. Si le añadían ventanas, reservando la mitad del espacio para distintas salas de entrenamiento, podría funcionar. Fuera tenía terreno también, el suficiente para prácticas de tiro y pistas de obstáculos. La ubicación era buena y el precio aún mejor. Si elegían ese edificio, tendría que encontrar un lugar en las montañas para una pista de obstáculos más avanzada, pero no sería complicado.

Dio una vuelta; la luz solo provenía de los fluorescentes del techo y de las puertas dobles que había dejado abiertas. Sabía que no tenía el entusiasmo de Patience por su nuevo negocio, pero no importaba. No le gustaban los altibajos emocionales. Hacía mucho tiempo había aprendido a aceptar las cosas según iban sucediendo y a seguir adelante.

Él también tenía un plan de negocio junto con el dinero suficiente para hacerlo realidad. Su amiga Felicia le había escrito esa misma mañana preguntándole si ya había tomado alguna decisión. Si se había instalado en Fool's Gold, tenía que hacérselo saber. Si no, ya era hora de que se buscara otro sitio. Después de todo, no estaba solo él. Tenía socios que querían que se decidiera ya.

En lo que concernía a Felicia, ella iría a cualquier parte que fuera normal. Los pueblos pequeños la atraían, y Fool's Gold encajaba a la perfección en esa definición. Iría allí a montar el negocio y, si terminaba odiando el pueblo, se mudaría. Pero los demás se quedarían.

Ford Hendrix también le había enviado un correo electrónico dos días antes para decirle que se decantara por Fool's Gold, sin embargo, el día anterior le había dicho que eligiera cualquier sitio menos ese. La ambivalencia de Ford era fruto de su tan unida familia. Había días en los que el antiguo SEAL quería volver a conectar y otros en los que necesitaba alejarse y que nadie volviera a saber de él. Era la clase de ambivalencia con la que Justice podía identificarse. Con Patience...

Sacudió la cabeza. No había ido allí para pensar en ella.

Su tercer socio, Angel, se encontraba en terreno neutral. Nunca había estado en el pueblo y, cuando había leído la descripción, le había resultado intrigante el hecho de que estuviera tan cerca de las montañas. Le gustaban las actividades al aire libre y alejarse del mundo, y la accidentada topografía del lugar ofrecía mucho de ambas cosas. Así que la decisión recaía en él que, para ser sinceros, no tenía ni la más mínima idea de qué hacer.

Sin embargo, lo cierto era que sí lo sabía. Una parte de él siempre había querido volver allí, al único lugar en el que se había sentido bien recibido.

Sí, admitía que Patience era uno de los principales atractivos, si no el único. Nunca la había olvidado y a menudo se había preguntado dónde estaría y qué estaría haciendo. Con sus recursos, le habría resultado fácil encontrarla, podría haber tenido un informe completo sobre ella en menos de seis horas. Pero nunca lo había hecho.

Ahora sabía que seguía en el pueblo y que estaba soltera, lo cual la convertía en una tentación. Su beso de la mañana anterior no había hecho más que avivar la fantasía y ahora quería más. La quería en su cama, cerca de él, tomándolo con tanta pasión como él quería tomarla a ella.

Y eso significaba que la mejor solución para ambos era que se alejara de allí.

Sabía quién era y la clase de hombre que podía llegar a ser. Patience se merecía alguien mejor. Quería pensar que él podía ser mejor, hacer las cosas mejor que su padre, que el ADN de Bart Hanson no era el destino de su hijo. Sin embargo, no podía estar seguro. Cuando por fin habían atrapado a su padre y lo habían metido en la cárcel, Justice se había sentido con libertad de elegir. Podría haber sido cualquier cosa, haber ido a cualquier parte, y el hecho de que se hubiera alistado en el ejército no era digno de mención. Sí que lo era, en cambio, la ocupación por la que había optado.

Era francotirador. Ni policía ni técnico. El hijo de un asesino había elegido matar a otros. Era la prueba definitiva de la oscuridad de su alma y eso quería decir que marcharse de allí era lo mejor para Patience y su familia. Se merecían a alguien mejor que él, pero el problema era que no quería irse, y eso lo convertía en un absoluto bastardo.

Oyó pisadas y al girarse se encontró a una mujer mayor y bien vestida entrando en el almacén. Al igual que Eddie, tenía el pelo blanco, pero las similitudes se quedaban ahí. Esa mujer llevaba un traje sastre, zapatos de salón y perlas. Sonrió al acercarse y extendió la mano.

—Bienvenido de nuevo, Justice Garrett. Soy la alcaldesa Marsha Tilson. Imagino que no me recordarás.

—No, pero es un placer conocerla... otra vez.

Se estrecharon la mano.

La alcaldesa lo miró fijamente.

—Has crecido mucho. Recuerdo cuando eras un adolescente alto y flacucho. Eras amigo de Patience McGraw y Ford Hendrix. Siempre ibais los tres juntos, pero me daba la sensación de que sentías algo por Patience.

Se quedó mirando a la mujer. Estaba hablando de relaciones que habían tenido lugar quince años atrás y, aunque para él esas relaciones habían sido importantes, no podía imaginar cómo una mujer de cincuenta años podía prestarles atención a las vidas de un grupo de adolescentes.

Ella sonrió ampliamente.

—Veo que te han sorprendido mis observaciones. Confieso que me resultaste intrigante desde el principio. Tus tutores hicieron un excelente trabajo para hacer encajar tu

historia, pero había ciertas inconsistencias. Cuando llegaste, estaba claro que habías sufrido algún tipo de trauma.
—¿Sabía que me estaban protegiendo?
—No. Nunca me enteré. Creía que tal vez el hombre que decía ser tu tío no era pariente tuyo y que no queríais que nadie lo supiera. Podía haber muchas razones para esa excusa falsa, así que os vigilé para asegurarme de que no estaban abusando de ti y cuando vi que empezabas a encajar, a asentarte aquí y a hacer amigos, supe que todo iría bien.

Él se movió ligeramente, incómodo ante la idea de que lo hubiera estado vigilando.
—Estaba muy bien.
—Hasta que tuviste que marcharte tan misteriosamente. Todos estábamos preocupados y, sobre todo, Patience. Dadas las circunstancias, tuviste que irte, eso lo sabemos ahora, pero en aquel momento estábamos muy preocupados.

Estaba claro que la alcaldesa estaba al tanto de lo sucedido. Y no debería sorprenderle. En un pueblo tan pequeño como ese, las noticias volaban.
—Ahora has venido a abrir un negocio. Una escuela de guardaespaldas o algo así, ¿verdad?

Él se rio.
—¿Eso van diciendo?
La mujer se rio a carcajadas.
—Sí, aunque admito que tenía mis dudas. ¿Cuál es la verdadera historia?
—El negocio ofrecerá formación avanzada de todo tipo en el ámbito de la seguridad.
—¿No en plan vigilante de centro comercial?
—No. Nos interesan las fuerzas de seguridad que viajan a zonas del mundo peligrosas. Cubriremos técnicas básicas de evasión, combate mano a mano, además de manipulación de armas. También entrenaremos a fuerzas de seguridad para que conozcan las formas más seguras de viajar y

cruzar zonas conflictivas. Gran parte de eso se centra en la planificación.

Además iban a ofrecer talleres para enfrentarse a terroristas locales y para negociaciones de rehenes, aunque dudaba que la alcaldesa quisiera conocer los detalles al respecto.

—También ofreceremos actividades de incentivo para empresas. Unas instalaciones donde puedan poner en práctica la creación de un equipo.

Ella asintió.

—Parece una buena y constante fuente de ingresos —se detuvo—. ¿Ya ha decidido Ford si quiere volver a Fool's Gold?

Justice se le quedó mirando. ¿Cómo demonios sabía en qué estaba pensando Ford?

—Aún no.

Ella asintió.

—Ha estado fuera mucho tiempo. La transición a la vida de civil debe de ser complicada para cualquier soldado, pero con lo que Ford ha visto... —suspiró—. Aquí tiene familia, y supongo que eso lo considera tanto una bendición como una maldición. No puedo evitar pensar que va a necesitar su apoyo. Pero también hay otras cosas en las que pensar, ¿qué hay del señor Whittaker?

—¿Conoce a Angel?

—He oído algunas cosas. Aún no nos hemos conocido, aunque lo estoy deseando.

Fue hacia la puerta. Y, sin saber por qué, él la siguió.

—¿Tendréis instalaciones para practicar fitness?

—Sí. Y una pista de obstáculos al aire libre.

—Estáis muy cerca de la escuela de ciclismo de Josh Golden —le dio una tarjeta de visita—. Puede que quieras hablar con él para utilizar las instalaciones. El ciclismo es un ejercicio muy bueno para una buena condición física general.

Él tomó la tarjeta.

—Ha venido preparada.

—Yo siempre estoy preparada, Justice. Este es mi pueblo y me preocupo por mis vecinos.

Él captó el mensaje y la advertencia. Se dijo que no era más que una señora inteligente, pero no lo creía. Esa mujer sabía cosas y eso significaba que fácilmente podía haber descubierto sus asuntos. Estaba advirtiéndolo y él no podía culparla por ello.

—Verás cómo el pueblo te respalda en tu aventura. Si necesitas algo, ponte en contacto conmigo directamente y yo contactaré con la persona adecuada. Este es tu sitio, Justice. Tengo esa sensación.

Lo habían capturado en una ocasión mientras cumplía una misión. Lo habían retenido y golpeado durante horas. Acababa de empezar a prepararse para el calvario que lo esperaba cuando su equipo había irrumpido y lo había rescatado. En aquel momento se había quedado tan impactado con su llegada como lo estaba ahora con las palabras de la alcaldesa.

—A lo mejor quieres ofrecer algún servicio a la comunidad, como clases de defensa personal o algo para los niños. Te recibirán bien aquí de cualquier modo, pero siempre es agradable devolver el favor. Te sentirás mejor contigo mismo y la transición será más sencilla para todos tus empleados.

La mujer volvió a sonreír.

—Dudo que tus empleados sean unos tipos corrientes, ¿no?

—La verdad es que no.

—Eso pensaba. Necesitarán encontrar su sitio aquí y establecerse. A algunos les parecerá imposible, pero tú y yo sabemos que no lo es. Está en nuestras manos mostrarles todo lo que Fool's Gold tiene que ofrecer.

—No había pensado en clases para la comunidad —admitió.

—Para eso estoy yo aquí, para ofrecerte posibilidades —le tocó el brazo ligeramente—. Bienvenido a casa, Justice. Me alegra que hayas encontrado tu camino.

Quería decirle que no estaba seguro de que fuera a quedarse, pero incluso mientras lo pensaba, sabía que no era verdad porque había tomado la decisión en cuanto había regresado. Ver a Patience había sido el detonante. Aunque no pudiera llegar a tener con ella lo que quería, tampoco se veía con fuerzas para alejarse. Se encontraba en un dilema bastante incómodo.

La alcaldesa Tilson le deseó lo mejor y salió del almacén. Justice se metió la mano en el bolsillo y sacó el móvil.

—¿Es Fool's Gold? —le contestó Felicity a modo de saludo.

—Sí.

—Genial. Voy a tardar un par de semanas en prepararlo todo, tal vez tres. Te avisaré cuando salga para allá. Mientras tanto avisaré a Ford y a Angel y nos pondremos a organizar las cosas. Envíame fotos del edificio y de la zona circundante. Hablaré con el abogado sobre la compra e investigaré opciones de alquiler también.

Felicia no era de cumplidos ni de comentarios de rigor. Ella iba directa al problema y en cuestión de segundos encontraba dieciséis soluciones y las listaba en orden de margen de éxito, peligro o coste. Era la persona más inteligente que conocía y probablemente una de las diez más inteligentes de todo el mundo. A veces resultaba todo un desafío trabajar con ella, pero nunca resultaba una persona aburrida.

—¿Cómo estás? —le preguntó él, básicamente, para meterse con ella.

Felicity suspiró.

—¿En serio? ¿Tenemos que hacer eso cada vez que hablamos? —hubo una pausa—. Estoy muy bien, Justice.

Muchas gracias por preguntar. ¿Qué tal por Fool's Gold? ¿Lo estás pasando bien?

—Es muy agradable —sonrió—. ¿A que estás calculando cuánto más podrías haber trabajado si no hubiéramos perdido tiempo con esta conversación?

—No. Estoy intentando ser más sociable. Voy a vivir en un pueblo pequeño y quiero ser como todos los demás.

No tuvo valor de decirle que eso jamás pasaría. Ella era muchas cosas, pero no «como todos los demás».

—¿La has visto? ¿A tu amiga?

Le había hablado un poco de Patience, le había contado que se habían conocido en el instituto, pero no que no había podido olvidarla desde entonces.

—Sí.

—¿Y es tal cual recordabas?

Él pensó en cómo se sintió al tenerla en sus brazos, en cómo la había besado. Recordó su risa y cómo había dado vueltas en mitad de un local vacío.

—Es mejor aún.

Julia extendió los brazos.

—¡Felicidades, Patience! Es todo lo que querías.

Patience abrazó a su jefa.

—Lo sé. Estoy muy ilusionada —Josh había accedido a alquilarle el local, y ella había llevado el documento al abogado esa misma mañana. Lo siguiente que había tenido que hacer era decirle a la mujer para la que trabajaba que se marcharía.

—¿En cuánto tiempo abrirás? —le preguntó Julia soltándola.

—En seis semanas. Tal vez ocho. He pensado que durante un tiempo podría trabajar media jornada, si te parece bien —alzó las manos—. Me siento como si te estuviera dejando en la estacada.

—Y así es, pero qué más da. Esto es como ganar la lotería. No puedes darle la espalda a esta oportunidad. Ya veremos a quién podemos pasarles a tus clientes y después podrás llamarlos para contarles lo que va a pasar —el buen humor de Julia se disipó ligeramente—. Pero no dejes que se marchen a la peluquería de Bella.

—Sí, señora —murmuró Patience ansiosa por evitar esa conversación en particular.

Bella y Julia eran hermanas. Hermanas separadas. Sus peluquerías se hacían la competencia en el pueblo y eso requería que los buenos habitantes de Fool's Gold tuvieran mucho cuidado si querían mantener la paz.

Patience prometió contactar con sus clientes en un par de días y se salió de su despacho. Había ido a hablar con Julia aprovechando su día libre y ahora tenía miles de cosas por hacer y ni idea de por dónde empezar.

Según lo acordado, el abogado de la tía abuela Becky le había enviado el cheque de un día para otro y el dinero ya estaba en su cuenta. Ava ya había investigado dónde ingresar los fondos para la universidad de Lillie y a finales de semana saldarían la hipoteca. Una vez firmaran el alquiler, empezarían a encargar todo lo que necesitaban y hablarían con un constructor para la reforma del local.

Estaba entrando en la sala de la peluquería para recoger su bolso y seguir con sus quehaceres cuando una rubia alta la detuvo.

—Tu madre me ha dicho que te encontraría aquí.

Patience vio a su amiga Isabel y se rio.

—¡No me lo puedo creer! ¿Cuándo has vuelto?

—Ayer.

Se abrazaron.

—¿Me habías dicho que teníais previsto venir? —le preguntó Patience emocionada de ver a su amiga.

—No, ha sido algo inesperado.

Isabel vivía en Nueva York y trabajaba en publicidad.

Al igual que Patience, había crecido en Fool's Gold y su familia seguía allí.

Patience miró el reloj de la pared. Eran casi las once y media.

—¿Quieres que vayamos a comer algo y nos ponemos al día?

—Estaba deseando que me lo propusieras. Tengo muchas cosas que contarte.

—Pues estoy deseando oírlas.

Fueron paseando hasta Margaritaville y se sentaron en una tranquila mesa junto a la ventana. Después de pedir un refresco y guacamole, retiraron las cartas y se miraron.

—Tú primero —dijo Patience.

Isabel se colocó un mechón de su larga melena rubia detrás de la oreja y se encogió de hombros.

—No estoy segura de por dónde empezar.

Patience la conocía de toda la vida. Isabel era un par de años más pequeña, así que nunca habían salido juntas en el instituto, pero poco después de que Ned la hubiera abandonado con su hija recién nacida, a Isabel la habían expulsado de la Universidad de California y había vuelto a Fool's Gold. Les hacía gracia decir que sus desgracias las habían unido, y desde entonces habían sido amigas.

—Antes de contarte mi triste historia —le dijo Isabel—, quiero ver fotos.

Patience se rio y le pasó el teléfono. Isabel fue pasando las imágenes.

—Crece por minutos. Está preciosa. Dile a Lillie que estoy deseando verla.

—Se lo diré.

Le devolvió el teléfono justo cuando la camarera llegó con sus bebidas, patatas, salsa y guacamole. Isabel esperó hasta que se quedaron solas y al instante puso la mano izquierda sobre la mesa y sacudió los dedos.

—Me voy a divorciar.

Patience se quedó mirando su dedo desnudo.

—¡No! ¿Qué ha pasado?

—Nada dramático —respondió con sus enormes ojos azules llenos de pena, aunque sin lágrimas—. Eric y yo seguimos siendo amigos, lo cual es muy triste. Creo que la verdad es que siempre hemos sido amigos. Nos llevábamos tan bien que queríamos creer que con la amistad bastaba, pero no era así.

—Lo siento —dijo Patience mirándola. Pero había más, algo que Isabel no le había contado. Sin embargo, no quería presionarla. Cuando su amiga estuviera lista, ya se lo contaría.

—Yo también. Me siento estúpida y perdida. Mis padres llevan casados como ciento cincuenta años —esbozó una compungida sonrisa—. Bueno, vale, unos treinta y cinco, pero aun así... Maeve lleva doce años casada y no deja de tener bebés. Soy el fracaso de la familia.

Patience le acercó el guacamole.

—¿Por eso has venido de visita? ¿Por el divorcio?

—Más o menos. Mis padres han decidido que les ha llegado la hora de seguir sus sueños. Maeve y yo ya somos mayores y ellos no quieren esperar demasiado para poder viajar. Así que han sacado sus ahorros para rachas malas y se han comprado billetes para hacer un crucero por todo el mundo.

—¿En serio?

—Sí. Se marchan en un par de semanas. Y también quieren vender Paper Moon.

Patience se la quedó mirando con una patata a medio camino de la boca.

—¡No! —Paper Moon era la tienda de novias del pueblo, toda una institución desde que la abuela de Isabel había abierto el establecimiento.

—Lo sé. Yo también me quedé impactada, pero mi madre está cansada de llevar la tienda y a Maeve no le interesa. Y, aunque le interesara, tiene demasiados bebés que cuidar.

—No puedo imaginarme la plaza sin la tienda de vestidos de novia Paper Moon.

—Seguirá donde está. Seguro que encontramos un comprador.

—Pero no será lo mismo.

Isabel miró por la ventana.

—Todo cambia, incluso cuando no queremos —agarró una patata—. Bueno, el caso es que esa es la razón por la que he vuelto. Voy a trabajar en la tienda los próximos ocho meses para prepararla antes de venderla, y a cambio me llevo una tajada de las ventas. Es una gran noticia porque voy a necesitar el dinero.

Se inclinó hacia delante con gesto más animado.

—Tengo una amiga en Nueva York, Sonia. Es una diseñadora magnífica. Vamos a meternos juntas en el negocio, así que trabajar en la tienda de mis padres unos meses me dará la experiencia en la venta de cara al público que necesito y algo de dinero extra para los gastos del principio.

—Se te ve muy ilusionada.

—Lo estoy, y creo que podré soportar quedarme aquí un tiempo.

—No se está tan mal aquí. Estarás genial.

—No me puedo creer que nunca te hayas marchado.

—Nunca he querido hacerlo. Me gusta el pueblo.

—A mí también, pero ¡venga!, ahí fuera hay todo un mundo.

Patience sabía que era verdad, aunque nunca le había interesado conocerlo.

—Bueno, solo he hablado yo. ¿Qué novedades tienes?

—Por una vez tengo noticias —le contó lo de la tía abuela Becky, lo del dinero y lo de la cafetería que su madre y ella iban a abrir.

Isabel se rio.

—¡Es fantástico! —levantó su vaso de refresco—. ¡Por que todos tus sueños se hagan realidad!

Brindaron.

—Estoy aterrorizada —admitió Patience—. No sé nada sobre atender al público. He dado algunas clases, pero no es lo mismo.

—Sé a qué te refieres. Yo trabajé en la tienda de novias mientras estuve en el instituto y la universidad, pero solo lo hice por el dinero. No le estaba prestando atención a cómo funcionaban las cosas. Si no me va bien, no podremos venderla por la cantidad suficiente y me quedaré sin el dinero extra.

—Aprenderemos juntas.

—Me gusta cómo suena eso. Nos apoyaremos —tomó otra patata—. ¿Sabes algo sobre Ford Hendrix?

La pregunta tenía un tono de indiferencia, y para alguien que no conociera el pasado de Isabel no habría sido más que un comentario, pero Patience conocía toda la historia. En lugar de responder, enarcó las cejas.

—¿En serio?

Isabel puso los ojos en blanco.

—No me mires así. Es solo por curiosidad.

—¿Porque te vas a divorciar?

—No, por supuesto que no. He vuelto y eso me está haciendo pensar en el pasado.

—¿Y en que fue tu «único y verdadero amor»?

Isabel hizo una mueca de disgusto.

—Por favor, no lo digas así. Me hace parecer una loca obsesiva.

—Eras una niña de catorce años encaprichada con un chico. No creo que haya mucha diferencia —sonrió—. Estabas loquita por él.

—¡Mira quién fue a hablar! Tú estabas coladísima por ese chico que se marchó. ¿Cómo se llamaba?

—Justice.

—Eso. Fue todo muy misterioso. ¿Llegaste a descubrir qué le pasó?

—Sí.

—¿En serio? ¿Cuándo?

—Hace unos días. Ha vuelto.

Isabel se la quedó mirando.

—¿Y no me lo habías contado? ¿Has dejado que siguiera hablando sobre mi aburrida vida cuando tenías una noticia así? ¿Has hablado con él? ¿Cómo está? ¿Adónde fue? ¿Por qué ha venido?

Patience dio un trago a su refresco.

—Por muy increíble que parezca, estaba en un programa de protección de testigos —le resumió los detalles—. Vino a Fool's Gold el año pasado como guardaespaldas y decidió que quería volver. Así que va a abrir un negocio aquí con un par de amigos. Lo pintan como si fuera otra cosa, pero básicamente será una escuela de guardaespaldas.

—Un hombre peligroso. ¿Está guapo?

Patience hizo lo que pudo por no sonrojarse.

—Sí.

—Entonces lo has visto.

—Vino... a cenar la otra noche a casa. Ya sabes, para ver a mi madre y esas cosas.

Isabel apretó los labios.

—Lo que me interesa más son «esas cosas». Aún te gusta.

—No. Bueno, a lo mejor —no dejaba de moverse en su asiento—. De acuerdo, sí. Es el chico ideal y ahora ha crecido, y cuando estoy con él me cuesta respirar.

Algo se encendió en los ojos de Isabel por un instante antes de disiparse.

—Es una descripción impresionante. Aunque me parece que ahora viene un «pero».

Patience asintió.

—¿Pero por qué ahora? Mientras estaba en el programa de protección de testigos no podía decirme quién era, pero después arrestaron a su padre y lo metieron en la cárcel, lo cual significaba que Justice podía hacer lo que quisiera. Sin embargo, está claro que no quería ponerse en contacto conmigo.

—Vaya —Isabel se puso derecha—. Muy bien pensado.

—Con Ford sí que contactó. Son amigos. Y ahora ha vuelto y mis hormonas se han revolucionado, aunque no dejo de decirme que he de tener cuidado.

—Sí, tenlo. Los hombres no siempre son lo que parecen —agarró otra patata—. Nunca es fácil, ¿verdad?

—No. Intento estar calmada y comportarme como una adulta —pensó en el beso y en cómo le habían temblado las rodillas—. Si va a abrir un negocio, no creo que vaya a desaparecer otra vez, ¿no? —porque eso sí que no lo soportaría. Todos los hombres por los que había sentido algo habían terminado marchándose.

—Es una muy buena señal.

Patience respiró hondo.

—Eso espero. Y hablando de esperanzas, tengo algo que contarte sobre Ford.

Isabel la miró.

—¿Qué?

—Pronto vendrá. Al parecer, va a dejar el ejército y va a volver a Fool's Gold.

Isabel abrió la boca y la cerró.

—¿Vendrá al pueblo?

—Eso se rumorea. No tengo ni detalles ni fechas.

—Oh, Dios mío, no. No puedo mirarlo a la cara. Me pasé años escribiéndole. No estoy segura de si recibió mis cartas o si las ha leído, pero aun así.

—Le habrían gustado tus cartas.

—Eso no lo podemos saber. Seguro que piensa que soy una acosadora —se cubrió la cara con las manos—. Sabía que volver a casa sería complicado, pero no pensaba que tuviera que ver a Ford —posó las manos sobre la mesa—. ¿Está casado?

—No lo sé.

—Probablemente esté casado y con seis hijos, ¿verdad? Y un perro. Así que no tengo que preocuparme, porque ni siquiera se acordará de mí.

Patience agarró otra patata.

—Me gustaría burlarme de ti, pero no puedo porque sé exactamente por lo que estás pasando.

—Eso me hace sentir mejor. ¿Si te enteras de algo me lo dirás?

—Con todo detalle.

—Yo haré lo mismo por ti. Aunque no es que esté esperando oír toda clase de cotilleos. Cuando la gente viene a la tienda, suelen obviar la racha dramática de su relación —dio un trago al refresco—. ¿Crees que Ford está casado? —le preguntó sonando tanto aterrada como esperanzada.

—Podría estarlo. Y estoy segura de que ya no está tan guapo como antes.

—Es verdad. Ahora estará viejo y habrá perdido todo su atractivo —se detuvo—. Has dicho que Justice está como un tren.

Patience contuvo el aliento.

—Más que eso.

—Bien. Una de las dos debería conseguir a un chico genial.

—Es muy pronto para saber si es genial o no —quería creer que lo era, por supuesto, pero no tenía pruebas.

Capítulo 5

—El tuyo es más grande que el mío —dijo Patience recorriendo el almacén.

Justice se rio. Fuera la circunstancia que fuera, siempre lograba hacerlo reír.

—Creía que a las mujeres les gustaba decir que el tamaño no importa.

Ella lo miró sonrojada y se dio la vuelta.

—Me refería a tu negocio.

—Ya lo sé. Aquí haré cosas distintas. Necesitaremos mucho espacio.

—Imagino que la buena noticia es que puedes hacer todo lo que quieras.

—Eso creía. Marcos en las paredes, montar algunos despachos y salas de reunión.

—Y un cuarto de baño —añadió ella—. Si tus clientes van a hacer ejercicio, tal vez deberían tener unas duchas.

Él tenía muchas ganas de pensar en duchas, aunque no del modo en que ella se refería.

La siguió mientras avanzaba por el espacio abierto. Patience vestía unos vaqueros y otra de sus camisetas decoradas. Esa era rosa con flamencos cubiertos de brillantes sentados en una mesa y tomando unos martinis. No estaba seguro de qué significaba, pero era pura Patience.

—¿Ya te has decidido? ¿Te quedas?

Él se preguntó si la realidad era que, desde que la había visto, marcharse ya no era una opción.

—Me quedo.

—¿Y vas a abrir el negocio con tus socios?

—Con Ford y Angel.

—¿Angel?

—Aún no lo conoces.

Ella enarcó las cejas.

—¿Le has advertido sobre dónde se está metiendo al venir a un sitio como este?

—Estará bien.

Se acercó a él.

—Has mantenido el contacto con Ford.

Él asintió, y después se preguntó si su interés sería personal más que general. Los tres habían sido amigos, y Ford había pasado años en el pueblo después de que él se hubiera marchado. ¿Habrían salido? Ford nunca le había dicho nada, pero tampoco es que compartiera muchas cosas con él. De pronto, sintió una fuerte tensión en los hombros.

—¿Tienes muchas ganas de verlo? —le preguntó Justice.

—Claro —se detuvo—. ¿Está casado?

No le gustó la pregunta y mucho menos la respuesta que iba a darle.

—No. ¿Es una buena noticia?

Ella sonrió.

—Siempre es divertido que regrese un héroe local, aunque creo que su madre y sus hermanas estarán más emocionadas —su sonrisa se volvió algo pícara al añadir—: Y en cuanto a lo del matrimonio, no se lo digas a nadie, pero mi amiga Isabel está loca por que Ford vuelva.

Sus músculos se relajaron.

—¿Le gustaba?

—Muchísimo. Ford estaba prometido con su hermana. Maeve lo engañó con su mejor amigo y Ford, como era de esperar, se enfadó mucho. Se marchó y se alistó en el ejército. Maeve se casó con su mejor amigo y siguen juntos. Pero Ford no viene de visita casi nunca. Cuando ve a su familia, queda en alguna otra parte y tampoco muy a menudo. Isabel solo tenía catorce años cuando Ford se marchó y estuvo años escribiéndole. Ahora ya han crecido y ella ha vuelto al pueblo. Está muy nerviosa por volver a verlo —se detuvo—. ¿Es demasiada información?

—No. Es algo confusa, pero no demasiada.

Ella miró a su alrededor.

—¿Estás asustado?

—¿Por?

—Por abrir un negocio. Yo estoy aterrada. Si pienso demasiado en ello, empiezo a dudar de mí misma. Mi padre se marchó cuando yo solo era un par de años mayor que Lillie y ni se molestó en mantener el contacto conmigo. Después de aquello, solo estábamos mi madre y yo, y entonces conocí a Ned y fue un desastre. Estaba sola y tenía a Lillie, y mi madre me invitó a volver a casa. Siempre ha estado a mi lado. La herencia ayudará a saldar la hipoteca y eso nos dará seguridad a las dos. Pero tengo a Lillie y, si la cafetería fracasa, habré desperdiciado todo ese dinero. ¿Estoy siendo una irresponsable por correr el riesgo?

Él se acercó y le puso las manos sobre los hombros.

—No. Tienes derecho a ser feliz.

—Pero ya soy feliz trabajando en la peluquería de Julia.

—¿Tu sueño es ser peluquera?

—No, pero...

—¿Es el Brew-haha?

Las comisuras de sus labios se elevaron.

—Sí, pero...

—Nada de peros. Tienes que cumplir tu sueño, Patience. Te has ocupado de la casa de tu madre y de los estudios de tu hija. Ahora te mereces quedarte un poco para ti también.

—Abrir un negocio es algo muy serio.

—Mereces cumplir uno de tus sueños.

—¿Y si fracaso?

Los ojos de él se oscurecieron cuando pronunció esas palabras y supo que Patience le había expresado su mayor temor. Pero antes de poder decirle que no fracasaría y darle los motivos, alguien pronunció su nombre.

—¡Ahí estás! Eres un hombre muy difícil de encontrar.

Patience dio un paso atrás y bajó los brazos. La mujer que se acercaba a él con paso decidido tendría unos cincuenta años, era rubia y su rostro le resultaba familiar. Buscó en su memoria y dio con un nombre.

Denise Hendrix. La madre de Ford.

Patience vio al gran guardaespaldas retroceder al ver a la madre de su socio y se preparó para presenciar un espectáculo excelente.

Denise Hendrix tenía seis hijos. Patience estaba segura de que los quería a todos por igual, pero cinco de ellos seguían viviendo en el pueblo mientras que el sexto arriesgaba su vida sirviendo en el ejército, y para cualquier madre eso sería difícil y delicado.

Se detuvo delante de Justice.

—Eres la razón por la que por fin mi hijo va a volver a casa.

Justice tragó saliva y a Patience le pareció ver en su mirada algo que se acercaba mucho al miedo. Él levantó las manos en un gesto de defensa y rendición.

—Yo... eh...

Denise asintió conteniendo las lágrimas.

—He estado rezando para que llegara este momento.

Estaba tan triste cuando se marchó. ¡Cómo no iba a estarlo! —miró a Patience—. Culpo a Maeve, aunque la he perdonado, claro. Pero aun así, ¿tuvo que irse mi hijo? Han sido muchos años. Sé que su trabajo es peligroso y que no habla del tema. Solo escribe e-mails. ¿Es que acaso un e-mail es igual de bueno que una visita?

Se giró hacia Justice.

—Y entonces tú vienes aquí y decides abrir tu negocio. Nunca podré agradecértelo lo suficiente.

—Nosotros... eh...

Ella asintió y se secó las mejillas.

—Lo sé. No ha sido todo por ti. Pero estaba empezando a pensar que jamás volvería y ahora resulta que va a venir. Tengo que asegurarme de que no vuelva a marcharse nunca.

«Pobre Ford», pensó Patience. Esperaba que supiera dónde se estaba metiendo al volver.

—Gracias —dijo Denise y fue hacia él.

Patience estaba segura de que Justice conocía decenas de movimientos para esquivar a la madre de su amigo, pero en lugar de emplearlos, la abrazó.

Cuando por fin quedó libre, logró decir:

—De nada.

Denise se sorbió la nariz.

—Recuerdo cuando no eras más que un adolescente, Justice. Eras muy buen amigo de Ford. Me alegra que hayas encontrado el camino de vuelta —sonrió a Patience, se despidió con la mano y se marchó.

Patience se giró hacia Justice.

—Siempre el héroe.

Él se tiró del cuello de la camisa.

—La señora Hendrix es muy entusiasta.

—Todos somos adultos y te acaba de dar un abrazo súper fuerte. Creo que ya puedes llamarla Denise.

Justice esbozó una mueca de disgusto.

—Me parece más apropiado llamarla señora Hendrix.

Patience sonrió, le hacía mucha gracia ver lo incómodo que se sentía con la idea. Le gustaba saber que el cabal y fuerte Justice Garrett podía ponerse nervioso con una mujer de mediana edad y madre de seis hijos.

—¡Ajá! Así que te aterroriza.

—Solo un poco.

Ella empezó a reírse.

—Siempre es divertido ver cómo se desmorona la fachada de un tipo duro.

Él entrecerró los ojos.

—¿Es que sabes mucho de tipos duros?

—Eres el primero, pero me resulta mucho más atrayente de lo que pensaba. Para que lo sepas, después te voy a pedir que me demuestres cómo desarmar a alguien con un bastoncillo de los oídos.

—¿Por qué te da miedo alguien con un bastoncillo de los oídos?

Ella se acercó y se llevó las manos a las caderas.

—Muy gracioso. Ya sabes lo que quiero decir.

—Lo sé y un bastoncillo para los oídos es un arma bastante estúpida.

—Pues entonces con una cuchara.

—Se pueden hacer muchas cosas con una cuchara.

Mientras hablaba, posó las manos sobre sus caderas y la llevó hacia sí. Ella accedió de buen grado, consciente del repentino interés procedente de sus zonas más femeninas. Era consciente del peligro, pero la posibilidad de que la abandonara parecía menos importante ahora que estaban tan cerca. Y la posibilidad de que la besara de nuevo parecía mucho más importante.

No se estaban tocando, al menos no aún, pero lo tenía lo suficientemente cerca como para sentir su calor.

Era alto, ancho y fuerte y debería ser alguien que la pusiera nerviosa. Pero no era así. Y tal vez eso se debía a su pasado, porque había adorado a aquel niño y ahora confiaba en ese hombre. Había estado predispuesta a que le gustara desde el segundo en que había regresado a su vida y ahora lo único que podía esperar era que no resultara ser un error amoroso más.

Lo miró a los ojos fijándose en los distintos tonos de azul que conformaban su iris. Sus pestañas eran ligeramente más oscuras que su pelo. Con esa esculpida barbilla y esos pómulos tan altos, era guapo y, aun así, resultaba muy masculino. En conjunto, un lote impresionante.

—¿Qué demonios vais a hacer en este pueblo tan diminuto? ¿No deberíais haberos instalado en París o Nueva York?

—Mi francés es pésimo y Angel odia Nueva York.

Buena información, aunque no respondía a la respuesta real... probablemente porque no la había formulado.

«¿Vas a romperme el corazón?». Eso era lo que de verdad quería saber.

Al parecer, Justice leía la mente además de tener otras habilidades como guardaespaldas porque su mirada se intensificó.

—No soy de los buenos. Eso tienes que saberlo.

No estaba segura de si se refería a un dato general o a algo que ella tenía que plantearse y asimilar realmente. Al final, supuso que no importaba.

—¿No has pensado que al decirlo estás demostrando lo contrario?

Él movió las manos hasta el bajo de su camiseta y tiró de la tela para observar el estampado.

—¿Flamencos?

—Son aves divertidas a las que les encanta tomarse un buen martini.

—Ya veo.

Justice la miró fijamente, levantó los brazos y deslizó los dedos entre su pelo.

—¿Qué voy a hacer contigo?
Ella suponía que debía quedarse callada y dejarle solucionar el problema a él solo, pero la respuesta le parecía obvia y no pudo evitar decir:
—Bésame.
Él esbozó media sonrisa.
—¿Por qué no he pensado en eso?
Aún con la mano en su cabeza, se acercó y la besó en los labios. Ella apoyó las manos contra su pecho y cerró los ojos. Sentir su boca, tan suave pero firme, la dejó clavada al suelo. En cuestión de segundos, supo que era inevitable rendirse. Tal vez no ese día, pero sí pronto. Cuando le preguntara, le respondería que sí. Y no porque hubiera pasado mucho tiempo desde la última vez, sino porque se trataba de Justice y llevaba media vida sintiéndose conectada a él.
Sin embargo, eso tendría consecuencias. Siempre había consecuencias. Ya averiguaría un modo de mantener a salvo su corazón. Pero eso lo dejaría para más adelante...
Ladeó la cabeza y llevó las manos hasta sus hombros. Él bajó las suyas hasta sus caderas y la llevó contra sí. Y mientras sus lenguas se acariciaban, los dedos de él se posaron en sus nalgas y las apretaron.
Patience le dejó acunar su cuerpo. Esos profundos besos le despertaron los sentidos mientras recorría sus hombros con los dedos y de ahí bajaba hacia sus brazos, queriendo sentirlo por completo. El deseo se apoderó de ella frenéticamente.
Él movió la cabeza para poder besar su mandíbula y de ahí bajó a mordisquearle el lóbulo de la oreja. Descargas de deseo y anhelo la recorrían mientras Justice acariciaba con su lengua ese punto tan sensible de su oreja al mismo tiempo que posó las manos en su cintura y comenzó a deslizarlas hacia arriba. A ella se le cortó la respiración anticipándose a lo que vendría a continuación. Justice le besa-

ba el cuello y echó la cabeza atrás esperando a que sus dedos tocaran su...

Justice se puso recto y apartó las manos. Ella abrió los ojos bruscamente. Los ojos de él se habían oscurecido por la pasión, pero junto al deseo, en ellos se podía ver una expresión de determinación. La pregunta era, ¿a qué venía esa determinación? ¿Estaba dirigida a evitar el siguiente paso? Porque ella estaba preparada. ¡Más que preparada! Estaba ansiosa.

Bajó la mirada y vio lo que parecía una erección impresionante contra la parte delantera de sus pantalones. Bueno, eso estaba bien. Dejaba claro que no era la única ansiosa.

—No soy quien tú crees.

La frase salió como de la nada y Patience tardó un segundo en procesarla.

—¿Es que antes eras una mujer?

La tensión se disipó en el rostro de Justice, que dejó escapar una carcajada.

—No, me refiero a mi pasado. A lo que he hecho y lo que he visto. Es complicado.

Ella quería discutírselo y decirle que era fácil. Tan fácil que deberían quitarse la ropa y ponerse al lío. Pero de pronto recordó el consejo de sus amigas, ese consejo según el cual si un tipo te decía que tenía defectos, debías escucharlo.

Un hombre que admitía que nunca había sido leal o que no le interesaban los compromisos, probablemente estaba diciendo la verdad, así que cuando Justice decía que las cosas eran complicadas, debería prestarle atención.

—¿Hay alguien más?
—No.
—¿Estás jugando conmigo?
Él le acarició la mejilla.
—No. Te doy mi palabra.

—Es porque no has vuelto antes, ¿tiene que ver con la razón por la que te has mantenido alejado?

Vio la verdad en sus ojos y retrocedió.

—De acuerdo —dijo lentamente—. Dímelo ya. ¿Por qué no te pusiste en contacto conmigo antes? ¿Por qué te parecía bien ver a Ford pero no verme a mí?

—Porque a Ford no puedo hacerle daño.

—Y a mí sí puedes —alzó la barbilla mientras hablaba, decidida a ser fuerte.

—No quiero —parecía como si le costara encontrar las palabras adecuadas—. Maldita sea, Patience, sé lo que está bien y no puedo resistirme...

¿A ella? ¿A ellos? ¿Al sexo? No era el mejor momento para dejar una frase a medias. Esperó a que él dijera más o que tal vez admitiera que lo tenía hechizado porque le encantaría verse como la clase de mujer que encandilaba a un hombre en lugar de una que llevaba camisetas divertidas y cortaba el pelo.

Él le rodeó las mejillas y le dio un delicado beso en la boca.

—Complicaciones. Venga, vamos. Te invito a un café en ya sabes dónde.

Tal vez debería haberse negado. Marcharse y fingir que nada de eso había sucedido. Ya tenía suficiente en su vida como para, además, preocuparse por Justice. Pero no se veía capaz de reunir la fuerza necesaria para resistirse.

—Puede que quiera dosis doble de moca en el mío.

—Creo que lo soportaré —respondió él.

Justice miraba la hoja de cálculo que tenía en la pantalla del ordenador. Como era habitual, Felicia había hecho un trabajo excelente a la hora de hacer cuentas y establecer relaciones entre las cifras.

Estaba a punto de leer las proyecciones de ingresos cuando oyó que alguien llamaba a la puerta.

Se levantó y cruzó el salón de la suite del Ronan's Lodge. Con el tiempo tendría que buscarse un piso o casa de alquiler, pero, por ahora, el hotel respondía a todas sus necesidades.

Abrió la puerta preparado para decirle a la doncella que no necesitaba más toallas, pero en lugar de eso se encontró allí a una niña de diez años.

—Hola. Soy Lillie McGraw. La hija de Patience.

—Te recuerdo.

Estaba claro que había ido al salir del colegio porque llevaba una mochila y un libro en la mano. Le sonrió con timidez.

—¿Puedo hablar contigo?

—Claro —agarró la llave de la habitación y salió al pasillo—. Vamos al vestíbulo. Te invito a un refresco.

Ella sonrió.

—Genial, gracias.

Subieron al ascensor y bajaron al espacioso vestíbulo donde llevó a la pequeña hasta un sofá.

—¿Qué te apetece? —le preguntó mirando la carta de la cafetería.

Lillie negó con la cabeza.

—Creo que nada. Solo quería hablar contigo, si no te importa.

—Por supuesto.

Tenía los ojos del mismo marrón que su madre y en ella podía ver mucho de Patience además de otros rasgos que no reconocía y que le vendrían por parte de padre. Patience había dicho que las cosas no habían funcionado con él, aunque no le había dado detalles.

Se sentó frente al sofá en una silla.

—¿Cómo has sabido dónde estaba alojado?

Lillie sonrió.

—No hay muchos hoteles en el pueblo y la abuela estaba hablando de ti el otro día y dijo que no eras chico de alojarte en un hostal —se detuvo—. Aquí hay un par.

—Ya lo he visto.

Lillie se inclinó hacia delante y bajó la cremallera de su mochila. Sacó unos cuantos billetes y se los acercó.

—Quiero contratarte.

Era lo último que Justice se habría esperado.

—¿Para qué trabajo?

—Necesito un guardaespaldas. Hay un chico en el cole, Zack —arrugó la nariz—. Siempre está persiguiéndome y observándome. Me da miedo, ¿sabes? No sé qué hacer y no quiero contárselo a mamá porque a lo mejor se enfada y habla con mi profesora y eso me daría mucha vergüenza. Pero eres un chico y he pensado que sería mejor si tú hablaras con Zack.

Justice la observaba fijamente.

—¿Y qué ha hecho exactamente? ¿Te ha pegado? ¿Te ha empujado?

Lillie frunció el ceño.

—No, ni siquiera me habla. ¡Pero, no! —dijo sacudiendo la cabeza—. No me amenaza ni nada de eso. Ya hemos hablado del acoso en el cole y hemos visto pelis sobre el tema. No me están acosando. Solo está ahí todo el tiempo y no sé qué querrá. Le he preguntado, pero sale corriendo. Los chicos son muy raros. Mamá dice que algún día me gustarán, pero no lo creo.

Él se relajó un poco.

—De acuerdo.

—No quiero que se preocupe. No se lo puedes contar.

—Lillie, si te pasa algo, tengo que contárselo.

La niña suspiró.

—¿Y no puedes decírselo mejor a mi abuela?

Era una buena negociadora.

—Claro. Si descubro algo, se lo diré a Ava y te informaré a ti —porque si alguien estaba molestando a Lillie, quería asegurarse de que esa situación terminara.

—Genial —volvió a mostrarle el dinero—. ¿Con esto vale?

—No tienes que pagarme. El primer encargo es gratuito.

Ella sonrió.

—Gracias —se guardó el dinero en la mochila y sacó un trozo de papel—. Aquí están su nombre y dirección y esas cosas. Para que puedas encontrarlo.

Él se quedó con la información.

—Investigaré y me pondré en contacto contigo —no estaba seguro de qué pasaba con Zack, pero lo averiguaría.

—Gracias por ayudarme. Mamá está ocupada con la cafetería. Está muy alegre y sabía que esto la preocuparía. La abuela también está muy emocionada, así que no sabía con quién hablar. A lo mejor si tuviera padre sería distinto —apoyó los codos en sus muslos y la barbilla en las manos—. Quiero decir, tengo padre, pero nunca lo he visto.

—Lo siento.

—No pasa nada. No lo recuerdo. Se marchó cuando nací o algo así. No viene a verme.

Hablaba sin emoción porque era todo lo que sabía. Él se preguntó qué clase de hombre podía alejarse de su hija, pero entonces se dijo que esa pregunta era estúpida. Los padres se alejaban de sus hijos constantemente o hacían cosas peores. No había más que mirar al suyo. Justice había vivido la pesadilla del maltrato paterno, así que si su padre lo hubiera abandonado habría sido una bendición para él.

—Si tienes preguntas, seguro que puedes hablar con tu madre.

—Lo sé. O con la abuela. Siempre me lo dicen. ¿Pero qué voy a preguntarles? —se levantó—. Gracias por ayudarme.

—De nada. Te informaré en un par de días.
Ella sonrió.
—¿Podemos quedar en un sitio secreto como si fuéramos espías?
—Claro.
—Me gustaría, aunque tampoco pasa nada si vienes al cole. Mamá dice que estás ocupado con tu negocio.

Recogió su libro y la mochila y fue hasta la entrada del hotel. Justice la siguió a la puerta y la vio marcharse. Después, volvió a su habitación subiendo por las escaleras y retomó su tarea con el ordenador, aunque en lugar de ver la detallada hoja de cálculos de Felicia, lo que vio fue el pasado. Vio a una Patience mucho más joven y sonriéndole.

Por entonces solo era cuatro años mayor que su hija. Una niña preciosa que se había convertido en una bella mujer.

Se levantó y fue a la ventana para asomarse y contemplar las vistas de la montaña.

Ojalá las cosas hubieran sido distintas, pensó, aunque sabía que pensar eso era una pérdida de tiempo. Las cosas no podían haber sido distintas. No, teniendo en cuenta quién era y cómo lo habían criado. A Bart Hanson le había gustado vivir al otro lado de la ley, le había gustado el riesgo y flirtear con la muerte. Sus tendencias sociópatas habían hecho que todo aquel que los rodeaba viviera intranquilo.

Recordaba la última noche que había pasado en Fool's Gold, cómo habían recibido la llamada alertándolos de que habían visto a Bart por la zona. A Justice lo habían sacado de allí en cuestión de segundos y, menos de una hora después, un equipo había llegado a recoger la casa. Por la mañana había sido como si nunca hubieran estado allí.

Se había resistido a que se lo llevaran e incluso había intentado negociar con ellos para que le permitieran al menos telefonear a Patience y contarle lo sucedido, pero uno de los federales le había explicado que, si ella se enteraba, podían ponerla en peligro. Justice lo había entendido y había dejado de preguntar.

Después de que capturaran a Bart, por fin había quedado libre, ya que la condena por homicidio junto con sus otros crímenes había asegurado que muriera entre rejas. Sin embargo, no había tenido una entrada en la cárcel muy discreta y sus últimos gritos mientras se lo llevaban habían sido el juramento de que su hijo moriría. De que lo perseguiría y lo mataría.

Incluso ahora, mucho después de la muerte de su padre, Justice no podía quitarse de encima la sensación de que Bart seguía ahí fuera. Esperando. Vigilándolo. La sensación de que si llegaba a ser una persona como otra cualquiera, si llegaba a ser feliz, su padre lo destruiría todo.

Miró la calle y vio a Lillie caminando por la acera. Un par de niñas se cruzaron con ella y siguieron avanzando juntas, charlando y riéndose juntas.

No podía arriesgarse. Su padre lo perseguía. No había forma de saber que podría mantener a salvo a todos los que le importaban, y mucho menos si el enemigo era él.

Patience estaba mirando el suelo de su recién alquilado local. Había barrido y limpiado antes de reunirse con el constructor y, ya que antes de entregarle el depósito para la reforma quería estar bien segura de lo que hacía, se había presentado allí armada con un plano, un metro y cinta adhesiva.

Hasta el momento había marcado con la cinta la forma del mostrador trasero y el frontal junto con varias mesas y sillas. Se acercó a la puerta principal para verlo todo desde ahí y después fue hasta la zona vacía junto al escaparate más alejado. ¿Qué iba a poner ahí? Estaba mirando una vitrina refrigerada, o también podría poner algún tipo de estantería y reservar el espacio para pequeñas reuniones. Como un club de lectura, por ejemplo. Ava no dejaba de proponerle que pusiera una máquina de karaoke, pero a Patience no le hacía mucha gracia la idea.

Sacó el teléfono y tomó una fotografía de los diseños que había hecho en el suelo con la cinta y después le echó un vistazo al diseño que tenía dibujado a mano. Tal vez si movía las mesas hacia la derecha de la puerta...

—¿Patience?

Se giró al oír su nombre y se encontró a alguien de pie en la puerta del local. Con la luz del sol tras él, al principio no pudo verlo con claridad. Cuando entró, vio los rasgos de un hombre mayor. Tenía los ojos verdes y el pelo casi blanco.

Lo primero que pensó fue que no lo conocía de nada, pero había algo familiar en él, así que supuso que debía de haberlo visto en alguna parte...

Su cuerpo se tensó a medida que su cerebro iba rellenando las lagunas e, instintivamente, dio un paso atrás.

—Hola, Patience.

—Steve.

El hombre sonrió levemente.

—No estaba seguro de que fueras a reconocerme. Solo nos vimos aquella vez.

—Es verdad. Dos semanas antes de la boda. Nos llevaste a cenar y nos prometiste que nos verías en la ceremonia.

El padre de Ned les había hecho más promesas que tampoco había cumplido. Había desaparecido. Ella se había quedado impactada, pero Ned le había restado importancia por estar acostumbrado a no esperar nada más de su padre.

—¿Qué haces aquí? —le preguntó con frialdad.

—Quería hablar contigo.

—No voy a prestarte dinero.
La expresión de Steve era de arrepentimiento.
—Supongo que me lo merezco. No he sido muy buen abuelo.
«Tan mal abuelo como padre», pensó Patience. Cuando había conocido a Ned, una de las cosas que habían tenido en común era que a los dos los habían abandonado sus padres. Ella hacía años que no veía al suyo, mientras que Steve había estado entrando y saliendo de la vida de Ned. Cuando habían hablado de todo por lo que habían pasado, Patience pensó que habían aprendido la misma lección: que era importante seguir adelante y comprometerse en la vida.

Por el contrario, Ned había aprendido lo fácil que era alejarse de todo.

Tal vez no era justo, pero culpaba a Steve por haberle enseñado esa lección a su hijo. A nivel personal, no le importaba que Ned se hubiera ido y no tenía ningún interés en que regresara, pero no se trataba de ella. Lillie era la que sufría sin su padre.

Miró a su alrededor.
—He oído que vas a abrir una cafetería.
—Algo así.
—Felicidades. Debes de estar muy ilusionada.
Ella se cruzó de brazos y lo miró.
—No has venido por eso.
—No.
Llevaba una camisa blanca por dentro de los pantalones y su aspecto no era amenazador en absoluto. Aun así, Patience no podía evitar pensar que si era necesario, echaría a correr y saldría por la puerta de atrás.
—No soy el hombre que era. Durante años, mis prioridades fueron patéticas y perdí a mi mujer y a mi hijo por eso.
—No perdiste a tu hijo. Te alejaste de él. Es diferente.

—Tienes razón. Me responsabilizo por lo que pasó con Ned. He intentado verlo, pero no tiene ningún interés en mí —su verde mirada se volvió pensativa—. No puedo culparlo por eso, aunque sí que deseo que las cosas hubieran sido distintas.

Ella se tensó.

—Estás aquí por Lillie.

—Me gustaría tener la oportunidad de conocerla.

Quería decirle que no, quería gritarle que saliera de allí y no volviera jamás. Lillie no necesitaba que otro hombre de su familia le rompiera el corazón.

—Llevo unos años jubilado. Hice recuento de mi vida y me di cuenta de que había hecho mal las cosas —sonrió suavemente—. Fui a un terapeuta y entendí lo que había hecho mal. Quiero ser mejor y hacer las cosas mejor por mi nieta.

—¿Puedes darme una sola razón por la que debería confiar en ti?

Steve sacudió la cabeza.

—Ni una.

Podía sentir cómo se iba enfureciendo por dentro. Quería gritar que no era justo, pero en lugar de eso dijo la verdad.

—Te culpo por el comportamiento de Ned. Hizo lo que le enseñaste y se marchó. ¿Sabes que nunca ve a Lillie? Renunció a todos sus derechos y así no tener que pasarme la pensión. Ella es una niña muy dulce e inteligente y fui yo la que tuvo que explicarle porque ya no tiene padre. De momento acepta lo que le he contado, pero ¿qué crees que pasará cuando sea mayor? ¿Cuando sepa que directamente su padre no se interesó por ella? ¿Cuánto daño crees que le hará eso?

—Lo siento.

—Sentirlo no es suficiente. Ya es suficientemente malo que Ned me abandonara, pero además abandonó a mi hija

y jamás lo perdonaré por eso. No hay ninguna razón para que me fíe de ti y te deje conocer a Lillie. ¡Eso nunca!
Él alzó las manos.
—Tienes razón. No hay motivos para que confíes en mí, pero eso no cambia el hecho de que sea el abuelo de Lillie y quiera poder conocerla. Quiero formar parte de su vida. Te estoy pidiendo una oportunidad para verla.
—¿Qué plan tienes? ¿Vas a presentarte unas cuantas veces y hacer que acabe apreciándote para luego desaparecer y partirle el corazón?
—No —respondió en voz baja—. Me he mudado aquí. Quiero estar cerca de la única familia que me queda. Estoy dispuesto a hacer lo que haga falta por ganarme tu confianza —vaciló como si tuviera algo más que decir y después sacudió la cabeza—. Por favor, piensa en ello.
Patience odiaba que un «no» rotundo no fuera una opción, porque aunque no había nada que pudiera decirle para hacerla confiar en él, esa no era la cuestión. A menos que Steve fuera un completo cretino, Lillie merecía conocer a su abuelo. Se merecía tener más familia, tener a más gente que se preocupara por ella.
Steve sacó una tarjeta de visita del bolsillo de su camisa.
—Aquí tienes mi número de móvil. No estaré lejos. Puedes limitarme las visitas, supervisarlas o hasta puedo dejarte una fianza como garantía —esbozó una breve sonrisa—. Haré lo que haga falta, Patience. Siento cómo te han afectado mis actos. Si pudiera cambiarlos, lo haría. Créeme.
Le pasó la tarjeta y se marchó. Ella se la guardó en el bolsillo trasero e hizo lo que pudo por olvidarse del tema. No quería tener que enfrentarse a la situación de que el abuelo de su hija se hubiera presentado de pronto.

Justice llamó a la puerta de la casa y un par de minutos después, Ava la abrió y le sonrió.

—Patience no está aquí —le dijo a modo de saludo—. Esta tarde le tocaba trabajar en la peluquería.
—He venido a verte a ti.
Ava se rio y lo invitó a pasar.
—Lo interpretaré como lo que has querido decir en lugar de deducir cualquier otro motivo.
Justice sonrió.
—Gracias.
Ella lo condujo hasta el salón. Ese día sus pasos no eran tan firmes como antes y usaba un bastón. Ahí estaba su enfermedad, pensó él, deseando poder hacer algo para que se recuperara.
Una vez los dos estuvieron sentados, Ava le preguntó:
—¿En qué puedo ayudarte?
—Lillie ha venido a verme —le contó lo de Zack y lo incómoda que se sentía Lillie cuando el niño estaba cerca—. Quiere que descubra qué está pasando para que pare. Dice que no la están acosando, pero no estoy muy seguro. En circunstancias normales yo mismo iría a hablar con el problema, pero en este caso el problema es un niño de diez años.
—Entiendo que pueda hacerte sentir incómodo. No sabía que a Lillie le preocupara alguien.
—Creo que ha venido a mí porque soy profesional, pero esto se sale de mi campo.
—Lo comprendo —respondió Ava, quedándose pensativa un segundo—. Voy a llamar al colegio y concertaré una cita con la orientadora y con la profesora. A lo mejor así obtengamos una respuesta. Se lo diré a Patience, pero le diré que nos deje ocuparnos de esto a ti y a mí. Así si Lillie te pregunta si ha intervenido su madre, podrás decirle que no.
—Agradezco tu ayuda.
Ava sonrió.
—Siempre has sido muy dulce con mi niña, incluso

cuando eras mucho más pequeño. Me alegra poder ayudarte ahora.

No estaba seguro de poder definir sus sentimientos como «dulces», pero tampoco era una conversación que fuese a mantener con la madre de Patience. Ni siquiera estaba seguro de que fuese a mantenerla con Patience. No sabía qué estaba pasando entre ellos. Sabía lo que quería, pero ir por ese camino implicaba llamar al peligro. Su deseo de protegerla era más importante que el deseo físico que sentía por ella y eso lo situaba en un gran dilema.

Capítulo 6

—Gracias por reunirte conmigo —dijo Patience al sentarse en un banco en el Fox and Hound—. Seguro que por teléfono he sonado muy misteriosa.

—Tu petición tenía cierto aire de James Bond —le respondió Justice, además de farfullar algo parecido a «es cosa de familia», pero como no le encontró sentido, ella lo dejó pasar.

Lo había llamado esa mañana y le había preguntado si estaba libre para almorzar. Tenía un millón de cosas que hacer, pero el asunto era demasiado importante como para posponerlo. Además, ¿quién podía resistirse a almorzar con un hombre atractivo por mucho que ese hombre la confundiera?

Wilma, la camarera de unos sesenta y tantos años que no dejaba de mascar chicle miró a Justice.

—No te conozco, pero tienes la mirada de mi Frank. Es un cumplido, por si te lo estás preguntando.

—Gracias —respondió Justice.

Wilma se giró hacia Patience.

—¿Está contigo?

—Más o menos.

Las perfiladas cejas de Wilma se enarcaron.

—¡Vaya! ¿No es maravilloso? Bueno, ¿qué vais a tomar?

—Yo quiero una Coca Cola Light —respondió Patience, sabiendo que pretender evitar que el pueblo dejara de interesarse por ella y por su vida privada era lo mismo que pretender querer parar la rotación de la tierra.

—Yo quiero café —le dijo Justice a la camarera—. Solo.

La mujer anotó el pedido.

—Antes ha habido un pequeño accidente en la cocina. No es preocupante, pero si fuera vosotros me limitaría a tomar unos rollitos.

Patience contuvo un gruñido. Estaba claro que tenían que haber elegido otro sitio.

—Gracias por la información.

Justice la miró.

—¿Me recomienda alguno?

—El London es el mejor —dijo Wilma—. Con patatas fritas. Te gustará.

Él le devolvió la carta.

—Seguro que sí.

—Lo mismo para mí —dijo Patience sin muchas ganas.

—Chica lista.

Cuando Wilma se marchó, ella miró a Justice.

—Puede ser un poco enérgica.

Justice parecía más divertido que molesto.

—Me parece bien. Es parte del encanto de este pueblo.

—Eso lo dices ahora, espera —respiró hondo—. Gracias por ayudar en el asunto Lillie-Zack. Mi madre me lo ha contado todo. Estoy de acuerdo en que yo debería mantenerme al margen para que Lillie no piense que has traicionado su confianza.

—Gracias. No quiero que me odie. Es una niña genial.

—Y una niña que despierta un gran afecto entre sus compañeros de clase —se estremeció—. Me temo que voy a verme en serios problemas cuando cumpla dieciséis.

—Enciérrala en una torre.
Ella se rio.
—Es una opción que no había contemplado —se aclaró la voz sabiendo que tenía que ir al grano y al motivo de ese almuerzo—. Sobre el motivo de que te haya pedido quedar contigo...
—¿Sí? —le preguntó él mirándola.
—Me ha visitado el abuelo de Lillie —le pasó la tarjeta de visita de Steve—. Quiere empezar a verla de forma regular e imagino que establecer una relación con ella.
—¿No la ha visto antes?
—No. Abandonó a su familia cuando Ned era pequeño. Ned siempre sintió mucha rabia hacia su padre y cuando nos conocimos lo interpreté como una buena señal. A los dos nos habían abandonado nuestros padres, así que supuse que los dos estaríamos dispuestos al compromiso —sacudió la cabeza—. Pero me equivoqué.
—¿Y habías visto antes a... —miró la tarjeta— Steve?
—Una vez. Antes de la boda. Apareció, nos llevó a cenar, hizo muchas promesas y desapareció. No creo que sea peligroso, pero tampoco confío en él. Lillie no necesita que su abuelo se presente de pronto para desaparecer después. Quiero saber qué clase de hombre es y he pensado que tú podrías ayudarme a averiguarlo.
—Claro que sí. No me será difícil —se guardó la tarjeta en el bolsillo de la camisa—. ¿Qué pasó con Ned?
Wilma llegó con sus bebidas y volvió a la cocina. Patience desenvolvió su pajita.
—Nada fuera de lo común. Empezamos a salir. Era divertido, pero no genial. No estaba enamorada de él ni nada por el estilo, aunque pensé que tal vez podría estarlo. No sé. Me acosté con él y probablemente no debería haberlo hecho. Fue una época muy complicada para mí. Estaba confundida sobre lo que quería hacer con mi vida. Era joven.
—Muy joven —apuntó Justice mirándola fijamente.

—Has hecho las cuentas, ¿eh?

—Lillie tiene diez. Eras una adolescente cuando te quedaste embarazada.

—Lo sé. Recién salida del instituto. Bueno, el caso es que me quedé embarazada. A Ned no le hizo ninguna gracia, pero dijo que quería hacer lo correcto. Nos casamos. Yo trabajaba a tiempo parcial en la librería de Morgan. Al poco tiempo de que naciera Lillie, Ned me dijo que se marchaba porque había conocido a otra persona. Era mayor y muy rica.

Miró por la ventana obligándose a no mostrar ninguna emoción. Y no porque estuviera hundida por lo sucedido, porque ya no lo estaba, pero sí por haber sido tan estúpida y confiada.

—Pensé que estaría a mi lado simplemente porque me había dicho que lo estaría. Como te he dicho, por el modo en que hablaba sobre su padre y cómo lo había abandonado, supuse que él jamás le haría lo mismo a su hija, pero me equivoqué. Me quedé impactada cuando admitió que había tenido una aventura y que quería irse —volvió a mirar a Justice—. Ya tenía listos los documentos. Su abogado se los había preparado. Ned me abandonó y abandonó a Lillie. Y renunció a sus derechos.

Dio un trago de refresco.

—Durante mucho tiempo pensé en ello y entendí que no quería ser padre y que de nada me serviría obligarlo a visitarla y verla. ¿Para qué? ¿Para que la niña viera que no era importante para él? En los días buenos me digo que vio que era demasiado parecido a su padre como para comprometerse a cuidar de su hija. En los días malos creo que era un bastardo. Al final lo firmé todo. Me mudé con mi madre, fui a la escuela de estética y peluquería y el resto ya lo sabes.

Él le agarró la mano por encima de la mesa. Sus dedos resultaron cálidos y reconfortantes.

—¿Y no habías vuelto a ver a Steve?
—No, ni tampoco he sabido nada de él. Ayer me giré y ahí estaba, diciendo que quería entablar una relación con Lillie.
—Descubriré todo lo que pueda antes de irme.
Ella apartó la mano antes de poder detenerse. La temperatura pareció bajar varios grados y perdió el apetito. No debería sorprenderla, pero lo hizo.
—¿Te marchas?
—Un par de semanas. Aún... —se inclinó hacia delante—. No, Patience. No me marcho del pueblo. Aún tengo una misión con la empresa para la que trabajaba. Tengo un último trabajo que hacer y estaré fuera unos diez días, no más.
—Ah —su rostro quedó cubierto por una máscara de alivio. Se aclaró la voz, esperando mantener una expresión que pareciera normal—. Vale. ¿Y qué clase de trabajo es?
—La típica labor de guardaespaldas.
Ella sonrió.
—¿Y eso qué significa? No creo que conozca a una sola persona que alguna vez haya necesitado a un guardaespaldas —alzó una mano—. Lo retiro. La madre de mi amiga Charlie contrató a uno una vez, pero es una bailarina famosa. Estuviste aquí con ella el año pasado, ¿verdad? —precisamente cuando no se había molestado en ir a verla.

¿Por qué no podía llegar a entender a Justice? La apoyaba tanto y era tan simpático y sexy, pero nunca antes había hecho intención de acercarse. ¿Qué significaba eso? Necesitaba que la ayudara con Steve y le gustaba tenerlo cerca, pero ¿estaría pagando un precio demasiado alto por eso?

«No te desvíes del tema», se dijo.
—Bueno, sigamos con lo del guardaespaldas. La mayoría logramos vivir nuestro día a día sin protección. Así que, ¿quién es ese tipo?

—No puedo decírtelo.
Ella esperó, aunque él parecía estar hablando en serio.
—De acuerdo. ¿Y significa eso que tampoco puedes decirme adónde vas a ir?
—Sí.
—¡Vaya! —no estaba segura de qué hacer con la información, aunque sí que sabía que no le gustaba—. ¿Y hablan inglés en ese misterioso lugar?
—No.
—Entonces es peligroso.
—No todos los lugares de habla no inglesa son peligrosos.
—Lo sé, pero si fueras a un lugar donde hablan inglés, probablemente, no sería peligroso. No me imagino que haya muchos peligros en la Gran Barrera de Coral, a menos que incluyamos a los tiburones.

Hizo lo que pudo por hablar con tono animado, más por el bien de él que por el suyo.

—No tienes que preocuparte por mí.
—No lo estoy. Tal vez un poco. No quiero que desaparezcas como antes.
—No lo haré. Lo prometo.

¿Esa promesa se aplicaba a ese viaje en especial o incluía toda la eternidad? Tenía la sensación de que preguntárselo la haría pasar de ser una amiga encantadora a una que daba miedo.

Wilma apareció en ese momento y les colocó el almuerzo delante. Patience le dio las gracias y agarró una patata frita mientras se preguntaba si podría confiar en que Justice cumpliera con su palabra. Quería decir que conocía a ese hombre, pero seguía siendo un misterio para ella. Sabía quién había sido, pero de aquello ya había pasado mucho tiempo.

Sabía que le gustaba y adoraba sus besos y, tal vez, aunque fuera de tontos, se metería en su cama. Pero eso no era lo mismo que confiar en él. La confianza había que ganársela. Solo esperaba que no estuviera en riesgo de enamorarse de un hombre que no se merecía su corazón.

Justice estaba esperando en la acera a las puertas de la escuela elemental. Los niños salían; unos se metían en los coches que los esperaban, pero la mayoría volvía caminando a casa con sus amigos. El pueblo era uno de esos lugares donde los niños podían volver solos a casa sin ningún peligro.

Observó a la multitud y entonces vio a Lillie. Estaba hablando con un par de niñas. Cuando lo vio, lo saludó con entusiasmo. Le dijo algo a sus amigas y salió corriendo.

—¡Hola! Estás aquí.
—Quería hablar contigo sobre mi investigación.

Echaron a caminar juntos hacia la casa.

—Últimamente, Zack ha estado distinto. Sabía que le habías dicho algo.
—Tuvimos una charla.

Ella lo miró expectante.

—No es que te esté acechando ni nada raro. Le gustas.

Dos días antes, Justice se había reunido con Ava, la orientadora del colegio, los padres de Zack, la profesora de Zack y el propio niño. Y lo que todos habían descubierto al instante era que al pequeño le gustaba Lillie. No era ningún acosador. Era solo un niño coladito por ella.

Sus padres habían sido muy comprensivos y habían prometido enseñarle que observar a su objeto de afecto no era el mejor modo de conquistarla, y Justice había accedido a compartir el encuentro con Lillie.

—No lo entiendo. ¿Y por qué no me habla?
—Le gustas.
—Pero es un chico. Los chicos son raros —arrugó la

nariz—. Esto no es como en la tele, ¿verdad? ¿Lo de los besos?
—Nada de besos.
—Vale. Mamá dice que algún día miraré a los chicos de manera distinta, pero no lo creo. Gracias por ayudarme. Creo que lo que tengo que hacer es mantenerme alejada de su camino.
—Ahora se comportará mejor.
—Bien —sonrió—. ¿Vas a mandarme la factura? Nunca me han enviado una factura.
—No. Esto lo he hecho porque conozco a tu madre.
—Qué bien. Gracias.
Ya habían llegado a su casa y él se detuvo en la acera.
Lillie era una niña brillante, simpática y dulce. Una niña genial. La clase de niña que hacía que la gente que no quería tener hijos se lo pensara dos veces.
—Tengo que irme.
—Vale. Gracias, Justice.
—De nada.
Volvió por donde había llegado. Tal vez Ford tenía razón, tal vez Fool's Gold no era la clase de lugar en la que ninguno de los dos debería instalarse. Pero marcharse... eso era algo que no podía hacer. Aún no. La atracción era demasiado poderosa y su deseo demasiado extremo. Tendría que recordar tener cuidado y asegurarse de que mantenía a salvo a las personas que le importaban.

Patience estaba sentada en el sofá con las piernas cruzadas. Sostenía una libreta y un boli y delante tenía un bote de refresco light. Necesitaba cafeína aun a riesgo de caer en una locura histérica.
—El equipamiento ya está encargado —dijo Ava sosteniendo una carpeta—. Aquí tengo todos los recibos. He creado un calendario con fechas de entrega. El fontanero y

el electricista tienen que venir primero, así que necesitamos saber dónde va a ir todo.

Patience respiró hondo.

—De acuerdo. Así que tenemos que ultimar la ubicación de todo. ¿Qué opinas?

—Creo que deberías pedir otra opinión —le dijo su madre—. Pregúntale a Justice qué opina. Era militar. Está acostumbrado a colarse en sitios y salir de ellos. Debe de tener una buena idea de la distribución del espacio y de lo que puede obstaculizar el paso.

—Vaya, no había pensado en eso —aunque tampoco le importaba tener cualquier mínima oportunidad de ver a Justice—. Tienes razón. Nos dará una nueva perspectiva. Luego lo llamaré para quedar.

—Perfecto —su madre abrió la carpeta—. Entre la construcción y el equipamiento, hemos utilizado la mayor parte del presupuesto.

—Lo sé. Sabíamos que eso iba a pasar.

Un equipo decente y de calidad profesional no era barato. Después estaban todos los suministros necesarios para abrir una cafetería. Tazas, vasos, mesas, sillas, servilletas, un lavaplatos.

—Tenemos dinero para pagar empleados —dijo Patience— y nuestros fondos de reserva. Yo no voy a tener sueldo al menos durante los dos primeros meses.

—No te preocupes por las facturas. Yo me ocupo. Con la hipoteca saldada, tenemos más que suficiente, además de algo de dinero extra para invertir en el local.

Patience asintió. Nada de lo que oía era información nueva. Habían repasado su presupuesto en muchas ocasiones antes y poniéndose en distintos escenarios y situaciones. La diferencia era que esta vez iba de verdad. Estaban haciéndolo. La herencia había supuesto que no tuvieran que pedir un préstamo bancario ni preocuparse por él. ¡Eso sí que había sido un milagro!

—En todo caso, tengo un recurso —dijo con una sonrisa—. Siempre puedo volver a la peluquería.

—No tendrás que hacerlo —le dijo su madre—. Vamos a arrasar en este pueblo.

—Taza a taza —añadió Patience.

—Eso es —su madre hojeaba los documentos—. Tenemos que organizar un equipo de trabajo. El constructor instalará los armarios empotrados y luego vendrán el electricista y el fontanero, pero ¿qué pasa con la limpieza general y la pintura? Sería mucho más barato si lo hiciéramos nosotras.

—Tienes razón. ¿Cuánto serían? ¿Tres semanas desde ahora?

—La reforma empieza el lunes y tardarán una semana. A la semana siguiente recibiremos los electrodomésticos, así que serían unas tres semanas —Ava lo anotó—. Haremos una cadena de llamadas.

Una de las ventajas de vivir en un lugar como Fool's Gold era la implicación de la comunidad. Los vecinos siempre acudían a ayudarse los unos a los otros. Si en el colegio hacía falta pintar las clases o se necesitaba remodelar escenarios para una función de Navidad, la gente aparecía para ayudar. Y aunque Patience había formado parte de muchos equipos de trabajo, nunca había sido la que había pedido la ayuda.

—¿Crees que deberíamos molestar a la gente? —preguntó a pesar de saber cuál sería la respuesta de su madre.

—Todos los que nos quieren estarán encantados de ayudar.

—Lo sé. Tienes razón.

—Al menos tienes un plan.

Repasaron el resto de los detalles. Durante los siguientes días la imprenta tendría las pruebas para su logo que iría en los rótulos, en los delantales y en las tazas. Incluso estaba pensando en vender artículos promocionales del Brew-haha.

—Y con eso habremos terminado —dijo Ava.

—¡Sí! —Patience soltó la libreta y el boli y estiró las piernas—. Lillie no tardará en volver —su hija había ido a pasar la tarde a casa de una amiga.

—Ya sabes que está resuelto el asunto de Zack, ¿verdad?

Patience sonrió.

—Sí. Pobre niño. Ha tenido que soportar una reunión en la que todos han estado hablando de su enamoramiento. Eso le va a dejar huella.

—Justice ha manejado la situación extremadamente bien. Sé que no tengo nada que ver, pero, aun así, estoy orgullosa del hombre en que se ha convertido.

Patience también estaba impresionada con él, pero no creía que estar «orgullosa» se ajustara a sus sentimientos.

—Es un buen tipo.

Un buen tipo que la confundía. Ojalá no le gustara tanto. Había pensado en mantenerlo alejado de Lillie para que su hija no estableciera ningún vínculo con él, sin imaginarse que la niña iba a actuar por su cuenta. Y ahora Justice se había convertido en el héroe de Lillie y también en su propio héroe por haber ayudado a su hija.

Justice había decidido abrir su negocio en Fool's Gold, lo cual implicaba que iba a quedarse. Pero aún no había explicado por qué la había estado evitando durante años. Mantenerse alejada de él hasta que lo descubriera le parecía la mejor opción, pero, por un lado, era un pueblo pequeño y, por el otro, no quería hacerlo.

Al menos estar tan ocupada con el local la ayudaría. Ahora mismo no tenía tiempo para pensar en los «y si...».

—Es interesante que haya elegido establecerse aquí —dijo su madre—. Podría haber ido a cualquier otra parte.

—Creo que Ford tiene algo que ver en eso. Siguen siendo amigos —se rio—. O tal vez es por Fool's Gold. Una vez este pueblo te encuentra, no te deja escapar.

—Eso da un poco de miedo.
—No quería expresarlo así —miró a su madre—. Me alegra que Justice esté bien. Aunque solo éramos niños, he pensado mucho en él y en lo que podía haberle pasado.

Ava asintió.

—Recuerdo cómo la alcaldesa intentó averiguarlo. Y Alice Barns también echó mano de sus contactos.

Alice, que por entonces era ayudante del sheriff y ahora la jefa de policía Barns.

—Pero se trataba del programa de protección de testigos, así que era imposible que hubiéramos descubierto algo —incluso ahora le costaba creer que alguien se hubiera llevado a Fool's Gold a un niño en peligro. Allí no pasaban esas cosas... así que probablemente por eso habían elegido ese lugar.

Agarró el boli de nuevo y se puso recta. Una molesta sensación se apoderó de ella y supo que tenía que contárselo a su madre.

—Mamá, el padre de Ned vino el otro día.

Ava se giró hacia ella.

—¿Steve?

—Ajá. Dice que quiere ejercer de abuelo con Lillie.

Patience se preparó para la diatriba de su madre. Ava ya había tenido que soportar el abandono de un hombre más de una vez en su vida. Primero su padre, después su marido y por último había tenido que presenciar cómo a su hija le hacían lo mismo.

No había duda de que tendría unas cuantas cosas que decir sobre el padre de Ned y que no serían muy agradables. Después de todo, Steve también había abandonado a su familia. Parecía que había una epidemia de hombres que no eran capaces de mantener un compromiso a largo plazo.

—¿Y cómo es? —le preguntó al contrario de lo que se había imaginado.

Patience se encogió de hombros.

—Tranquilo. Agradable. Se ha disculpado por lo que le había hecho a Ned y por cómo Ned nos trató a Lillie y a mí. Dice que ha cambiado y que quiere una segunda oportunidad con su nieta.

—¿Y le crees?

—No lo sé. Solo lo había visto una vez en mi vida y Ned nunca tenía nada bueno que decir sobre él, así que no creo que sea alguien en quien confiaría juzgando su carácter. Le he pedido a Justice que lo investigue.

La expresión de su madre era difícil de descifrar.

—Me parece una solución muy sensata. Justice descubrirá si hay algo en él que deba preocuparnos.

Patience esperó.

—¿Y ya está? ¿No vas a decir que es un hijo de..., ni vas a decirme que agarre a Lillie y salgamos corriendo?

—La gente cambia.

—¿Y crees que Steve ha cambiado?

Ava se movía incómoda en su asiento.

—No estoy segura. Solo digo que puede que haya hablado en serio. El tiempo aclara las cosas y para algunas personas eso equivale a enfrentarse a sus remordimientos. Si Steve es sincero, entonces deberías tomarlo en serio.

Patience no estaba tan segura.

—No quiero que haga daño a Lillie. Ella nunca habla de su padre, pero sé que piensa en él. Sus amigas tienen padres e incluso las que tienen padres divorciados ven a sus papás. Ella nunca lo ha visto porque se fue y no ha vuelto jamás. Sería distinto si hubiera muerto... porque en ese caso su ausencia no sería una opción. ¿Y si Steve no ha cambiado? ¿Y si la ve unas cuantas veces y luego desaparece?

—A lo mejor no lo hace.

—Te estás poniendo de su parte.

—Solo digo que necesitas más información.

Patience no lo entendía. Era como si su madre le estuviera ocultando algo.
—Voy a esperar a oír lo que Justice tiene que decir. Si le da el visto bueno a Steve, entonces me pensaré que conozca a Lillie. De lo contrario, no le permitiré acercarse a mi hija.

Capítulo 7

El bar de Jo era uno de esos lugares únicos en Fool's Gold. Decorado con colores femeninos, con televisores sintonizados en canales de teletiendas y programas de televisión divertidos, era un lugar dirigido a las mujeres del pueblo. En la carta había muchas opciones bajas en calorías, una zona de juegos para niños durante el almuerzo y una ausencia absoluta de solteros merodeando. Aunque los hombres eran bien recibidos, solían evitar el bar de Jo. Si aparecían por allí, se iban a la sala del fondo donde podían encontrar una mesa de billar y televisores más pequeños emitiendo deportes.

Patience entró y vio a sus amigas en una mesa de la pared del fondo. Normalmente se sentaban en uno de los bancos grandes, pero con Annabelle a punto de dar a luz y Heidi de siete meses se había vuelto complicado sentarse en los bancos.

—¿Cómo estáis? —les preguntó al acercarse.

—Yo, enorme —respondió Annabelle.

La menuda pelirroja sí que parecía incómoda con su peso, pensó Patience mientras la abrazaba. Heidi era algo más alta y tenía menos barriga todavía.

—Yo estoy bien —le dijo Heidi con una sonrisa.

—Está tranquila —anunció Charlie—. Y eso resulta algo irritante.

—Estoy en la fase zen de mi embarazo —dijo Heidi riéndose—. El universo y yo somos uno.

Heidi era una preciosa rubia que vivía en el rancho Castle justo a las afueras del pueblo. Charlie era una bombera local. Fuerte, alta y posiblemente la mujer menos femenina que conocía. Era atractiva, pero tenía un aire de suficiencia que ahuyentaba a la mayoría de los hombres.

El año anterior las tres amigas se habían enamorado de los hermanos Stryker. Como amiga suya, Patience había sido espectadora de primera fila de toda la emoción del principio, de los problemas amorosos y, finalmente, de los finales felices.

Se sentó en una silla y colgó su bolso en el respaldo.

—He invitado a una amiga a unirse a nosotras. Espero que no os importe.

Charlie se inclinó hacia ella.

—Sabes que nos parece perfecto. Nos gustan las multitudes. Hace que las conversaciones sean más animadas. ¿Quién es?

—Se llama Isabel Beebe. Su familia ha regentado desde siempre la tienda de novias Paper Moon. Ha vivido en Nueva York los últimos años, pero ahora ha vuelto durante una temporada. Sus padres quieren vender la tienda y ella va a ocuparse mientras tanto para prepararlo todo.

Los ojos de Annabelle se llenaron de lágrimas.

—¿Van a vender Paper Moon? Pero si me iba a hacer allí mi vestido. Es una institución en Fool's Gold y yo quiero formar parte de una institución.

—Más de lo que necesitas que te encierren en una —murmuró Charlie dándole unas palmaditas en la espalda—. Anda, venga. Respira hondo un par de veces. Estás demasiado sensible. Es por las hormonas. No pasa nada en realidad.

Annabelle se sorbió la nariz.

—No puedo evitarlo. Lloro con todo.

Heidi le dio una palmadita en la mano.

—Charlie tiene razón, prueba a respirar hondo.

—Tengo que recomponerme —dijo con un diminuto sollozo—. No quiero asustar a Isabel, por mucho que vaya a cerrar la tienda.

Patience miró a Charlie, que elevó los ojos al cielo.

—Pero si ni siquiera has entrado nunca en esa tienda. ¿Cómo puedes estar tan triste?

—Tenía pla... planes.

—Estoy deseando que el bebé llegue pronto —murmuró Charlie—. No puedo soportarlo más.

Patience contuvo una sonrisa. No recordaba haber estado tan sensible en su embarazo, pero cada uno era diferente.

Annabelle levantó la mano y se sorbió la nariz.

—Oh, mirad. Es ella. Es muy guapa. Tiene un nombre muy bonito. A lo mejor deberíamos añadirlo a la lista.

—Lo que me faltaba por oír, matadme ahora mismo —dijo Charlie con un suspiro—. No pienso quedarme embarazada nunca. No merece la pena.

—¡Pero si es maravilloso! —le dijo Annabelle con entusiasmo—. Serás una madre genial.

—Y las lágrimas han desaparecido.

Patience avisó a Isabel con la mano para que se acercara y después hizo las presentaciones. Isabel se sentó a su lado y miró a las dos mujeres embarazadas.

—Creo que voy a beber mi agua directamente de la botella mientras esté en esta mesa.

Heidi se rio.

—No es contagioso.

—No quiero correr riesgos —se giró hacia Charlie—. ¿Cómo has escapado a su destino?

—Con mucho cuidado.

Heidi se acercó.

—Clay, su prometido, está más preocupado por casarse que por cualquier otra cosa ahora mismo.

—Vamos a casarnos —dijo Charlie—. En cuanto le haga entrar en razón a base de tortazos.
Patience miró a Isabel.
—Clay quiere una gran boda. Charlie no.
—Es una estupidez reunir a un montón de gente para celebrar una gran ceremonia. Deberíamos fugarnos.
Los ojos de Annabelle volvieron a llenarse de lágrimas.
—¿Odias las bodas?
Jo, la propietaria, se acercó.
—Me alegra veros a todas almorzando juntas —miró a Isabel—. Soy Jo.
—Isabel Beebe.
—Paper Moon —dijo Jo—. Es una tienda fantástica. Conozco a tu hermana Maeve. Esa sí que es una mujer comprometida con tener hijos —señaló la pizarra que había junto a la barra—. Hoy tenemos dos especialidades. Una es la ensalada, mucha proteína y verduras para mis clientas embarazadas. Y la otra es un nuevo zumo con yogur. Puedo hacerlos de chocolate o arándanos.
Heidi respiró hondo como si estuviera buscando su centro zen.
—Sí a las dos, por favor. De chocolate.
—Aún estoy angustiada —admitió Annabelle.
—Necesitaremos unos minutos —le dijo Charlie a Jo—. Tráele a la llorona algún té de hierbas. Con hielo y extra de limón.
—Yo un refresco light —dijo Patience.
—Yo lo mismo —añadió Isabel.
—Yo un chupito doble de tequila —le dijo Charlie a Jo antes de levantar la mano—. Estoy de broma, pero me tomaré un batido de chocolate y menta.
Jo asintió.
—Si es demasiado pronto para el alcohol, hay que darle al azúcar —anotó los pedidos—. Os dejaré mirar las cartas.

Cuando Jo se hubo marchado, Annabelle se sorbió la nariz de nuevo y miró a Isabel.

—Entonces tú también te has criado aquí.

—Ajá. Estaba deseando escapar de aquí —respondió arrugando la nariz—. Así que, que quede claro que mi regreso es temporal.

—Estás hablando con las conversas de Fool's Gold —le dijo Patience—. No lo entenderán.

—Aquí demasiada gente sabe demasiado sobre los demás —apuntó Isabel—. Cuando era pequeña, me sentía como si tuviera quince madres y quince padres.

Patience sonrió.

—Tiene razón. Era así, aunque a mí no me importaba mucho. Isabel tenía grandes sueños.

—¿Dónde has estado viviendo? —preguntó Charlie.

—En Nueva York. Trabajaba en publicidad —respondió con sus ojos azules cargados de emoción.

Patience tenía la sensación de que estaba pensando en el divorcio y todos los cambios que iban con ello.

—A Charlie le pidieron matrimonio en Times Square.

Charlie se recostó en la silla.

—¿Tenemos que hablar de eso?

—Fue maravilloso —dijo Heidi—. El prometido de Charlie es muy ingenioso y está loquísimo por ella.

—Qué bonito —respondió Isabel con tono melancólico.

—Deberías darle la gran boda que quiere —dijo Annabelle.

—No soy de bodas grandes.

Patience se preguntó si su reticencia se debía a que de verdad no le gustaban las bodas grandes o a si se sentía incómoda con lo que todo ello conllevaba: el vestido femenino y ser el centro de atención. Charlie era la persona más competente que conocía, pero al igual que todo el mundo, tenía sus propios miedos.

—Es por el vestido —apuntó Heidi confirmando lo que Patience pensaba.

Isabel la observó.

—Tengo una gran selección de vestidos que te sentarían genial.

Charlie la miró.

—Ya solo la palabra «vestido» me resulta desagradable. Nos acabamos de conocer. ¿Por qué no te estoy intimidando? Asusto a la mayoría de la gente cuando me conoce.

—Oh, lo siento —dijo Isabel con una pícara sonrisa—. La próxima vez temblaré.

Charlie miró a Patience.

—De acuerdo, me cae bien.

—Ya tenemos una nueva amiga —Annabelle las miró y los ojos se le llenaron de lágrimas—. ¡Qué bonito!

Charlie se cubrió la cara con las manos.

—Matadme directamente.

Jo volvió con sus bebidas y la charla pasó a centrarse en lo que estaba pasando en el pueblo.

—¿De verdad vais a vender Paper Moon? —le preguntó Annabelle.

—Sí, pero aún no. Les he prometido a mis padres que lo pondría todo a punto y queremos esperar hasta que pase la temporada de bodas.

—¿Y cuándo es eso? —preguntó Heidi.

—Desde finales de otoño a principios de marzo. Hay muchos compromisos para bodas que se celebrarán en junio y las novias suelen encargar sus vestidos con varios meses de antelación.

Charlie le dio un codazo a Annabelle.

—¿Lo ves? Te estarán esperando.

—Es todo un alivio.

Heidi miró a Patience.

—¿Y tenéis fecha de apertura? Estamos muy emocionadas con el Brew-haha.

—En un mes más o menos —respondió Patience poniéndole una mano en la barriga—. Yo también estoy emocionada y muy nerviosa.

—Vas a hacerlo genial —le dijo Charlie—. La ubicación es excelente y yo misma he visto ese local. Es completamente seguro.

Heidi se inclinó hacia Isabel.

—Charlie está obsesionada con el fuego. Gajes del oficio.

—Te he oído —le dijo Charlie.

—Sí y me queréis de todos modos.

—Sí, sí, a lo mejor.

Heidi se rio y Charlie volvió a centrar su atención en Patience.

—Sabes que todas estamos a tu lado para lo que necesites. ¿Estáis pensando en organizar algún equipo de trabajo?

—Sí, pero primero tenemos que terminar con las reformas.

—Avísame cuando esté terminada y me aseguraré de estar libre para ayudaros. Si hace falta, cambiaré algún turno.

Heidi y Annabelle se miraron.

—Nosotras somos unas inútiles —dijo Annabelle.

—No es que seamos inútiles, es solo que podemos ayudar menos —añadió Heidi.

—No os angustiéis —les dijo Patience—. No podéis estar cerca de pinturas ni limpiadores. Ya ayudaréis la próxima vez.

—¿Estás segura? —preguntó Annabelle.

—Lo juro —le dijo Patience y dirigiéndose a Isabel añadió—: Pero espero que tú te presentes allí temprano.

—¿Un equipo de trabajo? ¿Como cuando éramos pequeñas y todos los vecinos llegaban a ayudar con una mudanza o cosas así? ¿Todavía se hace? ¿En serio?

—Nos gustan las tradiciones —le dijo Patience.

—Se rumorea que van a abrir otro negocio —comentó Charlie—. Un sitio de artículos navideños. Lo ha dicho la alcaldesa.

—¡Me encantaría! —dijo Heidi—. ¿Y ya tiene ubicación?

—He oído que al otro lado del parque y junto a la tienda de artículos de deporte —respondió Isabel—. Doblando la esquina del Brew-haha.

—Todos estamos abriendo negocios al mismo tiempo —dijo Patience—. No hay más que buenas noticias.

Heidi batió las pestañas.

—Y no olvidemos la escuela de guardaespaldas que va a abrir tu guapísimo amigo.

Patience dio un trago de refresco e hizo lo que pudo por adoptar una expresión totalmente inocente.

—Eso he oído.

—Ajá —Annabelle posó las manos sobre su barriga—. Está como un tren. Qué fuerte y protector. Son unas cualidades excelentes en un hombre.

—Somos amigos. Apenas lo conozco.

—Pues tu rubor no dice lo mismo —le dijo Charlie.

Isabel abrió los ojos de par en par.

—¿Estás saliendo con Justice?

—No. Lo he visto por el pueblo y ha venido a cenar a mi casa con mi hija y con mi madre —añadió negándose siquiera a pensar en los besos que habían compartido—. Es muy agradable.

—¿Agradable, eh? —Heidi no parecía muy convencida—. Creo que la historia no se queda ahí.

—¿Ya estáis listas para pedir? —les preguntó Jo.

—Yo sí —dijo Patience apresuradamente y ansiosa por cambiar de tema.

Isabel se acercó y bajó la voz.

—Jo te ha salvado, pero no te creas que no voy a pedirte los detalles después.

Patience se encogió de hombros como si no supiera de qué estaba hablando su amiga. En cuanto a lo de compartir detalles, no había muchos. Justice era atractivo, aunque potencialmente peligroso, y lo mejor era evitarlo. De acuerdo, no es que fuera lo mejor, es que era lo más inteligente.

«¿Con que era lo más inteligente, eh?», pensó la tarde siguiente esperando en la que pronto sería su cafetería mientras Justice estudiaba el local. Tenía la cinta adhesiva marcando el suelo y delimitando lo que serían el mostrador principal, la vitrina refrigerada, el mostrador de pasteles, las mesas y las sillas.

Él se movió entre las representaciones bidimensionales de lo que serían objetos reales, se dio la vuelta y la miró.

—Lo tienes todo muy bien planeado. La distribución está muy bien.

—¿Significa eso que es una buena composición para retener a un dictador sudamericano o un mal lugar para hacerlo?

Él le sonrió.

—Podría preparar un secuestro aquí, o evitarlo. La flexibilidad es importante.

Ella intentó como pudo ignorar cómo su sonrisa hizo que se le encogieran los dedos de los pies. Ahora mismo su negocio tenía que ser su prioridad, no ese guapo hombre que merodeaba por su local... por muy guapo que estuviera merodeando a su alrededor. Se le veía competente y decidido. Y mientras un cosquilleo la recorría y le hacía preguntarse: «¿Pero en qué estoy pensando?», se imaginaba rodeada por esos fuertes brazos. Suponía que era bueno saber que en una batalla de fuerza, las hormonas vencían al sentido común. El conocimiento era poder.

Él se giró y enarcó las cejas.

—¿Tienes frío?

—Estoy aterrorizada.
—¿Los nervios de abrir un negocio?
—Básicamente. No dejo de decirme que no puedo asustarme. Quiero decir, dentro de lo que supone toda una vida, ¿qué es abrir un negocio? Mira con lo que tiene que lidiar mi madre cada día con su esclerosis. Debería poder llevar esto con dignidad, ¿no?

Él se acercó.

—No pasa nada por estar asustada. Es natural teniendo en cuenta lo que estás haciendo.

Sus oscuros ojos azules parecían absorberla y ella se sintió como si estuviera perdiendo su voluntad. Pedirle opinión era una cosa, pero anhelar algún rato de diversión era algo totalmente estúpido.

—Esto supone un gran cambio —admitió sabiendo que confesar eso era mucho más seguro que contarle lo que le decía esa voz dentro de su cabeza, la misma que le gritaba «¡Tómame ahora!».

Ella carraspeó.

—He leído los artículos. Sé el porcentaje de nuevos negocios que fracasan.

—Tú no serás uno de ellos. Tienes un gran producto en una ubicación excelente. Serás un negocio local y te apoyarán por ello —la agarró por los brazos—. Todo te irá genial.

—Eso es lo que no dejo de decirme —quería apoyarse contra él, lo cual no era nada bueno. Una distracción, eso era lo que necesitaba—. Oye, y tú estarás matando gente. Eso debe de ser muy estresante.

Él le dirigió una sonrisa sexy y lenta.

—No tenemos pensado matar a nadie en clase.

—Solo después, si llegan tarde a clase o son unos bocazas.

—Es una forma de tratar los problemas —bajó las manos—. Bueno, ¿cuál es el siguiente paso?

—Fontanero, electricista y constructor —fue hasta el mostrador principal—. ¿Ves esos cuadrados grandes? Son las máquinas de espressos. Hay que conectarlas a las tuberías del agua y al sistema eléctrico. Las vitrinas refrigeradas y las expositoras ya están en camino. Las máquinas de espresso llegarán el lunes.

Esos detalles suponían una distracción del hecho de estar tan cerca de Justice y eran una ruta directa a un estómago que no dejaba de dar vueltas. Se llevó la mano a la cintura.

—Todos los trabajos profesionales estarán terminados en dos semanas y después llega lo divertido. Pintar, limpiar, prepararlo todo. Para eso organizaremos un equipo de trabajo. Después, otra semana para prepararlo todo, entrenar a los empleados que contratemos y ¡a abrir!

—¿Un equipo de trabajo?

—Claro. Solo tenemos que correr la voz de que necesitamos ayuda y la gente empezará a llegar para hacer lo que haga falta —ladeó la cabeza—. He participado en un montón, pero nunca he pedido ayuda. Me resulta raro, pero no puedo ocuparme de todo sola, y pagar al constructor para hacer labores sencillas acabaría con todo mi presupuesto.

—¿Un beneficio más de vivir en un pueblo pequeño?

Ella sonrió.

—Podríamos ayudaros a vosotros también, si queréis. Llenaríamos las estanterías de dardos letales y bolis de tinta invisible.

—Creo que nos apañaremos.

—Si estás tan seguro…

—Lo estoy —la observó—. ¿Nunca has querido vivir en otro sitio?

—Este es mi hogar. ¿Crees que hay algún sitio mejor?

—Para ti no. Este es tu lugar.

Patience no estaba segura de si esas palabras eran buenas o malas, aunque tal vez no tenía que darle vueltas al asunto.

Abrió la boca para decir algo más, y entonces vio su reloj.

—¿Ya es esa hora?

Él extendió el brazo para verlo con más claridad.

—Lo tengo en hora.

—En diez minutos tengo que dar unas mechas.

La llevó hacia la puerta.

—Venga, yo cierro y dejo la llave.

—¿En serio? Gracias.

Y Patience salió corriendo por la puerta.

«Ojalá no fuera tan simpático», pensó mientras corría hacia el salón. Ya era toda una tentación sin tener que ser tan dulce y atento. Con todo lo que estaba pasando, se sentía más vulnerable de lo habitual.

«Sí o no», pensó. Sí a Justice y a un posible desastre, aunque también a una experiencia excitante. O no, que era lo mismo que decir «sí» al sentido común.

Lo quería todo. Al hombre que le provocaba un cosquilleo y la hacía reír, y que además era peligroso y misterioso. Quería la incertidumbre y también quería algo seguro. Una combinación imposible.

Justice hizo lo prometido. Cerró el local y le devolvió la llave a Patience, que estaba ocupada aplicando una mezcla sobre mechones de pelo antes de envolverlos en tiras de papel de aluminio.

«Los misterios de ser una mujer», pensó mientras salía del salón antes de que alguien se fijara en él. Sin embargo, estaba feliz de ayudarla. Estar cerca de ella lo relajaba y se sentía mejor cuando estaban en la misma habitación. La atracción sexual era un problema que no había resuelto. Ceder era la solución más sencilla, pero ¿después qué?

¿Cómo la ayudaba eso? Exceptuando todos los modos en los que había planeado complacerla.

No había sido la clase de hombre que se sumía en relaciones. Entre su trabajo y su pasado, sabía que no era una buena apuesta. Hasta el momento, resistirse a la llamada de una relación estable había sido fácil, pero últimamente...

Se sacó de la cabeza esa idea y salió a la calle. Al llegar a la esquina, vio a un hombre caminando delante de él. Era alto y con el pelo oscuro. Había algo familiar en él, algo que lo puso en alerta. Sabía que el otro hombre no empezaría la pelea, pero él la terminaría.

Cuando el hombre se giró, pudo ponerle nombre a esa cara y saber que no había peligro. Al menos, no todavía.

—Gideon Boyland.

El hombre de pelo oscuro no parecía sorprendido.

—Garrett.

Gideon se parecía a un montón de otros tipos que conocía: con cicatrices, tatuados y pinta de peligrosos. Tenía una cicatriz junto a la ceja, aunque Justice estaba seguro de que tenía más. En su trabajo lo importante no era si te habían herido, sino cuándo.

—Qué curioso verte por aquí —le dijo Justice.

—Había oído que estabas en el pueblo, así que era cuestión de tiempo que nos encontráramos.

—¿Vives aquí?

Gideon asintió.

—Me mudé el año pasado —miró a su alrededor, hacia la tranquila calle y los bonitos escaparates—. Es un lugar genial —volvió a mirar a Justice—. Ford me habló de él. Un día no tenía adónde ir y pensé en pasar por aquí. Al final decidí quedarme.

Justice sabía que detrás de esa historia había mucho más. Gideon había trabajado en operaciones encubiertas, de esas que hacen que un hombre se adentre tanto en ellas que luego no sabe encontrar su camino de vuelta. Por lo que le habían contado, a Gideon lo habían capturado, pero ya que la naturaleza de su misión implicaba que no estuviera autorizado, no podían darlo por desaparecido. Y si no te daban por desaparecido, nadie iba a buscarte.

Por lo que Justice había sabido, Ford y Angel habían tardado casi dos años en encontrarlo. Y después de haberse visto sometido a torturas y cautiverio, el hombre había aparecido más muerto que vivo.

No había duda de que se había recuperado. Al menos por fuera, porque no había forma de saber nada sobre las cicatrices internas. La gente pensaba que el verdadero peligro al que se exponían los soldados era físico, pero lo cierto era que el peor daño que recibían solía ser en el corazón y en la mente; lo peor era cuánto y cómo te cambiaba todo lo que veías en la guerra. Eso sí que no tenía solución.

—¿Y qué haces aquí?

—He comprado un par de emisoras de radio y soy el pinchadiscos de Viejos Éxitos por la noche. También hablo un poco. No sé si alguien me escucha, pero hasta el momento no me han echado del pueblo —esbozó una sonrisa que no llegó a reflejarse en sus ojos.

La sonrisa se desvaneció.

—No me habría imaginado que te iba un sitio como Fool's Gold.

—Pasé alrededor de un año aquí cuando era pequeño. Ford no dejaba de recordármelo y un día decidí volver —se sacó una tarjeta de visita del bolsillo de la camisa y se la pasó.

Gideon la agarró.

—SDC. Sector de Defensa Cerbero —volvió a sonreír—. ¿El perro de tres cabezas que guarda las puertas del infierno? Eso sí que son delirios de grandeza.

Justice se rio.

—Me parecía muy apropiado. Somos Ford, Angel y yo.
—¿Angel también se va a mudar aquí? ¿En serio? ¿Y crees que va a encajar?
—Creo que Fool's Gold podrá soportarlo.
—Ya veremos —respondió Gideon devolviéndole la tarjeta.
—Quédatela. A lo mejor quieres unirte a nosotros.
—Ya tengo mi trabajo.
—Podrías dar algunas clases. Así no perderías la práctica.
Gideon se guardó la tarjeta en el bolsillo de sus vaqueros.
—No lo creo. ¿Para que querría no perder la práctica? ¿Has visto este lugar? Estamos muy seguros.
Eso podía ser verdad, pero Justice sabía que el peligro siempre acechaba. Que durante el resto de su vida, Gideon seguiría alerta y en guardia, al menos, contra la oscuridad.
—Puede que cambies de idea. Si lo haces, llámame. Nos vendría muy bien un tipo como tú.
Gideon alzó las manos.
—Ahora soy un civil y me dedico a mis cosas.
—¿Estás casado?
—No. No he sentado cabeza hasta ese punto.
Lo cual podía ser un problema, pensó Justice.
—He visto el gesto que has puesto. ¿Por qué te importa si...? —maldijo—. No. ¿Va a venir aquí?
Los dos sabían a quién se referían. Felicia.
—Sí y te mantendrás alejado de ella.
Gideon se tensó.
—¿Vas a obligarme?
—Es importante para mí. Es como una hermana.
Gideon esbozó una mueca de disgusto.
—Pues peor todavía.
—Sí. Quiere decir que siempre me preocuparé por ella. Es mi familia, Gideon, y si le haces daño, te mataré.

Los dos sabían a qué se refería Justice, y también sabían que Gideon no se alejaría tan fácilmente.

—Seguro que me ha olvidado. Pasó hace mucho tiempo.

—Yo también estoy seguro.

Pero cuando los dos se separaron, Justice se vio preguntándose si ambos habían mentido o solo él. Porque para él Felicia era de su familia, y eso significaba que sabía que ella jamás había olvidado nada. Ni a Gideon ni la noche que habían pasado juntos. Y cuando la joven se enterara de que estaba en el pueblo, tenía muy claro lo que pasaría.

Capítulo 8

Patience se sentó en el sofá del salón e ignoró la carpeta que Justice le había puesto delante.
—¿Estás seguro?
—Pareces decepcionada.
—Esperaba que me dijeras que el abuelo de Lillie es un criminal famoso al que buscan en quince estados. Eso me habría facilitado mucho la decisión.
—Lo siento, pero no tiene antecedentes penales. Un par de multas de tráfico en muchos años. No parece que tenga éxito con sus relaciones personales, pero por lo demás, ha pagado sus impuestos a tiempo y ha dirigido un negocio bastante próspero. Lo vendió hace un año, hizo algunas inversiones seguras y se mudó aquí hace unos cuatro meses.
Patience se estremeció.
—¿Tan cerca está?
—Tiene una casa alquilada a las afueras del pueblo —Justice se sentó en el sofá y la miró—. No sé nada de su personalidad, pero en cuanto a todo lo demás, es un tipo muy normal.
—Lo cual significa que no tengo ninguna razón para mantenerlo alejado de Lillie.
—No es la respuesta que querías.

Ella se encogió de hombros.

—Sé que me hace parecer una persona terrible, pero estoy dispuesta a vivir con esa opinión.

—Solo intentas proteger a tu hija.

Patience deseaba poder aceptar el cumplido, pero no estaba siendo del todo sincera.

—Puede que tenga algún otro motivo. Admito que una parte de mí no quiere que mi relación con mi hija cambie. No quiero compartirla con Steve. Y también me preocupa que, si se conocen, Ned se entere y tenga alguna especie de despertar espiritual.

Justice se acercó un poco y le agarró la mano.

Ella le dejó, le gustó ese contacto físico y el apoyo que transmitía. Tenía las manos grandes, pensó antes de tener que aclararse la voz cuando la parte más descarada de su mente le susurró ese mito que se decía sobre los hombres con manos grandes...

«Tonterías», se dijo. Además, no venía al caso.

—También he investigado a Ned. Es un cretino. Y no creo que tengas que preocuparte de que de pronto le entren remordimientos de conciencia. Por lo que sé, no tiene ninguna.

—Lo cual me convierte en una estúpida por haber tenido una relación con él —levantó la mano que tenía libre—. Me estoy yendo del tema. Lo importante es que Steve no es un mal tipo y que probablemente debería darle una oportunidad.

—¿Y qué dice tu madre de él?

—Está de su lado, lo cual me sorprende. Habría pensado que le preocuparía, pero está a favor de que Lillie conozca a su abuelo —se mordió el labio—. Y eso me preocupa también. El hecho de que esté de acuerdo. Últimamente la he notado muy rara. La llaman y contesta en privado sin decirme quién es. No espero que comparta conmigo cada detalle de su vida, pero algo está pasando.

Justice la miraba fijamente.

—¿Crees que se trata de su salud?

Él acababa de ponerle voz a su mayor temor.

—Espero que no, pero me preocupa. ¿Y si está más enferma de lo que hace aparentar? A lo mejor quiere que Lillie tenga más familia porque ella no va a estar aquí tanto como le gustaría.

Un gran nudo se le formó en la garganta y los ojos se le empezaron a llenar de lágrimas. Parpadeó y tragó saliva al no querer estallar en sollozos histéricos en ese preciso momento.

Justice le agarró la otra mano.

—Ey, mírame.

Y lo miró.

—Tu madre no se está muriendo. La has visto por aquí. Se mueve genial. Hace lo mismo que hacía antes y además está completamente volcada en el Brew-haha. ¿A que sí?

—Sí.

—Así que sea lo que sea lo que está pasando, no creo que tenga nada que ver con su salud. Pero si sigues preocupada, pregúntale.

Él entrelazó sus dedos.

—Venga, pregúntale.

—Lo haré. Después de la inauguración. No quiero que sienta que la estoy espiando y ahora mismo las dos estamos muy estresadas.

Además, lo que había apuntado Justice sobre cómo Ava seguía desempeñando sin problemas sus actividades era cierto. No había habido ningún cambio en su estado, exceptuando las misteriosas llamadas. Ava seguía saliendo con sus amigas y trabajando las mismas horas de siempre.

Respiró hondo.

—Supongo que tengo que llamar a Steve para decirle que puede ver a Lillie.

—¿Quieres que esté con vosotras en la primera visita?

—¿No te importaría? Me ayudaría mucho —esbozó una débil sonrisa—. Sé que si las cosas se complican, puedes intervenir.

Además, Justice sería una buena distracción para su hija. Y si encima un guardaespaldas profesional ponía un poco nervioso a Steve, mejor que mejor. Tuvo que admitir que su plan de mantener alejados a Justice y a Lillie se había ido por el retrete, pero ahora mismo Steve era la mayor amenaza.

—No me habría ofrecido si no quisiera hacerlo. Lillie es una niña fantástica. Me alegra poder asegurarme de que no le pase nada malo.

—Gracias. Como pronto tienes que irte a cumplir con tu misión secreta de guardaespaldas, organizaré la visita para antes de eso —se rio—. ¿A que es una estrella de rock? Son una banda y te da vergüenza, y por eso estás fingiendo que es peligroso.

Los ojos de él se llenaron de una emoción que Patience no pudo identificar del todo.

—Me has pillado.

—Lo sabía.

—Eres muy lista... para ser chica.

Ella se puso recta.

—¿En serio? No me puedo creer que me hayas dicho eso.

—Me gusta que seas una chica.

—No intentes hacerte el simpático ahora. Me siento insultada.

Empezó a levantarse, pero él la agarró por la cintura y la llevó hacia sí. Patience no había pretendido detenerlo, pero aunque lo hubiera hecho, era él el que llevaba las riendas de la situación. Un par de movimientos y ya la tenía sentada sobre su regazo y con su rostro a escasos centímetros del suyo.

Sus muslos parecían roca bajo sus nalgas. Sus brazos la

rodeaban haciéndola cautiva. Podía inhalar su aroma, a jabón, a limpio y algo más sensual y masculino.

—¿Estás tomando el control de la situación? —le preguntó ella en voz baja.

—Sí.

Sabía que había cosas que le preocupaban. Sabía que él no era el mismo que había sido antes. Estaba dando por hecho que aquel chico se había convertido en la misma clase de hombre. Su instinto le decía que confiara en él, pero no era su instinto lo que le preocupaba. Ni siquiera su cuerpo. Era su corazón.

Justice era el caballero de ojos azules que iba a su rescate. Después de años de cuidar de sí misma era complicado resistirse a lo que le estaba ofreciendo, pero tenía preguntas. Y aun a riesgo de parecer un padre de una novela del siglo XVIII, tenía que saber «¿qué intenciones tenía?» No era buen momento para que le partieran el corazón.

Pero cuando él se acercó y la besó, no logró resistirse. Ese hombre era ardiente y ella llevaba casi toda una vida sin disfrutar de una ardiente pasión.

De buen grado recibió el calor y la presión de su boca y separó los labios al instante. Él deslizó la lengua dentro y ella se perdió en la erótica danza mientras un escalofrío la recorría. Lo rodeó por el cuello y se inclinó para sentir su cuerpo contra el suyo.

Más cerca, pensó, ladeando la cabeza y besándolo con intensidad. Necesitaba acercarse más.

Por suerte, parecía que Justice podía leer la mente y, así, la agarró y la sentó a horcajadas sobre él. Ahora ya estaban lo suficientemente cerca para hacer un montón de cosas excitantes.

Abrió los ojos y lo miró a la cara. Lentamente, sin querer precipitar el momento, le acarició la mejilla y después dibujó la línea de su mandíbula.

—Eres un chico duro —murmuró.

Él esbozó una media sonrisa.
—Así soy yo. Duro.
Patience suponía que «letal» era una palabra mejor, aunque no para lo que ella tenía pensado. Posó los dedos sobre sus hombros y se perdió en su mirada.
—¿Estás seguro de esto?
—¿De vivir en Fool's Gold y abrir el negocio o de estar contigo?
—De todo, supongo.
—Me consideras mejor de lo que soy.
Eso sí que era esquivar bien una pregunta.
—¿Y no debería eso hacerte feliz?
Él posó las manos en su cintura.
—No quiero decepcionarte.
—¿Es posible?
—En la vida, no en la cama.
—¡Oh, vamos! Qué comentario tan típico de chico.
—Culpable. Pero te deseo —le dijo en voz baja—. Bésame, Patience.

Ella se acercó más para cumplir su petición y cuando sus bocas se tocaron sintió las manos de Justice sobre sus pechos, rodeándolos con sus palmas. Unos largos dedos acariciaban sus pezones y lanzaban sacudidas de deseo a todo su ser. Se hundió en él, queriendo eso y más.

Empujó su lengua contra la suya a la vez que él rozaba sus pezones un poco más rápido y con más fuerza, haciendo que le costara respirar. Cuando bajó las manos a sus caderas, a punto estuvo de protestar, pero entonces se dio cuenta de que solo estaba acercándola más. Llevándola hacia su erección.

Estaba muy excitado y ella deseó que no estuvieran separados por capas de ropa. Se moría por lo que le estaba ofreciendo, estaba desesperada por tenerlo.

Él coló las manos debajo de su camiseta de los rinocerontes bailarines y, con un ágil movimiento de dos dedos, le soltó el sujetador; al momento ya estaba tocando sus pechos, piel con piel, y ella se puso derecha para dejarle más espacio.

Se movía contra él incluso mientras estaba subiéndole la camiseta, quitándole el sujetador y posando la boca en uno de sus pechos.

El suave y húmedo contacto la hizo gemir. Él le lamió un pezón antes de cerrar los labios a su alrededor y succionar con delicadeza. Ella hundió las manos entre su pelo y se acercó más, deseando todo lo que tenía que ofrecer.

Justice pasó al otro pecho y repitió el proceso. Cuando se apartó, sus ojos estaban muy oscuros, sus pupilas dilatadas y ambos tenían la respiración entrecortada.

—Deberíamos...

«Ir arriba. Hacerlo ahora. Desnudarnos». Patience no estaba segura de qué iba a decir a continuación, aunque sí que tenía cierta idea del contexto. Pero en lugar de terminar la frase, oyó una risa familiar desde fuera.

Lillie.

—¡Mierda! —gritó levantándose de su regazo y buscando su sujetador—. Estamos en mi salón en mitad de la tarde. No podemos hacer esto aquí.

Él miró hacia la puerta, se levantó y fue hacia la butaca que había junto al sillón. Ella tardó un segundo en darse cuenta de que estaba colocándose tras ella para que su «estado» no fuera tan obvio.

—Tienes razón. Este no es el lugar. Puedo disculparme si quieres, aunque técnicamente no lo siento.

Ella se abrochó el sujetador y se bajó la camiseta. Después de asegurarse de que todo estaba en su sitio, lo miró y sonrió.

—Yo tampoco lo siento, pero la última vez que me enrollé en el sofá aún estaba en el instituto.

La mirada de Justice se quedó clavada en la suya. No

habló, pero ella juraría haber oído las palabras. «Debería haber sido yo».

En ese segundo estuvo de acuerdo. Debería haber sido él. Su primer beso, su primera vez. Porque lo que fuera que había sentido por Justice antes había permanecido con ella todo ese tiempo. No era amor y probablemente no era lo más inteligente, pero ahí seguía. Una sensación de conexión que implicaba que alejarse fuera imposible de imaginar.

Justice no había sabido qué esperarse del equipo de trabajo en el Brew-haha y, aun así, ver allí a casi cincuenta voluntarios le supuso una sorpresa. Durante las últimas dos semanas, Patience había elaborado una lista de las cosas que había que hacer y de los suministros que había que reunir. La había visto algún rato, pero nunca sola ni en una situación en la que pudiera aprovecharse de que estuvieran a solas.

No podía recordar la última vez que había pasado tanto tiempo esperando algo que no podía tener. Incluso de adolescente, había estado más centrado en ocuparse de la situación con su padre que en conseguir a la chica. Había tenido sentimientos hacia Patience, pero ella había sido tan pequeña que había sabido que no tenían ningún derecho a estar juntos.

Con el paso de los años había aprendido a perderse en su trabajo, y cuando había querido o necesitado estar con una mujer, siempre había tenido muchas donde elegir. Pero haber querido a una en concreto y no poder tenerla era algo nuevo para él.

Esa brillante y cálida mañana de primavera estaba junto al resto de la multitud escuchando las explicaciones de Patience.

—Hay una lista general pegada en la puerta —dijo ella

señalando al papel de color chillón—. Los suministros están en el centro de la sala, sobre la lona. Una vez se haya completado una tarea, por favor, tachadla para que los demás sepamos que está terminada.

Se había recogido su larga y ondulada melena en una cola de caballo y llevaba una camiseta roja con un gato dibujado por delante. Parecía una chica de diecisiete años. Una chica llena de energía y guapísima.

Sabía que Lillie pasaría el día con sus amigas y que Ava había tenido algunos problemas últimamente, por lo que estaría usando la silla de ruedas. Sabía el color que había dentro de los botes de pintura y lo que había que hacer, pero seguía un poco al margen de lo que estaban haciendo. Estaba observando más que participando.

Así prefería hacer las cosas. El problema era que con Patience estaba más involucrado de lo que hubiera querido. Aun así, echarse atrás no lo contemplaba como opción.

—Ethan y Nevada han traído herramientas —continuó Patience—. Ella está al mando de las labores de construcción. Si alguien tiene la necesidad de aporrear un martillo, que vaya a verla.

Un hombre gruñó y Justice supuso que sería Ethan. Un tipo alto y rubio le dio un golpe en el brazo.

—Tu hermana está al mando, tío. Qué humillante.

Ethan se giró hacia su amigo.

—¿Te has fijado en que no ha dicho que tú tuvieras herramientas, Josh? ¿Sabes lo que significa eso?

Josh se rio.

—Gracias otra vez por venir —dijo Patience—. Os lo agradezco muchísimo.

—¡Todos estamos aquí por vosotras! —gritó alguien.

Se oyeron murmullos asintiendo y después la multitud se dividió y la gente se puso manos a la obra.

Una rubia alta y delgada se acercó a Justice y se lo quedó mirando.

—Bueno —le dijo con una sonrisa—. Me rindo. No puedo recordar tu nombre. Soy Evie Stryker. Me mudé aquí el año pasado y aún sigo investigando quién es quién —alargó la mano—. Soy profesora de danza, por si tienes hijas.

Se estrecharon la mano.

—Ninguna hija. Pero sí que conozco a Lillie, la hija de Patience.

—Es una de mis alumnas. Qué niña tan dulce —Evie miró a su alrededor—. Bueno, ese de allí es Dante, mi prometido. Y esos tres que están forcejeando por ver quién se lleva la brocha más grande son mis hermanos —sacudió la cabeza—. En fin, qué más da. Este pueblo es demasiado. La gente es demasiado simpática y lo saben todo sobre la vida de los demás. Es una locura. En serio, márchate mientras puedas.

—Pues no veo que tú te hayas marchado.

—Me pillaron en un momento de debilidad y ahora no me puedo imaginar viviendo en ningún otro sitio. Te absorben.

—Yo viví aquí un tiempo cuando era pequeño.

—Y volviste, lo cual demuestra lo que estoy diciendo.

—¡Ahí estás!

Justice se giró y se vio frente a frente con Denise Hendrix, que lo abrazó y le lanzó una amplia sonrisa.

—¡Qué alegría me da que sigas aquí, Justice, y que Ford vaya a volver! ¿Aún no te he invitado a cenar? Tienes que venir en cuanto llegue Ford. Así tendremos a toda la familia reunida.

—Recuerdo esas cenas —dijo él, pensando en esos buenos momentos—. Eran muy escandalosas.

Con seis hijos, más los amigos que llevaban a casa a cenar, siempre había habido mucha conversación y jaleo. La casa de los Hendrix había sido uno de los pocos lugares que había podido visitar. La casa de Patience también había estado en la lista y por eso había querido ir lo más a menudo posible. Estar con otras familias le había permitido olvidar por qué estaba huyendo, ya que a su lado podía fingir que era un niño como otro cualquiera.

—Seguimos pasándolo de maravilla —le dijo Denise—. Ahora estamos más apretados porque la familia ha aumentado, pero eso solo hace que lo pasemos aún mejor.

Él se agachó y la besó en la mejilla.

—Estoy deseándolo.

—Bien.

Y con eso se excusó y se marchó.

Justice estaba a punto de unirse a un grupo de trabajo cuando vio a Ava entrar con la silla de ruedas en el abarrotado lugar. Su silla se movía fácilmente por los suelos de madera. Al verla mirar a su alrededor como si no supiera qué hacer, corrió hacia ella.

—¿Estás ocupándote de todo?

Ella le sonrió agradecida.

—Creo que Patience ya lo está haciendo muy bien. Solo quería pasar y ver al pueblo volcarse con mi hija.

—Hay mucha gente.

Patience se acercó.

—Hola, mamá. ¿Estás bien?

—Sí, muy bien.

Pero Patience no se quedó muy convencida y Justice miró a Ava.

—Con mucho gusto me quedaré aquí contigo, así me libro de trabajar.

Patience articuló un «gracias» y añadió en voz alta:

—¡Ah, muy bonito! Aunque ni siquiera me sorprende. Es muy típico, un hombre disfrutando viendo como los demás trabajan.

Él agarró una silla y se sentó al lado de Ava, que le lanzó una mirada especulativa.

—Quieres echar un ojo a ver qué pasa y me utilizas como excusa.

—Puede que sí.
—Puede que no. Estás diferente, Justice. Ha pasado el tiempo y, por supuesto, has cambiado, pero ese no es el único cambio, ¿verdad?
Automáticamente, él adoptó una postura de aparente tranquilidad y, mirándola, le respondió:
—¿Estás preguntando o afirmando?
—Las dos cosas —lo observó—. Entraste en el ejército después de que arrestaran a tu padre.
Él asintió.
—Lo que hacías era peligroso. Patience y yo hemos especulado sobre el tema, aunque estoy segura de que no podremos saber nunca la verdad.
—Probablemente no.
—Has visto cosas.
Más de las que se podía llegar a imaginar.
—Y ahora vas a abrir aquí tu escuela.
Él se rio.
—No es una escuela.
—Ya sabes a qué me refiero —se inclinó hacia él—. ¿Puedes hacerlo? ¿Puedes establecerte en un pueblo pequeño?
—No lo sé —admitió—. Pero quiero estar aquí.
Fue una respuesta sincera. Por mucho que el pueblo lo atraía, le preocupaba no saber encajar. Podía fingir una situación durante un tiempo, pero al final acabaría saliendo a la superficie quién era en realidad.
Había hecho cosas con las que ningún hombre debería vivir. Y, aun así, como Ava había dicho, ahí estaba. Había preguntas a las que no podía dar respuestas, como cuánto tenía de su padre, si podría escapar de la influencia de Bart, si terminaría haciendo daño a la gente que le importaba. Nunca había corrido ese riesgo, no había merecido la pena hacerlo. Siempre había preferido seguir adelante, pero ahora estaba empezando a pensar que quería quedarse allí.

—¿Y hasta que punto Patience influiría en tu decisión? —le preguntó Ava.

—Ella es uno de los motivos que me atraen a quedarme. Nunca la he olvidado.

—Ahora los dos sois personas diferentes.

—Ella no es diferente —estaba más mayor, más bella. Pero la esencia seguía ahí. La dulzura, el buen humor, su única perspectiva del mundo que, en su caso, se reflejaba a través de esas camisetas tan graciosas.

—¿A qué tienes miedo?

—A hacerle daño.

—Pues entonces no se lo hagas.

—No es tan sencillo.

—A veces sí que lo es.

Patience consultó la lista de cosas que tenía por hacer y lo poco que le quedaba de estrés se disipó. Todo estaba en marcha y más rápido de lo que podría haber imaginado. Ya habían limpiado, y todos los platos, tazas y vasos se habían sacado de las cajas. En la trastienda un equipo trabajaba con las estanterías bajo las órdenes de Nevada.

Charlie se acercó.

—El embellecedor ya está pintado y Finn, Simon y Tucker están instalando las barras de las cortinas. Tucker tiene experiencia profesional, pero Simon le está aplicando su precisión de cirujano, así que imagina cómo está saliendo. Finn los está picando a los dos porque la situación es muy graciosa. No me voy a molestar en decirte el problema en el que se están metiendo los hermanos Stryker, pero que sepas que después tendrán su castigo.

Patience se rio.

—No me preocupa. Todos están trabajando mucho y la lista ya está casi completa —abrazó a Charlie—. Adoro este pueblo.

—Y el pueblo te adora a ti —Charlie giró la cabeza y gruñó—. Las mayores a las diez en punto.

Patience le siguió la mirada y vio que Eddie y Gladys habían aparecido. No había duda de que las casi octogenarias mujeres querían ver a jóvenes guapos con vaqueros ceñidos. Las dos eran unas desvergonzadas. El año anterior, Clay había reunido a varios amigos para posar para un calendario benéfico, y cuando Eddie y Gladys se enteraron, se habían presentado allí con sillas plegables para ver el espectáculo.

Para algunas fotos, los chicos se habían tenido que desnudar y ellas habían quedado encantadas y hasta les habían sacado fotos con los móviles. Charlie se había visto obligada a eliminar los desnudos frontales para consternación de Eddie y Gladys.

—Iré a asegurarme de que se comportan —dijo Patience.

Charlie la agarró del brazo.

—Ya lo hago yo. Tú tienes que ocuparte de esto. Además, eres demasiado amable. Conmigo, al menos fingen estar asustadas.

—Gracias.

—¿Qué puedo decir? Soy una amiga increíble y tienes suerte de tenerme en tu vida.

Patience se rio y vio que cuando las ancianas vieron a Charlie acercarse intentaron escabullirse. Pero ella era más rápida y pronto las acorraló. Después, Patience hizo una ronda y fue deteniéndose a ver cómo iba todo.

Simon y Tucker se miraban.

—Hay un milímetro de más —dijo el cirujano—. ¿Sabes lo que eso significa?

—Nada —le respondió Tucker—. Porque no queda fuera. Fíjate en el nivelador.

—Estoy tomando medidas y eso es más preciso que una burbuja.

Finn se apoyó contra la pared y disfrutó del espectáculo.

—Las cortinas están genial —dijo Patience—. Me encantan.

—¿Lo ves? —apuntó Tucker.

—Hay que subirse a una escalera para ver la diferencia —le informó Simon.

—No creo que muchos clientes vayan a subirse a una escalera —respondió Patience antes de sonreírles y seguir avanzando.

Al dar una vuelta a la sala pasó por delante de Kent Hendrix y su madre. Denise estaba mirando a su hijo.

—¿Estás seguro? —le preguntó con voz esperanzada.

—Ha pasado mucho tiempo. Quiero seguir adelante con mi vida. Lorraine se ha ido y no va a volver. Tengo que seguir adelante. Ya he malgastado demasiado tiempo con ella.

Denise se acercó para abrazarlo y Patience se apartó al no querer inmiscuirse en un momento tan íntimo y familiar.

Conocía los detalles. Kent había estado casado y Lorraine y él tenían un hijo, Reese. Hacía unos años, Lorraine había decidido que no quería ser ni esposa ni madre y se había marchado abandonándolos a los dos. Algo parecido a lo que hizo Ned.

En ese momento, Josh y Ethan pasaron por su lado con unos tablones sobre los hombros dejándola atrapada donde estaba.

—Cuánto me alegro —le dijo Denise a su hijo—. Tienes que empezar un nuevo capítulo en tu vida. ¿Estás saliendo con alguien?

—Mamá, déjalo. Yo encontraré a mi chica.

—Pero quiero ayudarte.

Patience miró a su alrededor nerviosa y aún sin poder salir, atrapada por las piezas de madera. En cualquier segundo, Denise empezaría a buscar una futura señora de Kent Hendrix y no quería ser la primera que la mujer viera. Kent era un tipo genial, pero solo eran amigos.

Por fin logró colarse por debajo de las tablas e ir hacia la trastienda. Allí se escondería hasta que el peligro hubiera pasado, pensó riéndose para sí.

Una vez estuvo a salvo, casi se compadeció de Kent. Denise era una mujer formidable. Si decidía que iba a buscarle novia a su hijo, Kent se iba a encontrar con todo un desfile de mujeres pasando por delante de su casa.

Miró hacia la sala principal y vio a Justice con su madre. Estaban sumidos en una intensa conversación y tenían las cabezas muy juntas.

Aunque se preguntaba de qué estarían hablando, lo que de verdad se estaba preguntando era cuántas ganas tenía de acercarse a Justice. De estar cerca de él y ver cómo le sonreía. Era consciente de que estaba dejándose llevar por sus sentimientos demasiado y muy rápido, y no sabía cómo ralentizar un poco el proceso.

A solo un par de semanas de la inauguración, estaba tremendamente ocupada y aun así encontraba huecos para pensar en Justice. Tal vez era positivo que él fuera a estar fuera unos días porque así podría intentar olvidarlo. O si no le era posible, tal vez sí que podría ver las cosas con perspectiva.

La alcaldesa Marsha se le acercó.

—Todo está saliendo genial. Felicidades.

—Gracias —respondió Patience, fijándose en el traje de falda que siempre llevaba la mujer—. Vaya, me esperaba que te hubieras puesto pantalones —la alcaldesa se había puesto pantalones una vez para formar parte de un equipo de trabajo en Navidad y había causado una gran impresión a todos.

La mujer sonrió.

—Hacía mucho frío aquel día y por eso hice una excepción —ladeó la cabeza—. Mmm, me pregunto qué significa eso.

—¿El qué?

La alcaldesa señaló y Patience se giró y vio a Charlie sacando el móvil y sacudiendo la cabeza.

—¡A ver, callaos todos un momento, por favor! —gritó Charlie—. Puede que sea importante.

La sala se quedó en silencio.

Charlie escuchó bajo la atenta mirada de todos los demás. ¿Sería una buena noticia? ¿Habría pasado algo?

Finalmente sonrió.

—De acuerdo. Haré correr la voz —se apartó el teléfono de la oreja para decir—: Es Annabelle. ¡Se ha puesto de parto!

Capítulo 9

Justice giró en la carretera que conducía al rancho. Si había una zona conflictiva en el mundo, un lugar peligroso, probablemente él ya había estado allí. Sabía cómo entrar, hacer su trabajo y salir. Se había enfrentado a soldados, asesinos y dictadores. Sabía cómo cuidar de sí mismo. Y nada de eso explicaba por qué se estaba dirigiendo a un rancho a visitar a una mujer que no conocía, que acababa de dar a luz a un bebé por el que no tenía ningún interés y con un guiso que ni siquiera había hecho él.

—¿Estás bien? —le preguntó Patience sentada en el asiento del copiloto y mirándolo con curiosidad—. Pareces incómodo.

—No, no es verdad.

—Soy yo la que te está viendo la cara, así que sé lo que digo.

Justice se rindió ante lo inevitable.

—Intento averiguar cómo he llegado hasta aquí.

—¿Te refieres a la tierra en general o aquí, conmigo, en este momento en particular?

—A lo último.

Ella le lanzó una sonrisa.

—Te has ofrecido a traerme.

—¿En qué estaría pensando?

—¡Oh, venga! Será divertido. Annabelle ha tenido a su bebé. Ahora tenemos que formar parte de la celebración.
—¿Por qué?
—Porque eso es lo que hacemos. Visitamos a la nueva mamá, le llevamos comida para que no tenga que cocinar y arrullamos al bebé.
Vamos, otra versión de lo que sería el infierno.
—Yo no pienso arrullarlo.
—Pues ya lo haré yo por los dos. Además, todo el pueblo estará allí.
—¿Vosotros cuándo trabajáis?
Ella se rio.
—Es verdad que tenemos muchas obligaciones comunitarias, pero es divertido. Si quieres, puedes preguntarle a Shane si puedes montar uno de sus caballos.
—No, gracias.
Había vuelto a Fool's Gold pensando que podía encontrar su pasado y tal vez algún pedazo de lo que había sido años atrás. Por el contrario, había descubierto que ese pueblo era posiblemente el mejor y el peor lugar en el que estar. Allí había buenos recuerdos, pero también la constante presión de conectar con el sitio y pertenecer a él. Era más feliz estando fuera, pero nadie iba a permitirlo. No durante mucho tiempo. Querían que se introdujera, que formara parte de las cosas.

No podía correr el riesgo. No hasta que supiera si era lo suficientemente seguro como para estar al lado de gente normal. Miró por la ventanilla y deseó poder quitarse de encima la sensación de que su padre seguía ahí fuera, observándolo.

Ese hombre estaba muerto, se recordó. Llevaba muerto más de una década; había muerto en un incendio en la prisión que se había llevado varias vidas. Justice lo había creído casi por completo, pero en los últimos años había tenido la sensación cada vez más intensa de que Bart seguía por allí. Escondido, pero cerca.

Una prueba más de que no podía escapar a su ADN por mucho que quisiera.

Llegaron al rancho. Allí había carteles anunciando la venta de queso de cabra y leche, junto con estiércol de cabra. Al otro lado de la casa principal había establos y corrales. A lo lejos podía ver un par de ovejas, una llama y...

Detuvo el coche y miró.

—¿Eso es...?

Patience le siguió la mirada.

—¿Un elefante? Sí. Se llama Priscilla.

—¿Es un elefante de verdad?

—No es de mentira, si es lo que estás preguntando. Es una larga historia, pero ahora vive aquí y todo el mundo la adora. Es parte de la comunidad.

Él volvió a centrar la atención en el camino que atravesaba la propiedad.

—Claro, cómo no.

—Queremos a Priscilla y participó en el belén las Navidades pasadas.

—¿Un elefante?

—Todos tienen derecho a participar.

Él quería apuntar que Priscilla era un elefante, no una persona, pero sabía que, probablemente, Patience tendría algo que objetar. En su mundo, los elefantes podían ser familia y los habitantes del pueblo se presentaban en masa a trabajar en locales que pronto abrirían. No había duda de que allí también unas pequeñas criaturas del bosque limpiaban las casas a la vez que silbaban.

Sacudió la cabeza.

—Necesito un respiro.

—¿De qué?

Paró frente a la gran casa. Allí ya había varios coches aparcados y gente charlando en el porche.

Patience le tocó el brazo.

—Justice, ¿estás bien?

Se giró hacia ella y ver su rostro lo calmó. Podía mirarla a los ojos y volver a encontrar el equilibrio. Con Patience a su lado, podía soportar las excentricidades de Fool's Gold.

—Estoy bien.

—Si estás seguro...

Esperó, pero como él no dijo nada, se giró hacia la gente que estaba en el porche.

—A ver, la mujer embarazada es Heidi, que está casada con Rafe, que es el hermano de Shane, que es el padre del bebé. Annabelle y Shane no están casados aún porque ella no quería recorrer el pasillo hasta el altar embarazada. Es curioso porque Annabelle es bastante tradicional, así que haberlo hecho todo al revés no es propio de ella. Pero son súper felices juntos.

Observó a la multitud.

—En el equipo de trabajo ya conociste a todos los demás. No te preocupes si no recuerdas los nombres.

—Recuerdo sus nombres.

—Imposible. Solo llevas unas semanas en el pueblo.

Él esbozó una pequeña sonrisa y miró a la izquierda.

—Las dos rubias son Dakota y Montana. A su lado están Finn y Simon. La mujer más mayor es su madre, Denise, y la señora de pelo blanco que está hablando es la alcaldesa Marsha.

—¡Vaya!

Él se encogió de hombros.

—Forma parte de lo que hago, aunque tienes que recordar que antes era amigo de Ford.

—Si yo no hubiera nacido aquí, dudo que hubiera podido recordar los nombres de todos.

—Tengo un pequeño truco.

—Pues es muy bueno.

Quería impresionarla, pero sabía el peligro de hacerla

creer en él. Se recordó que tenía que decidirse. ¿Estaba dispuesto a arriesgarse a tener algo con Patience? ¿Tanto confiaba en sí mismo? ¿O era demasiado tarde para tener esa conversación? Porque estaba empezando a pensar que ya estaba demasiado metido como para encontrar la salida.

Patience tenía al diminuto bebé en sus brazos.
—¿No eres guapísimo? —le susurró al pequeño que dormía—. Eres precioso.
Annabelle estaba sentada en la mecedora de la habitación y le sonrió.
—Me siento inútil. Todo el mundo está ayudando tanto que no tengo nada que hacer.
—Oh, es verdad, toma, tenlo tú en brazos —dijo Patience caminando hacia ella.
Annabelle sacudió la cabeza.
—No, no, no me quejo por eso. He estado muy estresada pensando en cuando naciera el bebé porque no estaba segura de saber qué hacer, pero resulta que no tengo que preocuparme por nada porque nunca estamos solos, y lo digo en el buen sentido.
—¿Qué tal está llevando Shane la paternidad?
—Está emocionado y asustado. Es una combinación curiosa. No dejaba de decir que tener un niño no era para tanto, que la naturaleza se ocupa de todo, pero ha descubierto que no es exactamente como cuando una de sus yeguas tiene un potrillo.
—Ahí está el poder de ser un engreído —dijo Patience devolviendo al pequeño Wyatt a los brazos de su madre. Se sentó a su lado en una silla y se acercó—. Es adorable.
—Eso creo —respondió Annabelle sonriendo—. Bueno, dime, ¿cuántos guisos tengo en mi congelador?
—En el último recuento treinta y dos, pero llegarán

más. Ah, y en la nevera tienes una preciosa cesta de frutas. Muy elegante. También hay galletas y brownies y no sé qué más.

Annabelle se recostó en la mecedora.

—Adoro este pueblo. No me marcharé jamás.

—Nadie quiere que lo hagas —la abrazó y se levantó—. Tengo que volver. Te llamaré en un par de días para ver qué tal. Imagino que para entonces ya estaréis más tranquilos por aquí.

—Gracias por venir.

—No me lo habría perdido por nada.

Volvió a la parte delantera de la casa y encontró a Justice charlando con Clay Stryker. Cuando él la vio, se disculpó y fue a reunirse con ella.

—¿Lista para irnos?

Ella sonrió.

—¿Ya has terminado de fingir que estás emocionado por la llegada del bebé? ¿Querías tenerlo en brazos?

Él hizo una mueca de disgusto.

—No.

—No te van los niños.

—Me gustan los niños, pero los bebés me ponen nervioso.

—Bueno, ¿entonces estás listo para que nos vayamos? —le preguntó riéndose por su fobia a los niños.

—En cuanto me digas.

Salieron de la casa y fueron hacia el coche.

—¿Y tú qué? —le preguntó al abrirle la puerta del copiloto—. ¿Has tenido al bebé en brazos?

—Por supuesto, es maravilloso, ¡tan chiquitito! Recuerdo cuando nació Lillie. Estaba muerta de miedo.

Él cerró la puerta y fue hacia la suya.

—Tenías a tu madre —le dijo al sentarse detrás del volante.

—Y a Ned, aunque por entonces las cosas ya empeza-

ban a desmoronarse. Se marchó poco después, pero incluso con medio pueblo en mi salón, seguía aterrorizada. Era demasiado joven para ser madre. No tenía ni idea de lo que estaba haciendo, pero desde el primer segundo que la vi, ya la adoraba.
Lo miró.
—¿Recuerdas a tu madre?
—Un poco. Siempre estaba abrazándome. Según iba creciendo, me daba vergüenza y me alejaba. Ahora me gustaría no haberlo hecho.
—Eso forma parte del crecimiento —le dijo en voz baja—. Seguro que no te culpaba.
—Eso no puedes saberlo.
—Claro que puedo. Tengo una hija. Los niños crecen y se despegan un poco. Un día Lillie me pondrá caras raras, pero eso no significa que ya no estemos unidas.
—Creo que mi padre la mató.
Patience lo miró.
—¿Qué? ¿Cómo?
—Murió en un accidente de coche, tenía la línea de freno cortada. En el informe dijeron que no era concluyente, pero cuando fui un poco mayor fui al desguace, encontré el coche y lo vi. Lo había hecho él.
Vio cómo sus manos se aferraron con fuerza al volante mientras conducía hacia el pueblo.
—Justice, lo siento mucho.
Intentó pensar en algo qué decir, pero no pudo. ¿Podía tener razón? ¿Podía ser que su padre hubiera asesinado a su madre? Su concepto del mundo hacía que esa idea resultara inconcebible, pero lo cierto era que era complicado negar la verdad. Justice había estado en el programa de protección de testigos porque su padre había huido de la cárcel y había ido tras él. Los federales no se ocupaban de alguien a capricho. Si lo hacían, era porque había una razón. A Bart lo habían encarcelado por matar a un hombre

y, tristemente, eso hacía que la probabilidad de que hubiera matado a su mujer fuera mucho más real.

—Cuando murió, estuve esperando hasta poder irme, intentando mantenerme alejado de su camino. Como ya era un poco mayor no intentaba pegarme muy a menudo, pero eso no hacía que fuera menos peligroso.

—Y entonces viniste aquí.

Él asintió.

—Fue como un universo paralelo.

—Yo debí de parecerte muy tontita.

—No, eso nunca. Fuiste como un ancla, me mostraste lo que era posible. Yo sabía que no quería ser como él y que siempre tendría que estar alerta.

—No te pareces nada a él.

La miró.

—No me conoces. No sabes lo que he hecho.

—Puede que no conozca los detalles, pero tengo muchas pistas. Mírate. Acabas de acompañarme a llevarle un guiso a una mujer que acaba de dar a luz y que no conocías de nada. Mañana vas a acompañarme mientras Lillie tiene el primer encuentro con su abuelo. Has trabajado en el local, te preocupas por mi madre, ¿cómo te puede preocupar parecerte a tu padre? —y como sabía que tenía que animar un poco la conversación añadió—: ¿Esto es un rollo en plan *La guerra de las galaxias*? ¿Es que todos los tíos os creéis Luke Skywalker?

Él se rio.

—No, y mi padre no es Darth Vader.

—Pues lo parece.

—En él no había nada bueno.

—En ti sí que lo hay.

—Espero que tengas razón.

Patience sintió que el estómago le daba vueltas.

—He traído un bastoncillo de los oídos —le susurró a Justice mientras caminaban hacia el parque—. Por si acaso Steve se pasa, ya sabes.

Justice la rodeó por los hombros.

—Puedo controlarlo sin necesidad de ningún arma —le aseguró—. Guárdate el bastoncillo para tu propia protección.

—Pero no sé cómo usarlo de esa forma.

Lillie la miró.

—¿Mamá, estáis hablando de bastoncillos de los oídos?

—Sí, y sé que es raro, lo admito.

—¿Es porque no sabes qué decirle a mi abuelo?

—Básicamente —se detuvo y se arrodilló. Miró a su hija—. ¿Te parece bien lo que vamos a hacer?

Lillie y ella habían hablado varias veces sobre el hecho de que Steve quisiera conocerla, y Lillie había aceptado desde el principio sin hacer muchas preguntas. Eso le preocupaba a Patience. ¿Acaso no le importaba no tener más familia? ¿O era simplemente una niña normal que iba aceptando las cosas según venían sin darles demasiadas vueltas?

—Estoy bien. Mamá, me parece bien tener más familia.

—Lo sé —Patience no había dejado de decirse que Steve era simplemente un hombre que quería conocer a su nieta, que no era nada raro. Pero, de algún modo, no podía quitarse de encima la sensación de que el desastre acechaba.

Lillie le dio la mano.

—No tengas miedo, mamá. Justice y yo estaremos contigo.

—¿No debería estar consolándote yo a ti?

Lillie sonrió.

—Soy muy madura para mi edad.

—Sí que lo eres.

Lillie agarró la mano de Justice también y siguió caminando entre los dos.

El parque estaba cerca y llegaron en pocos minutos. Steve estaba esperando donde habían quedado, en un banco junto al estanque de patos. Lillie le agarró con más fuerza según se acercaban, y cuando estuvieron lo suficientemente cerca como para hablar, Steve se levantó y los tres se detuvieron.

Patience vio que era exactamente lo que llevaba días diciéndose. Un hombre de sesenta y tantos años que parecía nervioso y tímido. No un monstruo. Solo un hombre normal que había hecho unas elecciones pésimas y que ahora estaba pagando por ello.

—Hola, Lillie —dijo con voz suave—. Gracias por haber accedido a verme.

Lillie lo miró fijamente.

—Ya te he visto antes por el pueblo.

Steve abrió los ojos de par en par.

—Llevo un tiempo viviendo por aquí.

Lillie se soltó y fue hacia él.

—Conoces a mi padre, ¿verdad?

—Sí.

—¿Lo ves?

—No. Hace años que no hablamos.

—Yo tampoco lo veo —miró al lago—. Solemos darles de comer a los patos.

—Tu mamá me lo ha dicho. He traído pan.

Recogieron la bolsa del banco y fueron hasta el agua. Patience los siguió lo suficientemente cerca como para oír lo que decían, pero lo suficientemente lejos para darles la sensación de estar solos. Mientras, Justice permanecía a su lado.

—¿Qué piensas? ¿Va todo bien? ¿Qué te dice tu instinto de espía?

—Ahora mismo no me dice nada.
Ella suspiró.
—Debes de pensar que soy una histérica.
—No. Creo que eres una madre preocupada que no quiere confiarle su hija a un hombre al que apenas conoce. Tienes todo el derecho a ser precavida. Steve está limpio, pero también es un hombre que abandonó a su familia. Sí, claro, la gente cambia, pero a ti tiene algo que demostrarte.

Tenía razón, pensó Patience aún preocupada, aunque ya un poco menos. Por supuesto, había planeado tener a su hija alejada de Justice y eso no lo había cumplido. Había sido tan amable y las había ayudado tanto que directamente se había olvidado.

El hecho de que estuviera ocupado empezando su negocio en el pueblo implicaba que tenía que estar cerca, así que no podría desaparecer sin más de la vida de su hija. Suspiró. ¿Estaba siendo racional o estaba racionalizando? Ojalá lo supiera.

Siguió mirando a su hija. Lillie estaba hablando sobre su profesora y sus amigos del colegio mientras Steve escuchaba con lo que parecía verdadero interés.

Patience se acercó más a Justice.

—Has estado genial. Siento si te he estado robando demasiado tiempo. Te has mudado aquí para abrir tu negocio y has terminado metido en mi locura de mundo. Tengo que decir que normalmente mi vida es muy tranquila, e incluso aburrida, pero las últimas semanas han sido de locos.

—Me gusta tu locura de mundo. Es encantadoramente normal.

Ella se rio.

—No te pega decir «encantadoramente».

—Ahora sí. Fool's Gold me está cambiando.

Patience se preguntó si sería verdad.

—En tu trabajo como guardaespaldas, ¿te relacionas con otra clase de militares?

—Básicamente.

—Entonces, estando aquí, no sabrás muy bien qué hacer con nosotros los civiles.

—No sois tan diferentes como pensáis. Además, la mayoría de mis clientes son civiles.

—Qué decepcionante. Estaba imaginándote con dictadores derrocados a cuyas cabezas han puesto precio.

—Esta semana no. Más bien se trata de hombres con éxito a cuyas cabezas han puesto precio.

No estaba segura de si estaba de broma o diciendo la verdad, aunque tenía la sensación de que sí, lo cual no era muy reconfortante.

—Pronto tendrás que ir a cumplir esa misión. ¿Me prometes que estarás a salvo?

—Sí —su mirada azul oscura se clavó en ella—. Estaré a salvo y estaré aquí para la inauguración. Te doy mi palabra.

—Te pones muy sexy cuando haces promesas.

Habló sin pensar, y después quiso retirar esas palabras. Una fugaz mirada a Lillie y Steve le mostró que seguían inmersos en su conversación, lo cual fue un alivio, pero Justice sí que lo había oído.

—¿Sexy?

Ella se aclaró la voz.

—Ya sabes. Eh... bueno... —sacudió la mano—. Ah, mira, patos. Deberíamos darles de comer.

Empezó a caminar hacia el agua, pero Justice la agarró de la mano deteniéndola.

La tensión danzaba entre ellos haciendo que Patience quisiera acercarse más.

—No sé de qué te sorprendes —le dijo en voz baja—. Sabes lo que eres. Peligroso. Poderoso. Y, además, besas muy bien.

Él enarcó una ceja.
—Solo bien, ¿nada de genial? ¿Nada de espectacular?
—Los he tenido mejores —contestó ella con desdén.
Él la acercó más.
—Ahora estás mintiendo —le dijo con un gruñido.
Patience sonrió.
—Puede que un poco.
Miró a su hija y vio que tanto Lillie como Steve estaban mirándolos. Dio un paso atrás.
—Bueno, ¿qué tal los patos?
Su hija la miraba como diciendo: «Qué rara eres a veces».
—Están bien, mamá. Les gusta el pan.
—Pues entonces es una suerte que tu abuelo haya traído un poco.
—¿Es lo mejor que puedes hacer? —le preguntó Justice por detrás—. Jamás podrías ser agente secreto.
—Muy bien. Tú critícame, pero me gustaría verte intentando cortar el pelo.

Capítulo 10

Patience daba vueltas por la tienda de vestidos de novia Paper Moon. Unos grandes ventanales daban a la pequeña plaza de «tiendas exclusivas» del centro de Fool's Gold. Al otro lado del parque se veían las ventanas de colores vivos de la Maternidad, lo cual resultaba muy gracioso para las que ni se iban a casar ni estaban embarazadas.

Dentro de la tienda se podían ver varios vestidos de novia tanto expuestos en maniquíes como en perchas. Había una segunda sala más pequeña dedicada a los vestidos de las damas de honor y trajes para las madres.

—Este lugar no ha cambiado nada —dijo Patience tocando la manga de un precioso y tradicional vestido blanco.

Isabel arrugó la nariz.

—Ese es parte del problema. Ya hemos cambiado de siglo y la tienda debería reflejarlo. Los vestidos son actuales, porque mi madre siempre le ha prestado mucha atención a las tendencias, pero el resto del local es muy de los noventa.

—¿Y vas a cambiarla?

—Todo lo que pueda. Tengo un presupuesto y algunas ideas. Si vamos a venderla, tenemos que intentar sacarle el máximo posible y eso significa que hay que renovarla.

Paper Moon siempre había formado parte de la comunidad. Patience recordaba cómo algunas de sus amigas, que tenían hermanas mayores, habían ido allí a probarse vestidos para pequeñas damas de honor. Y antes de que los vestidos se sacaran a la venta en rebajas, a las niñas adolescentes se les dejaba ir a jugar a ser «novias por un día» y a probarse distintos modelos para que se imaginaran cómo sería ese día tan especial que llegaría en un tiempo bastante lejano.

—Me compré aquí mi vestido de novia —dijo Patience—. Era de saldo, lo cual me vino bien porque no es que me durara mucho el matrimonio.

—Lo siento. Debió de ser difícil y además tenías a Lillie.

—Ella me sacó adelante. Mi madre y ella. Ambas me hicieron seguir adelante —Patience miró a su amiga—. ¿Cómo llevas todos estos cambios?

Isabel se encogió de hombros.

—No sé. Algunos días me resultan sencillos, y otros complicados. Vamos a la oficina. Te invito a un refresco.

Atravesaron la zona de probadores donde había dos lo suficientemente grandes como para poder albergar la más voluminosa de las faldas. Cada uno tenía varias sillas para los familiares que tenían algo que opinar. Y luego había otros probadores más pequeños, aun siendo enormes, en la pared del fondo. En el centro de la sala había un espejo de cinco paneles y una plataforma baja donde la futura novia se subía para lucir su vestido.

Isabel pasó por delante de todo ello y entró por una puerta con un cartel de *Privado*. Dentro había un despacho con varios escritorios, una mesa y sillas, ordenadores, muestras de telas y una pequeña nevera.

—Light, ¿verdad? —le preguntó al abrir la puerta.

—Es mi favorita.

Sacó dos botes y fueron a las sillas.

—Esta es la tienda que ha quedado olvidada en el tiempo —dijo Isabel al abrir su bote y dar un trago—. La primera vez que la vi al volver, me sentí como si hubiera retrocedido diez años. Sabía que mis padres habían perdido el entusiasmo por este sitio, pero la falta de renovaciones me resultó sorprendente.

—¿Y no te ves tentada a tomar las riendas y transformarla por completo tal cual te gustaría?

Isabel sacudió la cabeza.

—No, gracias. Tengo planes y no incluyen quedarme por aquí. Sé que te encanta, pero yo aquí me volvería loca.

—¿En la tienda o en el pueblo?

—En la tienda seguro. No podría soportar estar tratando con novias el resto de mi vida. Quiero hacer algo más. No es la venta al público lo que tengo en mente. Como ya te he dicho, tengo planes con una amiga para abrir una tienda en Nueva York de diseños de alta costura. Muy elegante.

—Pero eso sigue siendo venta al público, amiga mía.

Isabel sonrió.

—Pero es venta al público en Nueva York.

—¿Entonces de verdad vas a volver?

—Eso es.

Patience se preguntó cómo sería vivir en otra parte. Siempre había conocido a todos sus vecinos y a la gente del pueblo y concebía el ritmo de la vida marcado por los festivales estacionales además de por los cambios de tiempo.

—Imagino que Nueva York será un lugar apasionante —dijo lentamente.

Isabel se rio.

—Eres un ratón de campo y te lo digo con todo el cariño. No te imagino viviendo en ninguna otra parte.

—Yo tampoco. ¿Allí no es complicado hacer amigos y saber dónde está todo?

—Sí, pero por eso es emocionante. La ciudad es grande, ruidosa y llena de vida y la disfruto mucho —dio otro trago de refresco—. Pero admito que me gusta estar aquí, incluso aunque sean varios meses.

—¿Para alejarte de lo que ha pasado?

Los ojos azules de Isabel se oscurecieron con un brillo de dolor.

—Eric y yo seguimos siendo amigos, pero por muy amistoso que sea un divorcio, no es algo sencillo de vivir.

—¿Has hablado mucho con él últimamente?

—Varias veces, aunque no sé muy bien qué decir —la miró—. La verdad es que no me sorprende que nos hayamos separado y, aun así, estoy completamente impactada. No sé si tiene sentido.

Patience sospechaba que, en el fondo, su amiga habría sabido que algo iba mal, pero vivir un divorcio era completamente distinto a simplemente imaginar que había algún problema en la relación.

—Aún no te has recuperado. Ese cliché sobre que el tiempo lo cura todo es verdad. Después de que Ned se marchara, no pensaba que pudiera recuperarme. Pero lo hice. Y ahora no entiendo qué fue lo que vi en él.

—Yo también me recuperaré, o eso espero. Pero es que hay días en que me siento tan patética. Cuando en la tienda entra una novia emocionada y con ese brillo en la mirada no puedo evitar preguntarme si seguirá casada con ese mismo hombre al cabo de veinte años o si pasará a ser una cifra más en las estadísticas —suspiró—. De acuerdo, me he convertido oficialmente en la amiga deprimente y no quiero serlo.

—Aún no te has recuperado. Date un respiro.

Isabel esbozó una débil sonrisa.

—¿Qué? ¿Estás diciéndome que castigarme no es el camino más rápido hacia un mañana feliz?

—Para nada. Has dejado Nueva York por un tiempo,

así que aprovéchate de eso. Piérdete en la pintoresca sensiblería de un pueblo pequeño como Fool's Gold. Ve a los festivales, gana varios kilos comiendo queso de cabra y seduce a algún turista guapo.

—No estoy segura de que me atraiga la última sugerencia, pero las otras me parecen divertidas.

Patience bebió un poco de refresco.

—¿No estás lista para tener un novio de transición?

—Ni lo más mínimo —respondió mirándola fijamente—. Y tampoco te veo a ti con ninguno. No, teniendo una hija de la que preocuparte.

Patience se sintió demasiado avergonzada como para admitir que en su vida no había habido un hombre desde que Ned se marchó.

—Yo tampoco quiero un novio de transición. Al principio estuve muy ocupada con Lillie y ahora ha pasado demasiado tiempo. Pero sí que me gusta la teoría —sonrió—. Ford vendrá cualquier día de estos. ¿Qué opinas de él? Estabas coladita hace años. A lo mejor sigue siendo tan sexy y estando como un tren.

La expresión de Isabel se iluminó.

—Ojalá fuera verdad, aunque me prometiste que ahora estaría muy desmejorado —suspiró, obviamente recordando viejos tiempos—. Estaba loca por él.

—El amor de una niña de catorce años es muy especial.

Isabel se rio.

—Espero que él lo viera así en lugar de algo de lo que quisiera huir —su sonrisa se volvió melancólica—. Aunque claro, mi hermana acababa de dejarlo, así que dudo que tuviera mucho tiempo para pensar en mis sentimientos. Estaba demasiado ocupado forcejeando con los suyos.

Por entonces, Patience solo era un par de años mayor que Isabel, pero recordaba aquel escándalo. Ford había estado comprometido con Maeve, su preciosa hermana mayor, pero unas semanas antes de la boda, él la había pillado en la cama con su mejor amigo, Leonard. Se había producido entonces un intercambio de palabras, y posiblemente también de golpes. Maeve se había disculpado, aunque negándose a dejar a Leonard. El compromiso se había roto y Ford se había marchado del pueblo. Se había alistado en la Marina, se había convertido en un SEAL y no había vuelto muy a menudo.

Algún fin de semana que otro lo habían visto por el pueblo, pero normalmente se había reunido con su familia en otros lugares. Patience no sabía si era por un tema de logística o para evitar a Maeve. De cualquier modo, y después de casi catorce años, ahora volvería a casa.

—A lo mejor ha guardado todas tus cartas —le dijo Patience bromeando—. Y las ha leído cuando las cosas le iban mal.

Isabel se rio.

—Sí, seguro. Porque saber de mi vida le resultaba muy especial. Solo espero haberme controlado y no haberlo agobiado emocionalmente. El instituto no siempre es algo bonito y no creo que le hubiera resultado muy entretenido que le contara todas mis experiencias.

Patience se inclinó hacia ella y bajó la voz.

—O a lo mejor le resultaron extremadamente divertidas.

Isabel se estremeció.

—Oh, tienes razón. Recuerdo que fui a un baile con un chico llamado Warren. No hubo final feliz —agarró su refresco—. Seguro que eso no lo mencioné.

—Podrías formar parte del comité de bienvenida y ser una de los primeros en recibirlo y saludarlo.

—¿Es que hay un comité de bienvenida?

—No que yo sepa, pero ¿quién sabe lo que hará este pueblo? Ford es un héroe que vuelve a casa.

—Va a odiar tener que estar escuchando eso una y otra vez.

—Entonces, tú podrías reconfortarlo.

Isabel suspiró.

—Deja de intentar juntarnos. Ni siquiera ha vuelto aún.

—Soy una romántica, no puedo evitarlo. Una de las dos tiene que tener un romance de verano.

—Yo estoy recién salida de un divorcio, así que lo del romance te lo dejo a ti. ¿Qué pasa con ese tipo? ¿Justice?

Patience se aclaró la voz.

—No tengo ni idea de lo que estás hablando.

Isabel enarcó las cejas.

—Ajá. Te estás sonrojando.

Patience agachó la cabeza.

—No es verdad —pero sí que lo era. Podía sentir el calor en sus mejillas—. Me gusta —admitió—, pero la situación es un poco confusa. Excitante, pero confusa.

—Pues buena suerte. Soy la última persona a la que deberías acudir en busca de consejo. Aún tengo la marca del sol del anillo de boda.

Patience suspiró.

—Lo siento mucho.

—Yo también, pero saldré adelante.

—Bueno, entonces aquí va el mostrador, claramente. Y aquí será donde sucederá la magia —dijo Patience deslizando las manos sobre la enorme máquina de espressos.

Era grande y brillante y lo más perfecto que había visto en su vida, al menos en el mundo de los electrodomésticos. Lillie, por su parte, era lo más perfecto en el apartado de personas.

—Me conozco todas las características de memoria. ¿Quieres que te diga cuántas tazas puede hacer por hora y la cantidad de leche que hará falta para preparar *lattes*?

Justice se apoyó contra el mostrador y le sonrió.
—Si es importante para ti...
—Lo es, pero no te torturaré. No, cuando has dicho que me ayudarás.

Aún tenían que desembalar las últimas cajas de tazas y platos que habían recibido. Ya que el lavaplatos no llegaría hasta la próxima semana, también tendrían que esperar perfectamente apilados junto a los demás hasta que pudieran someterse a un proceso de lavado profesional.

Se giró hacia el espacio que estaría ocupado por el lavaplatos enorme y suspiró.

—Esperando por un fallo de envío. Mamá y yo hemos decidido que ya que no habíamos elegido una fecha concreta para la inauguración, vamos a retrasarla tres días. Así ya tendremos el lavaplatos instalado y más tiempo para formar al personal.

Respiró hondo y juntó las manos.

—Vamos a tener empleados, una plantilla de verdad, y ya hemos encargado la comida y el café lo tenemos aquí. Durante aproximadamente una semana abriremos de manera intermitente y luego ya empezaremos en serio.

Se giró hacia él.

—Has dicho que podrías estar aquí para cuando abramos, ¿sigue siendo verdad?

—Sí. Han acortado mi viaje, así que solo tendré que estar fuera un par de días.

—En el lugar peligroso que no puedes nombrar.

Los ojos de él se iluminaron de diversión.

—Eso es.

—Podrías darme una pista. ¿Es una isla o un continente?

—En eso hay una gran diferencia de tamaño. Es un continente.

—Pero no es este.

—No.

Ladeó la cabeza.
—No vas a decírmelo, ¿verdad?
—No.
—Vale, no me importa. Aún te debo una por lo mucho que me has ayudado, así que cuando estés listo a desembalar tus balas o lo que sea para tu Sector de Defensa Cerbero, allí estaré yo para ayudarte.
—Nada de balas.
—Creía que tendrías un arsenal.
—Bueno, vale, algunas balas.
Ella sonrió.
—¿Lo ves? Puedo ayudarte.
Era una preciosa tarde de primavera y la luz se filtraba por los ventanales recién lavados. Unas cortinas nuevas y almidonadas se sacudían con la brisa... o lo harían si las ventanas hubieran estado abiertas. Ahora mismo estaban cerradas y la puerta principal estaba cerrada con llave. Patience ya había aprendido que si no la tenía cerrada, la gente se colaba dentro para preguntarle cuándo abriría. Y aunque agradecía su interés, esas conversaciones le robaban mucho tiempo y eso implicaba que siempre estuviera retrasada con su plan de trabajo.

Miró las mesas y las sillas, la vitrina refrigerada ya enchufada y zumbando y el resplandeciente suelo. En las estanterías había café expuesto para su venta, junto con distintos artilugios para su preparación. Ya habían recibido la última tanda de tazas, vasos y platos, había contratado personal, y una vez recibieran el lavaplatos, estaría lista para abrir las puertas de su nuevo negocio.

—No me lo puedo creer. Esto está pasando de verdad. ¿Has visto el cartel?
—Sí que lo he visto.
Juntó las manos por delante de su cintura.
—Me encanta.
El logo que su madre y ella habían elegido era un óvalo

amarillo con una taza de café roja en el centro adornada por unos corazones monísimos.

—También vamos a encargar delantales y camisetas.

—Ya me lo habías dicho.

—¿Es esa tu forma educada de decirme que te estoy aburriendo?

—Tú jamás podrías aburrirme.

Ella frunció el ceño. Había algo en el modo en que estaba mirándola, una intensidad especial; no sabía en qué estaría pensando, pero algo iba mal.

Se acercó.

—Justice, ¿qué pasa?

—Nada. Deberíamos empezar a desembalar las tazas.

Ella posó la mano sobre su pecho, tanto para poder sentir sus duros músculos como para evitar que se moviera.

—¿Te estoy entreteniendo?

Él dio un paso atrás y se metió las manos en los bolsillos.

—No, pero tú tienes que seguir con tu tarea.

—No lo entiendo. ¿Qué pasa?

Él miró a otro lado antes de volver a mirarla. Murmuró algo y se movió extremadamente rápido; primero estaba marcando distancia entre ellos y al segundo estaba llevándola contra su cuerpo y besándola.

El beso la dejó impactada, pero solo por un segundo. Después se dejó caer hacia él queriendo tomar todo lo que le ofrecía. Movía su lengua contra la suya generando chispas de deseo. Llevó la mano desde su cintura hasta su espalda y después bajó hasta sus nalgas. Ella lo agarró por los hombros sintiendo el poder de sus brazos y, desde ahí, el trayecto hasta su cincelado torso fue sencillo.

—Patience —dijo contra su boca antes de besarle la línea de la mandíbula hasta el lóbulo de la oreja. Le dio un pequeño mordisco antes de seguir descendiendo, acariciándola con la lengua y rozándola ligeramente con los dientes.

Un escalofrío la recorrió y él seguía bajando y bajando, por su clavícula hasta el cuello de su camiseta. Después de hundir la lengua en el valle de sus senos, inició el camino de regreso arriba.

Con cada roce, cada suave mordisco, ella veía que le costaba más respirar. Su piel estaba reaccionando y su cuerpo preparándose para el siguiente asalto erótico. Le dolían los pechos y sabía que sus pezones se habían endurecido. Entre los muslos ya notaba la humedad.

Echó la cabeza atrás para darle mejor acceso y cuando él llevó las manos a sus pechos, cerró los ojos para evitar la distracción de mirarlo y centrarse en sentirlo.

Mientras los pulgares y los índices de Justice se cerraban alrededor de sus pezones, la besó. Le introdujo la lengua y la acarició al ritmo de la magia que estaba obrando en sus pechos. La combinación hizo que su cuerpo se tensara hacia él. Un calor líquido se acumuló en su centro y supo que estaba a segundos de suplicarle que no se detuviera nunca.

Él bajó las manos hasta su cintura y la llevó hacia sí. Patience accedió encantada, necesitaba ese contacto. Su erección ejercía presión contra su vientre y ella se acercó más, feliz de ver que no era la única que estaba disfrutando con el juego.

Pero Justice no estaba jugando. Le rodeó la cara con las manos y la miró a los ojos.

—Te deseo —le dijo con la voz entrecortada.

Esas palabras diseñadas para excitarla la recorrieron como un escalofrío.

—Yo también te deseo —murmuró ella antes de poder pensar si era o no lo más sensato—. Pero no tomo la píldora y no he venido preparada.

Odiaba ser práctica. En un mundo perfecto los dos se

habrían desnudado de repente y estarían tal vez en una playa privada o en una cama en el bosque. Harían el amor sin preocuparse de las consecuencias. Pero la vida real no era así.

Él la miró durante unos segundos, se metió la mano en el bolsillo y sacó un preservativo.

—Oh. O lo planeas todo con mucho cuidado o tenemos que hablar de tu estilo de vida —porque estar con un hombre que siempre esperaba tener suerte con una mujer no era su estilo.

—Lo he planeado todo con mucho cuidado desde mi segunda semana en el pueblo. Y solo estando cerca de ti. No es que estuviera dando nada por hecho, más bien llevaba todo este tiempo deseando que pudiera llegar a pasar —le acarició la mejilla—. Pero solo contigo, Patience. Con nadie más.

Ella sintió cómo toda su determinación se desvanecía.

—¿Quieres decir que no sientes nada por la alcaldesa Marsha?

—Lo siento, pero no.

—No creo que sea algo de lo que debas disculparte —dijo acercándose más a él.

Él la llevó contra sí y bajó la cabeza. Sus bocas se rozaron una vez, dos veces, antes de darse un largo beso. Ella lo rodeó con sus brazos y se entregó a la sensación de dejarse seducir.

La boca de Justice era delicada, pero decidida, y la reclamaba con una intensidad que la dejó sin aliento. Y justo cuando creía que iba a acariciarla en otras partes, él empezó a llevarla hacia el almacén.

«No es mala idea», pensó Patience, ya que la sala principal del local tenía ventanas que daban a la calle. Tal vez desnudarse delante del tráfico y de los peatones no era el mejor plan. Aunque tampoco lo era hacerlo rodeados de cajas.

—No es un buen lugar —dijo apartándose de él y yendo hacia la puerta—. No tengo ni sábanas ni una colcha. Ni siquiera tenemos escaleras. He visto a gente haciéndolo en las escaleras en las películas. Parece muy incómodo. Además, no soy muy flexible y hace mucho tiempo que no lo hago...

Se calló al darse cuenta de que él la estaba mirando.

—Solo digo que ha pasado mucho tiempo y que puede que no se me dé bien.

Eso último lo confesó en un susurro.

—¿Has terminado?

Ella asintió.

—¿Has cambiado de opinión o es que estás nerviosa?

—Lo segundo.

Algo se encendió en sus ojos azules y después fue hacia ella y le quitó la camiseta. Así, sin más. Sin preguntar. Ahí estaban en una pequeña trastienda con cajas y estantes y un gran hueco donde iría el lavaplatos, y aun así, la estaba desnudando.

—Recuerdo la primera vez que te vi —dijo girándola para tenerla de espaldas a él. Le echó el pelo sobre un hombro y con delicadeza le besó la nuca—. Tenías catorce años y yo dieciocho y estaba aterrado. Pero entonces entraste en clase de Historia, te sentaste a mi lado, me sonreíste y te presentaste. Y ya está. Una sonrisa y me enganchaste.

El calor de su boca hizo que se le pusiera la carne de gallina.

—¿Sí?

—Sí. Estar contigo me hacía olvidar que estaba huyendo y podía fingir que era como cualquier otro chico.

Ella empezó a girarse hacia él, pero Justice no la dejó. La mantuvo de espaldas a él y con las nalgas contra su erección. Posó las manos sobre su vientre y comenzó a moverlas en círculo.

—Quería besarte —admitió mientras le besaba el cuello—. Quería abrazarte y acariciarte —vaciló—. Y digamos que en mi fantasía había más cosas.
—Estoy escandalizada —murmuró con tono amable.
—Sabía que era demasiado mayor para ti y el chico equivocado, pero no podía evitarlo.
Subió las manos hasta sus pechos y los cubrió como había hecho antes. La diferencia era que ahora ella podía ver lo que estaba haciendo. Podía ver cómo movía sus dedos contra su sujetador centrándose en sus pezones, y al mismo tiempo podía sentir la sacudida eléctrica que la recorrió.
—Incluso después de marcharme, pensé en ti. Todo el tiempo. Nunca te olvidé.
Sus manos se movían contra sus pechos, explorándolos, y sus dedos no hacían más que volver a sus pezones. Con cada roce, a ella le costaba más respirar y le pareció que estaba subiendo el calor en la habitación, aunque tal vez era solo ella. ¿No sería mejor si no tuvieran tantas capas de ropa interponiéndose entre los dos?
—Quiero... —se desabrochó el sujetador.
Él lo apartó y se detuvo un momento. Patience sabía que estaba mirando por encima de su hombro, contemplándola. No tenía unos pechos grandes, pero suponía que él ya se lo había imaginado. Si eso era lo que buscaba, no habría empezado en un primer momento.
Justice volvió a posar las manos sobre sus pechos y su bronceado contrastó con su pálida piel. Acercó los pulgares a sus pezones y ella pudo ver esas cúspides de piel tensarse hacia él, como buscándolo...
La giró de repente y tomó el pezón en su boca. Succionó con fuerza y ella se aferró a él mientras el deseo la recorría y debilitaba sus rodillas.
Justice pasó al otro pecho y repitió el proceso, en esta ocasión añadiendo también caricias de su lengua. Ella

echó la cabeza atrás y fue excitándose más y más por segundos.

De atrás adelante, de atrás adelante. Le tocó la cabeza queriendo sentir su frío y suave pelo. Queriendo sujetarlo.

Mientras él seguía mimando sus pechos, le desabrochó el botón del pantalón y ella se alzó para sacarse las deportivas. Justice le bajó los pantalones por las caderas junto con sus diminutas braguitas.

Y solo cuando deslizó la mano entre sus muslos, ella fue consciente de que estaba ahí desnuda, en su almacén. Él hundió un dedo en su húmedo cuerpo y la acarició con el pulgar.

Patience gimió a la vez que su mundo quedaba reducido a ese hombre y a las sensaciones que estaba generándole. Estaba hambrienta de deseo, desesperada por obtener más de lo que le ofrecía. No podía pensar ni apenas respirar. Separó las piernas y se rindió al placer que la invadía.

Él movía el dedo de dentro afuera haciéndole empujar su cuerpo hacia ese contacto y deseando que hubiera más. Le ardían las plantas de los pies. Le temblaba el cuerpo y, de no ser porque él la rodeaba por la cintura con una mano, se habría caído.

Estaba segura de que Justice planeaba tomarse su tiempo para seducirla, pero ella llevaba mucho tiempo sin haber experimentado ese placer. Tal vez, de todos modos, solo podría haberlo sentido con Justice al saber que confiaba en él con toda su alma. De cualquier modo, no podía contenerse. No podía hacer otra cosa que sentir esas constantes caricias una y otra vez, y una tensión que iba en aumento.

Susurraba su nombre y movía las caderas al ritmo de su mano. La tensión aumentaba según se acercaba al clímax y, al momento, su cuerpo se estaba estremeciendo y temblando como si no fuera a parar jamás.

Él no se apartó y siguió acariciándola a la vez que ella gritaba abrumada por el placer.

Pero no fue suficiente, pensó con desesperación. Y mientras esas sacudidas se desvanecían, aún quería más. Se giró hacia él y le desabrochó el cinturón con torpeza. Por suerte ese hombre no era ningún idiota y rápidamente sacó el preservativo y la ayudó con los vaqueros. Después de bajárselos, se puso el preservativo y se acercó a ella.

—¿Cómo vamos a hacerlo? —preguntó Patience mirando a su alrededor en busca de una mesa o...

Él la rodeó por la cintura y la levantó del suelo. Patience apenas tuvo tiempo de gritar antes de que Justice la acomodara sobre él y la llenara hasta hacerle creer que podría morir de placer. Se apoyó contra la pared y, sin soltarla, se retiró y volvió a adentrarse en ella.

Instintivamente, Patience le rodeó las caderas con las piernas y así, con cada movimiento de Justice, más se excitaba ella.

Más tarde se plantearía lo fuerte que debía de ser para poder sujetarla así. Más tarde pensaría en los mecanismos y en la física, pero ahora mismo lo único que le importaba era que estaba entrando en ella. Con fuerza y rapidez, como si pudiera hacerlo para siempre.

Quería mirarlo, sentir cómo se acercaba al éxtasis. Pero lo que le estaba haciendo era demasiado agradable, estaba rozando algún punto en lo más profundo de su ser que estaba llenándola de placer y sensaciones. Se movía con él, empujando hacia abajo mientras él lo hacía hacia arriba, intentando acercarse más, deseando, deseando...

—Patience.

Su nombre salió con un sonido gutural. Ella sintió la tensión en él y supo que estaba cerca. Sus miradas se entrelazaron mientras él intentaba contenerse.

Ella también estaba cerca, al borde del éxtasis, pero aún no. Necesitaba...

—Vamos, Patience.
Al parecer, había necesitado que él se lo pidiera, pensó al arquearse contra su cuerpo. Su orgasmo la recorrió y su cuerpo se sacudió arrastrándolo a él también hasta el clímax. Se movieron el uno contra el otro, gimiendo, temblando a la par antes de quedar completamente satisfechos.

Cuando ella recuperó la consciencia, sintió cómo le temblaban los brazos y sospechó que no tenía nada que ver con el sexo, pero sí con el agotamiento.

—Bájame.
—No voy a soltarte.
Ella sonrió.
—No pongamos a prueba esa teoría.
La bajó al suelo, pero no la soltó; la abrazó y ella sintió su corazón palpitando contra su pecho. Ambos estaban sudando y respirando entrecortadamente.

Patience deseó no tener que separarse jamás.

—Increíble —dijo preguntándose si debería haberse contenido más.

—Estoy de acuerdo. Si así eres sin práctica, voy a tener que tener cuidado. En un par de semanas, serás tan buena que me matarás.

—Prometo no dejar que las cosas vayan tan lejos.
La besó.
—Estoy dispuesto a arriesgarme.
Cuando se separaron, ella se dio cuenta de que aunque estaba completamente desnuda, él estaba casi vestido del todo. Y aunque el momento de recoger su ropa podía haber resultado incómodo y embarazoso, no lo fue en absoluto. Justice la sujetó mientras se ponía las braguitas e insistió en abrocharle el sujetador, cosa que él aprovechó, ya que decidió comprobar si se lo había puesto bien y, así, deslizó la mano entre la copa y su pecho. Ese gesto hizo que volvieran a besarse y siguieran hasta que ella estuvo completamente vestida.

Cuando finalmente salieron a la sala principal, se sentía relajada y fabulosa. Quería pensar que era porque había olvidado lo bueno que podía ser el sexo, pero tenía la sensación de que hacer el amor con Justice entraba en una categoría especial. Lo cual significaba que no era muy probable que fuera a probar la experiencia con nadie más.

Estaba nerviosa, pero antes de poder controlar ese estado, alguien llamó a la puerta. Al ir a abrir no reconoció a la mujer que estaba allí de pie y se preguntó si sería una turista perdida.

—¿Puedo ayudarte? —le preguntó fijándose en su melena larga y ondulada y en su cálida sonrisa. Tenía ojos de gato y muy verdes. Era alta y esbelta y su traje negro sastre sugería que debajo había unas curvas perfectas.

Parecía tan encantada de estar allí que Patience no pudo más que devolverle la sonrisa... hasta que entendió que esa felicidad no era por ella.

—¡Justice!

La alta y elegante mujer pasó por delante de ella y se abalanzó hacia Justice, que la tomó en brazos y le dio una vuelta en el aire.

—¡Has venido!
—Por supuesto. No podía dejarte aquí solo.
—¿Por qué no me sorprende?

Todo el placer que Patience acababa de experimentar se esfumó y la dejó con la sensación de ser una tonta de la que se habían aprovechado.

Capítulo 11

Patience estaba allí mirando a la feliz pareja. Decir que estaba impactada no describía la mezcla de consternación y aflicción que ardía en su interior. Ni tres minutos antes había estado desnuda y haciendo el amor con Justice, ¿y ahora él estaba con otra mujer? El abismo de los años que habían estado separados nunca había sido tan grande como ahora. Quería salir corriendo, pero no era capaz de moverse. Entonces recordó que esa era su tienda y ese su pueblo, por mucho que Justice no fuera suyo.

Justice y la mujer se volvieron a abrazar y rieron felices. Patience miró a su alrededor preguntándose si habría algo que pudiera arrojarles, piezas de la vajilla o un cubo de agua tal vez. No se sentía especialmente exigente, así que cualquier cosa valdría.

Finalmente, Justice la miró y, por increíble que pareciera, en su mirada no había ni un ápice de culpabilidad. Solo alegría.

«Claro», pensó ella amargamente. ¿Por qué no iba a estar tan contento? La había tenido a ella y ahora tenía a otra mujer también.

—Patience, deja que te presente a mi socia, Felicia Swift. Felicia, ella es Patience. La chica que conozco de cuando estuve viviendo aquí.

La elegante y alta belleza se movió hacia ella con claras intenciones. Iban a saludarse educadamente porque eso era lo que hacían las personas civilizadas.

—Me alegro mucho de poder conocerte por fin —le dijo Felicia con una sonrisa brillante—. Justice me ha hablado un poco de vuestro pasado juntos —y lanzándole una irónica mirada a él, añadió—: Aunque no es que hable mucho de su vida privada, claro.

—Es verdad —dijo Patience—. Es muy reservado. Y esa no es precisamente una buena cualidad en un hombre. Es más, puede resultar irritante.

Justice la miró con expresión de extrañeza.

Patience quería patalear. ¿En serio iba a fingir que no entendía sus palabras?

Felicia se rio. Fue un sonido grave y sexy que hizo que Patience la odiara de inmediato.

La otra mujer le dio una palmadita a Justice en el brazo.

—Y para que quede claro, no soy tu socia. Ya no.

Justice seguía mirando a Patience.

—Es verdad. Felicity va a ayudarnos a montar el negocio, pero después seguiremos nosotros solos.

—Qué pena —murmuró Patience.

—Sí que lo es. Es una experta en logística —se giró hacia la despampanante pelirroja—. Me has salvado el trasero en más de una ocasión.

—Solo hago mi trabajo —sonrió a Patience—. Como imagino que te habrá contado, trabajé con Justice cuando estaba en el ejército. Después los dos empezamos a trabajar para la empresa de seguridad privada y ahora aquí estamos.

—Qué especial.

Patience se llevó la mano al estómago y apretó con fuerza. Estaba dándole vueltas otra vez, pero en esta ocasión por motivos bien distintos. Nunca antes había experimentado lo que eran los celos. No así. Cuando Ned le había dicho que se marchaba, se había quedado impactada y hundida, pero no se había sentido celosa. Su dolor había sido básicamente por su hija, por el hecho de que fuera a perder a su padre antes de haber podido llegar a conocerlo.

Y fue esa capacidad para olvidarse de él lo que la convenció de que no había amado a Ned. De que el suyo había sido un matrimonio de conveniencia provocado por su embarazo.

Esta vez era distinto. Esta vez sus celos ardían con fuerza y ahí seguían sus ganas de arrojarles algo, de ponerse a romper cosas. Sin embargo, recordarse que estaba en su local y que cualquier daño que originara la perjudicaría la mantuvo en orden. Pero estaba furiosa y hundida. Era muy probable que terminara llorando y gritando.

Sentía cómo iba perdiendo el control y sabía que tenía que alejarse de la parejita feliz. O, al menos, hacer que se marcharan para que ella pudiera desahogarse en privado.

—Imagino que tendréis muchas cosas que contaros —dijo con lo que esperaba que pareciera una sonrisa—. No quiero entreteneros.

No fue de lo más sutil que pudo decir, pero en ese momento no estaba como para pensar mucho.

—¿Estás bien? —le preguntó Justice.

—Genial.

Él seguía muy extrañado.

Y ella, al no saber qué más hacer, fue hacia la puerta y la abrió.

—Deberías enseñarle el pueblo a Felicia. Fool's Gold está precioso en esta época del año.

—Ya he visto algunas zonas —dijo Felicia alegremente—. Es encantador.

—¿A que sí? —Patience movió la mano, como invitándolos a salir—. Y está esperando que lo exploréis más. Adiós.

Justice vaciló un segundo y salió. Felicia se detuvo para sonreírle y decirle:
—Ha sido genial conocerte. Estoy deseando que pasemos más rato juntas.
—Yo también —respondió Patience mintiendo antes de cerrar la puerta de golpe.
El silencio la rodeaba. El silencio, el dolor y la sensación de ser una completa idiota.
Las cosas estaban muy claras. Justice le había mentido cuando se había mudado a Fool's Gold años atrás, y ahora también le estaba mintiendo. Bueno, más bien estaba guardándose cosas, pero era lo mismo. Al final, el resultado era que no le había contado la verdad, ni sobre quién era ni por qué estaba allí.
Era cierto que mientras estuvo en el programa de protección de menores no había podido decirle la verdad, pero ¿y después? Nunca la había llamado ni había ido a verla. Y eso decía mucho de su carácter.
Respiró hondo y recorrió el local. A ver, podía solucionar el problema. Había practicado sexo y había sido lista e insistido en el tema de la protección, por lo que no estaba embarazada. Podía reducirlo todo a que un hombre que le parecía atractivo le había provocado unos orgasmos fantásticos. Y, sí, además era un completo mentiroso y un miserable. Así que basándose en ese nuevo dato sobre su personalidad, sus opciones eran muy sencillas. Seguir babeando por el miserable o encontrar una neurona que le funcionara y usarla para seguir adelante con su vida.
Era más fácil decirlo que hacerlo, pero era fuerte y, si no lo era, lo sería cuando lo hubiera olvidado. Porque lo olvidaría. Ya había pasado por lo mismo con Ned y no quería sufrir más.

Justice estaba en la acera con Felicia.

—¿Por dónde quieres empezar? ¿Damos una vuelta por el pueblo o prefieres ir a tu hotel?
—Ya he estado en el hotel, es lo primero que he hecho.
—Lo has encontrado.
Ella levantó los ojos al cielo.
—Sí, he sido capaz de llegar hasta aquí conduciendo yo solita y después encontrar el hotel. Nadie había cuestionado nunca mi capacidad para moverme por carreteras.
Él se rio y la abrazó.
—Cuánto me alegro de verte.
Felicia suspiró.
—Qué agradable es que te echen de menos.
La soltó y empezaron a caminar por la calle.
—Conociéndote, sería una tontería contarte algo sobre la historia del pueblo.
—Por supuesto. Aunque los eruditos no se ponen de acuerdo en quiénes fueron los primeros pobladores, los primeros residentes de los que se tiene constancia documentada son la tribu Máa-zib, una sociedad matriarcal. En la época del 1300 las mujeres migraron al norte en busca de una vida alejada de las raíces mayas.

Felicia seguía hablando, pero Justice desconectó fácilmente. Era un hábito fruto de la práctica, pensó satisfecho. Felicia era una de las personas más inteligentes del mundo, pero la genialidad solía ir acompañada de una necesidad de compartir todo lo que se sabía, y eso podía acabar resultando algo pesado.

Tenía una de las mejores mentes para la logística que había visto en su vida y se había incorporado a su unidad de Fuerzas Especiales como miembro de apoyo. Dándole una hora y un lugar, Felicia podía conseguirte lo que fuera en cualquier parte del mundo. Preveía posibles retrasos y siempre tenía planes alternativos por si surgía algo inesperado. Era tan buena que cuando tenían operaciones conjuntas con otras ramas del ejército, era ella la encargada de gestionar toda la logística.

Además, era algo torpe en aptitudes sociales y un poco mandona, pero eso se lo podía tolerar. Si Patience era la chica que había dejado atrás, Felicia era su familia. Habían estado unidos prácticamente desde el primer día que se habían conocido y era como su hermana. Se conocían y se comprendían.

Pasaron por delante del ayuntamiento y giraron a la izquierda.

—¿Adónde me llevas? —le preguntó interrumpiendo su clase sobre historia del pueblo.

—Al Starbucks. Necesitas un café moca. Siempre estás de mejor humor después de tomar chocolate.

—Ahora estoy de muy buen humor.

Un tipo que venía en la otra dirección la vio al pasar por delante y volvió la mirada otra vez. Justice suspiró.

—¿Por qué tuviste que hacerte esa operación? Ya estabas muy bien antes.

Ella lo miró.

—Muy bien, esas palabras despertarían emoción en el corazón de toda mujer, pero ya sabes lo que era para mí. Ningún hombre me miraba. No disfrutaba sin tener vida social. Quiero ser como los demás —su voz se volvió nostálgica—. Al menos, todo lo posible.

—Antes no tenías nada de malo.

—No te gusta que tenga vida social.

—Me preocupo por ti. Mira lo que pasó en Tailandia.

—No tanto como me habría gustado. Echaste abajo la puerta del hotel. ¿En qué estabas pensando? La gente llama a las puertas.

—No sabía qué te estaba haciendo.

—Lo sabías muy bien. Soy mayorcita, Justice. Tienes que aceptarlo.

—No tanto —le respondió en broma.

Felicia solo tenía diecinueve años cuando habían empezado a trabajar juntos. Había crecido protegida y resguardada en la academia, siempre rodeada de jóvenes mayores que ella. Por eso nunca había tenido demasiados amigos ni ninguna cita. Justice se había ofrecido encantado a ser su amigo, si bien no a ser algo más. La había acogido bajo su ala y se había asegurado de que los demás no se sobrepasaran con ella.

Cinco años después, Felicia había acudido a él suplicándole que se emborrachara y se acostara con ella. No porque estuviera locamente enamorada de él, sino porque estaba cansada de no ser como los demás, según sus propias palabras. Sin embargo, él se había negado con la mayor delicadeza posible. En aquel momento estaban en Tailandia y dos días después, ella se había ligado a un chico en un bar y se había ido con él a su habitación.

Justice la había rescatado, aunque demasiado tarde. Cuando le había gritado, ella le había respondido que no se metiera en su vida sexual y él había accedido encantado. El único problema era que el chico del hotel estaba viviendo en Fool's Gold ahora.

Justice sabía que tenía que decírselo, pero la pregunta era cuándo, cómo y si terminaría herido de muerte. Mientras que Felicia no tenía ni la mitad de sus habilidades, sí que luchaba bien y él no se veía capaz de pelear con ella.

Pasaron por delante de la librería de Morgan y giraron a la derecha en una esquina.

—No te acostumbres a venir aquí. Patience va a abrir una cafetería, así que tendrás que ir allí para apoyar el comercio local.

—No creo que sea una buena idea.

—¿Por qué no?

—No creo que le caiga bien.

—Apenas te conoce.

Felicia lo miró.

—¿Seguro que sabe que solo somos amigos?
—Por supuesto. Se lo he dicho.
—Bueno, entonces imagino que no pasa nada.
Pensaba que tal vez Felicia estaba burlándose de él, pero era difícil saberlo porque siempre se burlaba de él.
Entraron en el Starbucks y se acercaron al mostrador.
—¿Cuánto tiempo tengo? ¿Cuándo vas a abandonarme para ocuparte de tus cosas? —le preguntó él.
—No lo sé. Seguramente habré acabado contigo para final de verano.
—Pues no queda mucho.
—Justice, vas a abrir un negocio, no a instaurar un nuevo gobierno. Puedo organizártelo todo en dos semanas. O incluso menos.
Él se rio y le indicó que pidiera lo que iba a tomar. Ahora que Felicia estaba en el pueblo, se podía volcar en serio con el Sector de Defensa Cerbero. Una vez todo estuviera planificado, avisaría a Ford y a Angel para que se trasladaran al pueblo. Se preguntaba qué pensarían los habitantes de Fool's Gold sobre tener por allí a hombres como ellos.

¡Qué estúpida era!
Patience desembaló las tazas, las puso sobre el mostrador y resistió las ganas de ponerse a patalear. Habían pasado casi veinticuatro horas. ¿Cuál era el término militar? ¿Silencio radiofónico? Fuera lo que fuera, no sabía nada de Justice. Ni una visita, ni una llamada ni un mensaje de móvil. Ese hombre se había esfumado y no había duda de que se estaba divirtiendo con su preciosa amiga.
Se dijo que había hecho bien en decidir acabar con todo, pero por desgracia, también quería verlo y contárselo en persona. O tal vez solo quería hacer eso porque le gustaba estar cerca de él.

—¡No! —gritó—. No quiero verlo —al menos no mucho; estaría muy ocupado con Felicia.

Felicia. Qué nombre más estúpido. Y era estúpidamente alta. ¿Quién podía ser tan alta? Además, ¿sus ojos eran de verdad tan verdes?

Le dio una patada a la caja vacía y la lanzó al otro lado de la sala; después se tiró al suelo y se cubrió la cara con las manos. El verdadero problema allí era ella misma y lo sabía. Había hecho el amor con Justice de manera impulsiva y ahora estaba pagando las consecuencias.

Sí, sin duda se había portado muy bien con ella desde que había vuelto al pueblo y había sido muy atento y bueno con su madre y su hija, pero no habían hablado mucho sobre su vida personal. Le había dicho que nunca había estado casado, pero ¿qué más sabía de él? Ahora mismo lo único que sabía era que probablemente se estaba dando el lote con una buscona demasiado alta y preciosa que se había presentado allí el día anterior.

Esa imagen hizo que le doliera el estómago, así que intentó no pensar en ello. Tenía que centrarse. El lavaplatos llegaría pronto y una vez estuviera allí, entrenaría al personal y después abriría el negocio. Eso era lo único que importaba. Seguir adelante. Vivir su sueño. Y, si tenía la oportunidad, atropellar a Felicia.

—¡Ey!

Una mano le tocó el hombro al mismo tiempo que oyó esa voz. Gritó e intentó apartarse, pero al momento vio la cara de diversión de Justice.

—¿Cómo has entrado? —le preguntó con el corazón en un puño.

—Por la puerta.

—Pero si la he cerrado.

—He llamado, aunque supongo que no me has oído —se encogió de hombros y se sentó—. Quería verte.

—¿Y por eso has forzado el cerrojo de mi puerta?

—Ajá.
Un hombre con una variedad de habilidades no siempre era bueno.
Ella se apartó el pelo de la cara y deseó llevar puesto algo más elegante que unos vaqueros y una camiseta con una tabla de surf brillante. Además, no llevaba nada de maquillaje. Aunque, ¡qué más daba! De todos modos, ni aun así se habría parecido a Felicia, a quien ya odiaba mucho.
—¿Cómo estás?
—Muy bien —mentira, aunque no le importaba.
—¿En serio?
—Claro, estoy genial —intentó sonreír no muy segura de lograrlo.
Él le agarró la mano.
—En cuanto a lo de ayer...
Se suponía que eso tenía que decirlo ella. «En cuanto a lo de ayer, ya lo he olvidado, miserable».
Pero antes de poder hablar, él se acercó su mano a la boca y le besó los nudillos. Después esbozó su mejor y más sexy sonrisa.
—Impresionante.
Un cosquilleo la recorrió desde el brazo hasta el vientre pasando por su pecho. Lo ignoró junto al deseo de desmayarse.
—Vale —dijo con cautela. Tal vez debía esperar a oír lo que tuviera que decirle y entonces después ya zanjaría el asunto.
—¿Solo «vale»? —la miró fijamente y asintió como si supiera cuál era el problema.
Ella no estuvo tan segura de que fuera algo positivo.
—No sabía qué pensar. Todo pasó tan deprisa —miró a su alrededor esperando encontrar algo en llamas o avistar algún extraterrestre. Lo que fuera que la distrajera de su confundido estado emocional.

—Siento que Felicia llegara justo en ese momento —le dijo Justice sin apartar de ella sus ojos azules.
—Yo también.
Seguía mirándola.
—Sabes que somos amigos, ¿verdad? Para mí es como una hermana. Siempre lo ha sido. Solo amigos. No ha habido nada entre los dos.
Patience sintió cómo iba inclinándose hacia él, pero entonces se obligó a retroceder.
—Ya me habías contado algo —admitió. Hacía mucho, cuando la información no le había parecido importante. Sin embargo, ahora significaba mucho más.
—Trabajamos juntos y éramos familia. Siempre estaré a su lado, al igual que tú siempre estás al lado de tu madre.
Si estaba intentando hacerla sentir mejor, lo estaba haciendo muy bien. Le sonrió.
—Gracias por decírmelo.
—No quería que estuvieras preocupada —le besó la mano de nuevo—. Esto no se me da muy bien.
—¿Qué no se te da muy bien? ¿Sentarte en el suelo? Porque parece que estás muy a gusto.
Él se rio y se acercó para besarla en la boca.
—Estar con alguien como tú. Alguien normal.
—¿Es que sueles acostarte con súper héroes?
—Normalmente no me quedo hasta la mañana siguiente.
—Conmigo tampoco. Técnicamente te largaste con una mujer guapísima y muy alta.
Él la agarró y la sentó frente a él, sobre su regazo.
—Te he echado de menos —le dijo mirándola a los ojos—. Después de marcharme pensé mucho en ti y no dejaba de preguntarme qué estarías haciendo. Una parte de mí quería que encontraras a un chico y que fueras feliz, pero otra parte...

No quería.

—No me llamaste nunca. Jamás te pusiste en contacto conmigo. Si te gustaba, deberías haber hecho algo.

Él asintió.

—Lo sé —miró a otro lado y volvió a mirarla—. Patience, he estado en sitios y he visto cosas. ¡Más que ver! Eres buena y delicada y me preocupa que solo por el hecho de estar cerca de ti vaya a corromper tu alma —esbozó una sonrisa torcida—. A lo mejor te suena demasiado dramático, pero es cómo me siento. No quiero hacerte daño.

—Yo tampoco.

Le acarició la mejilla.

—Lo más inteligente sería que me alejara de ti, pero no creo que pueda. Tendrás que ser fuerte por los dos.

Ella no estaba segura de querer acceder y menos cuando él agachó la cabeza y la besó. La presión de su boca resultó suave y dulce. Había pasión, pero contenida. Fue un beso más íntimo que físico, un beso con el que conectaron.

Lo rodeó con sus brazos y supo que ese hombre sabía cómo ganársela. El día anterior con el modo en que había acariciado su cuerpo, y hoy con el modo en que había acariciado su corazón.

Todo estaba pasando muy deprisa. Tenía que retroceder un poco y pensar. Asegurarse de que sabía lo que hacía. Y lo haría... en cuanto dejara de besarla.

Justice alzó la cabeza.

—Tu madre llegará en cuestión de segundos.

—¿Cómo lo sabes? —le preguntó sorprendida.

—Acabo de verla aparcar.

Patience se levantó de su regazo y se puso en pie apresuradamente.

—Habíamos quedado para hablar del local.

—Entonces debería irme.

Justice se levantó y la besó en la mejilla antes de salir por la puerta. Ella lo vio marchar queriendo llamarlo, ¿pero qué podía decirle? Ese hombre la confundía, no había duda.

Se pasaría un buen rato intentando averiguar qué estaba pasando o también podía intentar verlo a solas para que pudieran hacer el amor otra vez. Eso no le daría ninguna respuesta, pero sí que disfrutaría mucho más que pensando o que siendo sensata.

Antes de poder elegir qué hacer, su madre entró. Ese día, Ava llevaba bastón. A veces su esclerosis se exacerbaba y necesitaba una silla de ruedas, pero desde el grupo de trabajo había estado teniendo días muy buenos, y eso siempre era una bendición para ellas.

—¿Es Justice al que acabo de ver saliendo?
—Ha pasado a saludarme.
—Qué muchacho tan encantador.
Patience se rio.
—Mamá, ya ha pasado de los treinta.
—Lo conocí cuando era un adolescente, así que para mí siempre será un muchacho —miró a su alrededor—. Mira lo que has hecho. Deberías estar muy orgullosa de ti misma.
—Estamos juntas en esto.
—Pero eres tú la que carga con todo el trabajo duro. Aun así, podré hacer más cosas cuando el local esté abierto. Tengo ganas de aprender a usar la máquina de espressos —sonrió—. Mis amigas y yo estamos hablando sobre celebrar fiestas *after-hour* aquí.
—No quiero ni oír hablar de café aderezado con alcohol.
—Bueno, pues entonces no te lo contaré.

Fueron hasta una de las mesas donde Patience ya había preparado las montañas de papeles. Una vez sentadas, abrió la primera carpeta. Aunque ya habían contratado a algunos empleados, iban a necesitar más.

—Tenemos muchas solicitudes, y es genial. Están los chicos de universidad que quieren trabajar por las tardes y algunas madres con hijos en edad escolar que quieren hacer turnos de mañana.

Su madre cerró la carpeta.

—Primero me gustaría que habláramos de otra cosa.

A Patience la recorrió un escalofrío.

—Mamá, ¿estás bien? ¿Estás enferma?

Dada su esclerosis múltiple, el peligro siempre acechaba. Incluso en los días buenos, siempre existía el temor a que le pasara algo malo.

—Estoy muy bien. No se trata de mi salud, sino de algo que te he estado ocultando —bajó la mirada un instante antes de volver a mirar a su hija—. No he sido sincera del todo contigo. Sobre Steve.

Patience tardó un segundo en ponerle cara a ese nombre.

—¿El abuelo de Lillie? ¿Qué pasa con él? ¡Oh, no! Has descubierto algo terrible sobre él.

—No, no es eso.

Ava apretó los labios y Patience estaba segura de que se estaba sonrojando.

—¿Mamá?

Ava respiró hondo y la miró.

—Steve se puso en contacto conmigo hace unos cinco meses. Acababa de vender su negocio y estaba pensando en qué hacer con el resto de su vida. Había intentado ponerse en contacto con Ned varias veces, pero su hijo no quería saber nada de él. Y como quería conocer a Lillie, acudió a mí para pedirme opinión.

Patience la miró.

—¿Lo sabías?

—Sí. Hablamos y me pareció agradable, así que accedí a verlo. Quería asegurarme de que era la clase de hombre que se merecía estar en la vida de Lillie, y sabía que tú estabas ocupada. Pensé que podría ayudarte.

Lo cual sonaba razonable y muy generoso por su parte, pero, aun así, ¿por qué se estaba comportando su madre de esa forma tan extraña?

Los ojos marrones de Ava se oscurecieron de emoción.

—He estado viéndolo de manera regular.

—Ah, vale, lo entiendo. Para asegurarte de que no iba a hacerle daño a Lillie y... —se quedó con la boca abierta al caer en lo que su madre estaba queriendo decirle de verdad—. ¿Estás saliendo con Steve?

—Llevamos un tiempo juntos.

—¿Así que de ahí vienen tantos misterios y tus ausencias? ¿Tienes novio?

—¿Estás enfadada? Sé que debería habértelo dicho, pero estaba nerviosa. Me sentía extraña saliendo con alguien a mi edad. Además, es el padre de Ned. Abandonó a su familia igual que Ned te abandonó a ti. Pensé que lo considerarías tu enemigo y temía que no lo aceptaras. Pero cuanto más lo veía, más me gustaba. Supongo que he actuado como una cobarde y lo siento.

¿Su madre estaba saliendo con el abuelo de Lillie? Le dio vueltas a esa información en la cabeza. Resultaba un poco extraño y le llevaría tiempo hacerse a la idea, pero no estaba tan mal.

—Mamá, quiero que seas feliz. Si estás bien con Steve, me parece genial. Ojalá me lo hubieras dicho. Le pedí a Justice que lo investigara.

—Quería que fueras tú la que tomara la decisión, no quería influenciarte —se encogió de hombros—. Creo que una parte de mí quería que sacaras tus propias conclusiones porque temía que yo estuviera viendo solo lo que quería ver en lugar de lo que había en realidad. No es que tenga un buen historial en lo que respecta a los hombres. Una cosa es que yo cometa errores y otra muy distinta es que os arrastre a ti y a Lillie y os hunda en el desastre.

—Oh, mamá —se levantó y rodeó la mesa para abrazarla.

Ava la agarró con fuerza.

—Cuánto te quiero.

—Yo también te quiero —se agachó frente a ella—. ¿Bueno, entonces te has soltado la melena con este hombre?

—Puede.

—Estaréis practicando sexo seguro, ¿no? Se pueden hacer cosas con las que no quedarte embarazada.

Ava se rio.

—Sí, tenemos mucho cuidado.

—Pues entonces me alegro por ti. Ojalá me lo hubieras contado, pero entiendo por qué querías que tomara mi propia decisión sobre Steve —se levantó y sonrió—. Admítelo. En el fondo estabas feliz cuando Justice nos dijo que estaba limpio.

—Sí, me complació mucho oír que el hombre con el que estoy saliendo no tenía antecedentes penales.

Patience volvió a su silla.

—¿Alguna otra cosa que debería saber?

—Eso es todo —su buen humor se desvaneció—. Espero que lo entiendas. Después de que me diagnosticaran la esclerosis, me quedé hundida y luego tu padre se marchó y nos quedamos solas. Estaba asustadísima. Desde entonces no había conocido a un hombre que no le diera importancia a mi enfermedad. Hasta que conocí a Steve.

—Mamá, llevaste con mucha dignidad el tema de tu diagnóstico. Y lo digo en serio. Fuiste una roca. Me alegra que seas feliz con Steve. Yo aún quiero que las cosas con Lillie vayan despacio, no quiero que se confunda ni que sufra. Que su abuelo aparezca de pronto después de una década es demasiado para que lo asimile fácilmente.

—Lo entiendo y estoy de acuerdo. Pase lo que pase, y aunque las cosas no funcionen entre Steve y yo, quiere formar parte de su vida. Pero estoy de acuerdo con lo de ser cautos.

Se sonrieron y Patience abrió la carpeta.

—Muy bien. Ahora vamos a hablar de negocios.

Empezaron a hablar sobre el local y Patience pensó por un momento en la decisión de su madre de mantener en secreto su relación con Steve. Dos días antes se habría mostrado mucho más indignada, pero Justice y ella acababan de avanzar un poco en su relación y no tenía ninguna intención de mencionárselo. Así que suponía que no era tan disparatado que cada una tuviera sus secretos, aunque eso supusiera que tendría que seguir vigilando de cerca a Steve.

Capítulo 12

Patience mojó su patata en guacamole mientras escuchaba a sus amigas. Eran casi las seis y estaba cansada, pero encantada, después de haber pasado todo el día trabajando en la que pronto sería su cafetería.

El lavaplatos ya estaba instalado y limpiando las nuevas tazas y los nuevos platos. Había contratado personal y a la mañana siguiente empezarían con la formación.

Heidi le dio un trago a su margarita.

—Estoy esperando que en cualquier momento Annabelle me diga que la deje un poco tranquila. Os juro que me presento en su casa cada quince minutos.

—No le importa —dijo Isabel—. ¿Cómo iba a importarle? Se acaba de estrenar como mamá y se levanta cuatro o cinco veces por la noche para cuidar de un recién nacido. Está agradecida de poder tener un poco de descanso.

—Eso espero —Heidi se acarició su abultada barriga—. Prometo que cuando tenga a mi bebé estaré encantada de que vengáis siempre que queráis —gimoteó—. ¿No os encanta el ciclo de la vida?

Charlie gruñó.

—¡Por Dios bendito! ¿Pero qué os pasa? ¿Es que el llanto es contagioso? Os juro que no podré soportar a otra llorona —miró a Heidi—. Más te vale alegrar esa cara.

—No estás enfadada conmigo, ¿verdad?
—Claro que no —Charlie levantó su cerveza—. Pero no pienso quedarme embarazada nunca.
—Ni casarte —añadió Isabel alegremente y sonriendo—. Por muchas veces que la he invitado a venir a la tienda, nunca ha entrado para probarse los últimos modelos.
Charlie la miró.
—Podría matarte y ocultar el cuerpo, lo sabes, ¿verdad?
Patience se recostó en el banco y suspiró satisfecha. Isabel solo llevaba unas semanas en el pueblo, pero ya estaba encajando. Le gustaba ver que todas sus amigas se llevaban bien.
—Tengo un vestido nuevo con encaje francés —añadió Isabel con tono burlón.
Charlie la miró y Heidi se rio y miró a Patience.
—Deberíamos cambiar de tema. ¿Qué tal te va? ¿Ya te estás acostando con Justice?
A Patience casi se le atravesó la patata frita.
—¿Cómo dices? ¿Pero qué clase de pregunta es esa?
—Una muy entrometida.
—Hoy no se acostará con él porque se ha ido —respondió Charlie y encogiéndose de hombros añadió—: Ayer estuvo entrenando a mi lado en el gimnasio —se dirigió a Patience al decir—: Es un tipo muy fuerte. Tremendamente fuerte. Si se ofrece a llevarte en brazos a alguna parte, déjale.
Patience agarró su margarita y bebió apresuradamente. Esperaba que la favorecedora iluminación del local ocultara su rubor a la vez que pensaba en la facilidad con que Justice la había sujetado mientras habían disfrutado de su salvaje encuentro.
—¿Y cómo lograste esa información mientras entrenabas con él? —le preguntó Heidi.

—Salíamos del vestuario al mismo tiempo y él llevaba una maleta y me dijo que se marcharía del pueblo unos días —agarró una patata—. Bueno, y qué, ¿te gusta?

Isabel se inclinó hacia ella.

—Sí, por favor, cuéntanoslo. Mi vida personal aún está en proceso de recuperación y necesito una distracción.

—Me gusta. Ha sido genial con el local, con mi madre y con Lillie.

—Respeto a un hombre que sabe llevar a cabo una buena investigación de antecedentes —dijo Charlie.

Patience ya les había contado lo de Steve.

—Es una cualidad intrigante —dijo Patience antes de mirar hacia la puerta y ver a una preciosa y alta pelirroja entrando por ella. A pesar de que Justice le había explicado la naturaleza de su relación, no pudo evitar ponerse de mal humor—. El único defecto creo que es su socia. No me gusta mucho. Es guapísima y, al parecer, inteligentísima. Seguro que unos diminutos animalillos del bosque van a vestirla por las mañanas mientras cantan sobre lo maravillosa que es.

Heidi sonrió.

—Pues parece en serio que no te gusta mucho.

—La odio. Bueno, vale, tal vez no la odie, pero no me gusta mucho y preferiría que no se hubiera mudado al pueblo.

Charlie gruñó.

—Ojalá lo hubieras mencionado antes —dijo alzando un brazo y saludando—. La he conocido antes y la he invitado a acompañarnos.

Felicia vio a Charlie y le devolvió el saludo.

Patience se hundió en el banco.

—¡No me lo puedo creer!

—De vez en cuando intento ser amable, pero supongo que tengo que equilibrar mi karma.

Isabel se apartó para hacerle sitio a Felicia.

—Esto va a ser genial. Como un *flash mob* o algo parecido.

—Para un *flash mob* se necesitan cuatro o cinco personas —apuntó Heidi.

—Es verdad.

—Que nadie diga nada —dijo Patience con un susurro.

Heidi la abrazó.

—Te juro que siempre nos gustarás más tú.

—Más os vale.

Felicia llegó a la mesa y les dirigió a todas una cálida sonrisa.

—Hola, soy Felicia Swift. Encantada de conoceros.

—A mí ya me conoces —dijo Charlie—. Ella son Heidi Stryker, Patience McGraw e Isabel Beebe.

Felicia miró a Patience.

—¡Ah, hola! Ya nos conocemos. Soy la amiga de Justice.

—Ajá —murmuró Patience—. Encantada de volver a verte.

Felicia se sentó al lado de Isabel. Su larga melena pelirroja era ondulada y caía formando unas capas perfectas. Llevaba un poco de maquillaje, aunque con esos rasgos no necesitaba ningún tipo de ayuda. Su jersey amarillo pálido se ceñía a sus perfectas curvas. Patience pensó en los rotos de sus vaqueros, en cómo tenía las manos hechas un desastre por el trabajo en el local, y en su camiseta y el dibujo de una zarigüeya sonriente. No era exactamente una prenda sofisticada.

—¿Qué te parece Fool's Gold? —le preguntó Charlie.

—Es maravilloso —sus grandes ojos verdes resplandecían de emoción—. Nunca antes había vivido en un pueblo pequeño. He vivido en un campus universitario, que tiene ciertas similitudes en cuestión de tamaño y del sentido de la comunidad, pero los datos demográficos no tienen nada que ver.

Jo se acercó a la mesa apresuradamente y sin apenas detenerse preguntó:

—¿Qué vas a tomar?

—Un margarita —le respondió Felicia.

Heidi se giró hacia ella.

—¿Tus padres eran profesores de universidad?

Felicia vaciló. Agarró una patata y posó las manos sobre su regazo. Parecía estar decidiendo si responder o no.

—Me criaron varios profesores y científicos, pero no eran mis padres.

Charlie se inclinó hacia ella.

—¿Qué? ¿Y eso por qué?

—Soy muy inteligente. Ya hacía ecuaciones con tres años y para cuando cumplí cuatro mis padres no podían hacerse conmigo y accedieron a que entrara en un programa especial de la universidad —esbozó una pequeña sonrisa—. Fue lo mejor. No habría podido estar en un colegio normal.

Patience la miró intentando procesar esa información que la chica había compartido de manera tan natural.

—¿No viviste con tus padres?

—No. Se mudaron y tuvieron otros hijos. Bueno, y también adoptaron a varios niños con necesidades especiales. Podían cuidarlos mejor que a mí. Yo estuve en la universidad hasta los dieciséis y después me alisté en el ejército —se encogió de hombros—. Admito que falsifiqué mi identificación para que pusiera que tenía dieciocho. Me ocupaba de la logística y después me pasaron a las Fuerzas Especiales, que es donde conocí a Justice —se relajó al pronunciar su nombre—. Ha sido mi familia todos estos años y cuando tuve mi accidente de coche fue el único que me cuidó.

Patience sentía que le daba vueltas la cabeza y eso que solo iba por el primer margarita.

—¿Accidente de coche?

—Me atropelló un coche. Me rompió varios huesos, sobre todo de la cara, pero al final todo salió bien —miró a su alrededor y bajó la voz—. Antes del accidente no era nada atractiva, pero cuando me destrozaron la cara en el atropello el cirujano plástico que me operó me hizo unos arreglitos. Bueno, en realidad colaboramos. Le hice unos esquemas sobre cómo podía ajustar los huesos y colocar los músculos y estuvo de acuerdo.

Felicia agarró una patata.

—Nuestros estándares de belleza se pueden reducir a una fórmula matemática. Todo está en la simetría. Cuando vi lo que había hecho, me quedé encantada. Es muy duro ser la persona más inteligente de un grupo, y si a eso le añades algunos rasgos sin ninguna armonía es casi imposible encajar en ningún lado.

Heidi miró a Patience y enarcó las cejas. Patience sabía qué estaba pensando su amiga: Felicia era un poco extraña, pero una persona que gustaba y caía bien.

—¿Cómo de inteligente eres? —le preguntó Charlie.

Felicia suspiró.

—Mejor que no lo sepas. La gente se asusta cuando se lo digo.

—¿Cuántos títulos tienes?

—Cinco. Aunque si te refieres a doctorados, tengo… a ver que los cuente…

Charlie casi se atragantó con la cerveza.

—Haz como si no hubiera preguntado nada.

Heidi sonrió a Felicia.

—¿Estás casada?

—No. No salgo mucho con chicos. Los hombres me tienen miedo y en parte se debe a que no se me da muy bien ligar. Al crecer donde lo hice, no pude socializarme de manera normal. Intento aprender, pero no se me da bien. Fue complicado lograr que un chico se acostara conmigo la primera vez —se detuvo—. No debería haberlo dicho, ¿verdad? Es demasiado pronto. No estoy acostumbrada a tener amigas. Mis tareas en el ejército me obligaban a estar rodeada de hombres y con tanto viajar... —apretó los labios—. No estoy diciendo que ya seamos amigas. Acabamos de conocernos y...

Patience se había preparado para odiar a Felicia, era demasiado preciosa como para no hacerlo, pero después de cinco minutos con ella se daba cuenta de que a pesar de su increíble físico, de ese cuerpo perfecto y de su brillante mente, Felicia era como las demás. Quería encajar y no estaba segura de que fueran a aceptarla por lo que era.

Se inclinó hacia ella.

—Felicia, somos amigas. Y ahora relájate. Aquí todas estamos locas, así que tú también lo acabarás estando.

Felicia asintió.

—Lo cierto es que en Medicina no se utiliza la palabra «loco» como definición de enfermedad mental —se detuvo—. No te referías a eso, ¿verdad?

—No.

Felicia asintió.

—A veces tengo ese problema. Sé casi todo lo que se puede aprender en los libros y muy poco de lo que se puede aprender en la vida. Como mi miedo a las arañas, sé que es tonto, pero he estudiado los arácnidos en un esfuerzo de superar mi ridículo trauma y, aun así, cada vez que veo una... —se estremeció—. No puedo controlarme. Es un defecto, uno de tantos que tengo.

—Si no eres perfecta, entonces has venido al lugar apropiado —le dijo Charlie—. Fool's Gold es un pueblo lleno de vida con muchas personas distintas. Aquí tendrás un cursillo acelerado sobre cómo vive la gente.

—Espero que pueda encajar.

Patience vio la preocupación en la mirada de Felicia y le tocó un brazo.

—Lo harás genial.

«Cuarenta y ocho horas», pensó Patience mientras metía tazas en el lavaplatos.

Melissa Sutton entró en la trastienda con una bandeja en las manos.

—Aquí están los últimos platos. He limpiado las mesas y las sillas.

Patience agarró la bandeja y la dejó sobre el mostrador de acero inoxidable.

—Gracias, Melissa. Eres genial. Te agradezco todo lo que estás haciendo.

Esas palabras no solo eran verdad sino que sonaban mucho mejor que decir: «Voy a vomitar por los nervios que tengo», o «Nunca, nunca, abras tu propio negocio».

Había llegado a la fase del pánico, lo cual la asustaba un poco. A dos días de la inauguración, ¿qué sería lo siguiente? ¿Un pánico extremo? ¿Un pánico súper extremo y espantoso?

O estaba logrando aparentar ser normal o Melissa era muy educada, porque la chica de dieciocho años se limitó a sonreír.

—Estoy feliz de estar trabajando aquí. Es un trabajo muy chulo y seguro que será muy divertido.

—¿Estás ahorrando dinero para la universidad? —le preguntó. Melissa trabajaría allí durante el verano.

—Sí. Me iré a finales de agosto a la universidad de San Diego. Mi madre está un poco nerviosa porque vaya a irme sola y yo no dejo de decirle que viviré en una residencia y que no se preocupe, pero ya sabes cómo se pone.

Patience no era muy amiga de Liz Sutton-Hendrix, aunque se conocían prácticamente de toda la vida. Liz era unos años mayor y técnicamente Melissa y su hermana pequeña, Abby, eran sus sobrinas. Liz se había mudado a

Fool's Gold unos años antes para criarlas allí cuando su padre había entrado en prisión y su madrastra las había abandonado.

Por si eso no fuera lo suficientemente complicado, Liz tenía una relación con Ethan Hendrix con el que, a su vez, había tenido un hijo del que él no había sabido nada en un principio. Habían arreglado sus problemas y ahora estaban felizmente casados. Patience entendía la preocupación de Liz por que su hija mayor se fuera a la universidad, ya que dudaba que ella fuera a estar nunca emocionalmente preparada para cuando Lillie tuviera que marcharse.

—A lo mejor podrías ir a hablar con Isabel, de Paper Moon. A ella no le fue muy bien en la Universidad de California, así que a lo mejor podría contarte cómo evitar lo que hizo.

Melissa se rio.

—¿Es que no le fue bien?

—Tenía unas mechas preciosas y un novio surfista guapísimo, pero no llevaba tan bien lo de ir a clase.

—Es que eso nunca se lleva bien.

—No, es verdad.

Melissa sacudió la cabeza.

—No tienes que preocuparte por mí. Soy muy responsable. Yo jamás me saltaría las clases por un chico.

—Bien por ti. ¿Y ya has elegido qué especialidad quieres estudiar?

—Estoy mirando varias opciones. Lo que sí sé es que iré a la facultad de Derecho y estoy pensando en Harvard.

—Muy ambiciosa. ¿No quieres ser escritora como tu tía?

—Creo que me basta con haber heredado su habilidad para redactar bien —se desató el delantal—. Estaré aquí a las cuatro la mañana de la inauguración.

—Yo también. ¿Estás segura de que puedes levantarte tan temprano y después ir a clase?

Hasta que el instituto terminara en junio, Melissa trabajaría los fines de semana y un par de tardes, pero había querido trabajar la mañana de la inauguración.

—Vas a estar muy ocupada, ya sabes cuánto le gusta a este pueblo una inauguración por todo lo alto. No pasa nada porque tenga sueño por un día.

—Gracias.

La adolescente se despidió y se marchó.

Patience la vio marchar pensando en lo orgullosos que se debían de sentir Liz y Ethan. Tenían tres niños fantásticos.

Terminó de cargar las tazas y los platos y después encendió el lavaplatos. Por ahora todo marchaba bien; habían estado practicando y habían solucionado algunos problemillas que habían tenido con la máquina de espressos. A la mañana siguiente le llevarían el resto del café junto con la mayor parte de la comida.

Se llevó una mano al estómago y se preguntó cómo iba a superarlo. ¡Estaba de los nervios!

Pero a pesar de los nervios, sabía que había tomado la decisión correcta. La tía abuela Becky le había brindado una maravillosa oportunidad. La cafetería llevaba siendo su sueño durante mucho tiempo y quería ser uno de los pequeños comercios del pueblo, ocupar un lugar en los recuerdos de la gente de Fool's Gold.

Porque de eso se trataba ese lugar, de hacer recuerdos. La señora Elder, la bibliotecaria, le había dado su primer libro de Judy Blume. Años más tarde, Patience había estado en la librería de Morgan al darse cuenta de que lo que sentía por Justice no era solo amistad. Tenía catorce años, era un martes y habían estado ojeando libros. Él se había girado para decirle algo y recordaba lo azules que le habían parecido sus ojos y cómo sus manos se habían rozado accidentalmente. Ese cosquilleo le había alcanzado el corazón.

Más tarde, en el instituto, le habían dado su primer beso en el Parque Pyrite, tras del espectáculo de fuegos artificiales del Cuatro de Julio. Un par de años después, cuando se había dado cuenta de que Ned y ella tendrían que casarse, había ido a mirar los escaparates de la joyería Jenel's Gems, y no precisamente porque hubieran comprado su alianza allí. Ned le había dicho que eran demasiado caras y que para qué quería una alianza de compromiso. Le había comprado un anillo bañado en oro en Sacramento y ella se había convencido de que con eso bastaba.

Buenos y malos recuerdos, pero todos en ese pueblo, y quería que las futuras generaciones recordaran haber estado en el Brew-haha, lo que significaba que tendría que tomar fuerzas y sobrevivir al terror de abrir su negocio.

Salió a la zona principal del establecimiento y encontró a alguien entrando por la puerta. Reconoció de inmediato a la alta y guapísima pelirroja.

—Hola, Felicia.

Felicia le dirigió una tímida sonrisa.

—Sé que no has abierto oficialmente, así que no te preocupes. No intentaré pedirte nada. Solo quería hablar contigo o, mejor dicho, consultarte algo. Sí, eso es más preciso —entrelazaba nerviosa sus largos y esbeltos dedos—. Se trata de la cena de la otra noche cuando os di demasiada información. Cuando me puse nerviosa y hablé demasiado. Dar demasiadas explicaciones y parlotear es un modo de demostrar que una persona no es peligrosa o que está intentando obtener un mayor estatus social. Los animales lo hacen todo el tiempo, a su modo, claro —apretó los labios—. Y yo lo estoy haciendo ahora mismo.

Patience señaló una de las sillas.

—Siéntate.

—Gracias.

Felicia se sentó y Patience se sentó enfrente.

—Eres única. Ahora te estoy imaginando como un perro muy elegante, tal vez un caniche enseñándonos la tripa.
—Es una buena descripción, aunque no tanto lo del caniche. Me gusta más verme como un pit bull.
—Lo siento, pero no. Eres un caniche totalmente. Además, se les considera unos perros muy inteligentes.
Felicia asintió con gesto de resignación.
—Sí, eso es verdad, pero me gustaría resultar un poco intimidatoria y dura.
—Si te ayuda, sí que eres intimidatoria.
—Pero solo porque soy extremadamente inteligente, ¿verdad?
—¿Y no te basta con eso? Yo no intimido ni lo más mínimo —no estaba muy segura de cómo se habían metido en ese tema de conversación, pero se estaba divirtiendo. Parecía que sí que le caía bien Felicia.
—Eres muy amable y simpática. Entiendo por qué le gustas tanto a Justice.
—¿Le gusto?
—Sí, lo sé por cómo te mira —se inclinó hacia delante—. A mí nunca me ha mirado así. Me ve como a una hermana pequeña, y eso me gusta. Es mi familia. Pero cuando era más joven quería desesperadamente que tuviéramos una relación más romántica. Creía que mi virginidad era el problema. Tenía veinticuatro años y nunca me habían besado. Así que una noche le supliqué que se emborrachara para que luego pudiera acostarse conmigo y... —su voz se apagó y abrió los ojos de par en par—. Lo estoy haciendo otra vez, ¿verdad?
—Sí —respondió Patience no muy segura de si estaba divirtiéndose o si estaba impactada. Aunque suponía que ya que estaba hablando de cómo Felicia había intentado acostarse con Justice, lo más seguro era que estuviese impactada—. Pero vas a contarme qué pasó.

Fue como si Felicia se desmoronara en su silla.

—Nada. No pasó nada. Ni siquiera se lo planteó. Me abrazó, me dijo que algún día encontraría a un hombre que me quisiera por todo lo que era y después se marchó y me dejó hundida.

—Lo siento —respondió con sinceridad. No le habría gustado saber que los dos habían tenido relaciones íntimas, pero sí que podía comprender el dolor de esa mujer. A nadie le gustaba que lo rechazaran, fueran cuales fueran las circunstancias.

—Me recuperé —se encogió de hombros—. Fui a un bar al que salían los chicos de seguridad y convencí a uno para que me invitara a una copa. Me llevó a su habitación y...

En esa ocasión cuando se detuvo, lo hizo para sonreír.

—Déjame decir que descubrí que me encantaron los orgasmos.

—Virginidad curada.

—¡Y tanto!

—¿Y el chico?

—Fue un final nada feliz. Justice y uno de sus amigos echaron abajo la puerta de la habitación del hotel a la mañana siguiente. Justice pensó que me estaba salvando, pero no era así. Nunca volví a ver al chico —vaciló como si fuera a decir más.

Pero al no hacerlo, Patience habló.

—¿De verdad que Justice echó la puerta abajo?

—Sí. Es muy fuerte. Todos los chicos de las Fuerzas Especiales lo son. Si fuéramos una manada, Justice sería el macho alfa. Pertenecerle te da estatus, además de protección.

—¡Y yo que creía que lo único bueno eran los orgasmos!

Felicia se rio.

—Eso también —al instante su sonrisa se desvane-

ció—. Quiero hacerte una pregunta y te agradecería que fueras sincera conmigo.
—Claro.
—¿Crees que es posible que encaje aquí? ¿En Fool's Gold? Voy a ayudar a Justice y a Ford a preparar su negocio, pero después de eso, quiero salir del mundo de la seguridad. Quiero ser normal.
—Ser normal puede ser aburrido.
—No me importa. Estoy cansada de no formar parte de nada.
Patience se acercó.
—Pues espero que decidas quedarte aquí, Felicia. En Fool's Gold seríamos muy afortunados de tenerte.
Felicia le lanzó una resplandeciente sonrisa.
—Gracias. Estaba pensando que podría ser maestra, tal vez de jardín de infancia.
—Es una idea interesante —estaba segura de que Felicia le pondría su brillantez a todo lo que se propusiera hacer.
—¿No crees que asustaría a los niños?
—No, pero aterrarías a los padres y eso no es malo.
Felicia respiró hondo.
—Gracias por hablar conmigo. Me siento mejor. Sé que soy un poco rara y me has hecho creer que puedo estar bien aquí.
—Estarás muy bien. Ya has empezado a hacer amigas.
—Sí. Justice me dijo que me encontraría bien en este lugar, que todo el mundo fue muy amable con él cuando estuvo aquí de adolescente.
—Es verdad. Eso es lo más raro —aún no podía creer que hubiera conocido a alguien bajo la tutela del programa de protección de testigos—. Estaba aquí y al día siguiente había desaparecido.
—¿Sabes que habían visto a su padre por la zona?
—Sí. Ahora lo sé, pero por entonces lo único que sabía

era que había perdido a mi mejor amigo —y al primer chico que le había gustado—. Supongo que su padre era aterrador.

—Bart Hanson era un sociópata —dijo sin más—. A Justice le preocupa tener demasiados rasgos de su padre. Le he dicho que patológicamente no son nada parecidos, pero no me escucha. Sus preocupaciones no se fundamentan en los hechos.

—Pero eso no los hace menos reales para él.

—Lo sé. La mente humana es una sorpresa constante. Toda la lógica y los hechos disponibles pueden ser insignificantes frente a una emoción visceral. Como mi miedo a las arañas. Intento centrarme en la realidad más que en lo que siento, pero no siempre lo logro.

—Pues bienvenida a mi mundo —le dijo y vaciló antes de preguntar—: ¿Crees que Justice se quedará?

—Me ha dicho que sí. Te sientes atraída por él.

—Mucho, pero no quiero que me rompa el corazón.

Felicia se colocó un mechón de su larga melena detrás de la oreja.

—Ya sabes que el corazón no se rompe.

Patience se rio.

—Sí, lo sé.

—Aunque se han hecho estudios que demuestran que la tristeza de perder a un ser amado puede dañar físicamente... —se aclaró la voz—. Bueno, no importa. Soy la única a la que le interesan esas cosas. Justice se guarda muchas de sus emociones, no le resulta fácil confiar en nadie. Se moriría por alguien que le importe, pero creo que nunca ha admitido haber amado a nadie. Quiere asentarse aquí y nunca antes había querido echar raíces. Supongo que son hechos inconexos, pero creo que apuntan a una conclusión lógica.

—Que aunque se quede, es peligroso enamorarse de él.

Felicia suspiró.

—Sí. Tengo que aprender a ser más sucinta y a hablar de temas comunes.
—Me gustas tal y como eres.
—Eres muy amable.
—La verdad es que no. Pregúntale a quien quieras.

Felicia se rio y Patience se unió a ella sabiendo que, pasara lo que pasara con Justice, acababa de hacer una amiga. Y ya solo eso implicaba que ese día había sido un gran día.

El pueblo de Fool's Gold dependía del turismo para obtener una fuente constante de ingresos. Estaban el esquí en invierno y las bodegas y los lagos en verano. Además, allí se podía hacer escalada, rutas en bicicleta y visitar sus encantadoras tiendas. Pero lo que atraía de verdad a las grandes multitudes eran los festivales, muy conocidos y apreciados.

El pueblo no solo celebraba eventos tradicionales como el Cuatro de Julio o Navidad, sino también el Gran Concurso de Cocina y el Festival de Globos de Sierra Nevada.

Patience sabía que formar parte de los festivales del pueblo haría que más turistas visitaran su local y para asegurarse de que fuera así, había concertado una cita con Pia Moreno, que gestionaba todos los festivales.

Dos minutos antes de la hora a la que estaban citadas, subía los escalones de su oficina y estaba llamando a la puerta medio abierta.

—Hola —dijo al entrar.

Pia, una treintañera muy guapa, alzó la mirada. Su melena ondulada estaba algo despeinada y tenía los ojos vidriosos.

—Hola, Patience. ¿Teníamos una cita hoy?

—Sí. Mañana abro mi cafetería y quería hablar contigo sobre de qué forma podría apoyar los festivales, ya sabes, poner anuncios en mis escaparates y participar un poco. Podría hacer galletas con forma de tulipán para el Festival del Tulipán y un café helado especial para el Cuatro de Julio, cosas así.

Pia la miró.

—Es genial. Sí, claro, nos ayudaría a nosotros y sería muy bueno para tu negocio. Apoyamos mucho los nuevos negocios en el pueblo. Espero que sepas cuánto vamos a respaldarte.

Sin previo aviso, los ojos se le llenaron de lágrimas.

—Oh, no puedo hacerlo.

Patience se quedó paralizada en mitad de la pequeña habitación no muy segura de qué hacer.

—¿Pia? ¿Te pasa algo? ¿No te encuentras bien? ¿Te han dado malas noticias?

Pia sacudió la cabeza y sacó un pañuelo del cajón.

—Estoy bien. De verdad, estoy bien —respiró hondo y soltó otro sollozo—. Lo siento. No sé qué me pasa. Estoy cansada todo el tiempo.

Patience se acercó un poco.

—¿Puedo traerte algo? ¿Agua?

—No —respondió, moviendo la mano hacia la silla situada enfrente—. Estoy corriendo en círculos. Los gemelos tienen dos años y Peter trece. Raúl es genial y me apoya mucho, pero está ocupado con su trabajo y yo estoy cansada todo el tiempo. ¿Sabes que hay festivales todos los meses? Antes me encantaba, pero últimamente me cuesta mucho. Siento como si le estuviera fallando a todo el mundo y me encantaría poder dormir más —las lágrimas le recorrían la cara—. Lo siento mucho. Estoy asustándote.

—No, quiero ayudarte. Tú solo dime lo que tengo que hacer.

Pia se sonó la nariz.

—Soy un desastre. ¿Qué te parece si volvemos a quedar cuando esté cuerda, vale? Me aseguraré de que el Brew-haha se añada a la lista de locales que saldrán en los pósters y te añadiré a la cadena de correos. También me ocupo de eso. Tengo que decirle a la alcaldesa Marsha que necesitamos a una nueva empleada para el desarrollo de negocios, y además nos hemos quedado sin leche. Sabía que se me olvidaba algo en el súper.

Lo anotó y volvió a mirarla; su expresión estaba completamente vacía, como si se hubiera olvidado del todo de que estaba allí.

—Volveremos a quedar otro día —dijo Patience levantándose—. Cuando las cosas estén más calmadas.

—Gracias. Y siento esto que me ha entrado.

—No hay problema. Yo abro mañana, ven a verme a las tres. Seguro que estaré histérica.

Pia sonrió débilmente.

—Vale, así podremos solidarizarnos la una con la otra.

Patience salió y bajó las escaleras hasta la calle. Lo que fuera que le estuviera pasando a Pia, esperaba que se solucionara pronto. La pobre mujer parecía no poder más.

Volvió caminando a su local y se detuvo delante del gran ventanal frontal. El logo era precioso con los tonos rojos y amarillos. Las mesas estaban colocadas, al igual que los ganchos para colgar las pancartas de inauguración.

Lo había hecho, pensó feliz. En un día abriría su negocio. Ya no había vuelta atrás, lo único que quedaba era seguir adelante. Al abrir la puerta, cruzó los dedos con la otra mano. Ojalá tuviera suerte.

Capítulo 13

A las siete de aquella noche, Patience se detuvo delante de su local y miró hacia las ventanas oscuras. No veía que pasara nada, pero la jefa de policía Barns la había llamado unos minutos antes para decirle que había un problema. Ava le había dicho que se quedaría cuidando de Lillie mientras ella iba a ver qué pasaba.

—Que no sea nada malo —susurró al ir a abrir la puerta—. Por favor, que no sea nada malo.

Abrió la puerta y encendió las luces.

—¡Sorpresa!

Retrocedió de un salto y gritó al ver a una docena de mujeres rodeándola.

Todas sus amigas estaban allí con botellas de champán y regalos. Charlie, Heidi, Julia, su antigua jefa, Dakota, Montana y Nevada. También estaban Annabelle, Isabel e incluso Felicia.

Charlie fue la primera en abrazarla.

—Siento haberte asustado, pero queríamos que fuera una sorpresa.

Patience aún no lo había asimilado.

—¿Entonces no hay ninguna emergencia?

—No. Llamé a Alice y estaba encantada de formar parte de la sorpresa. Tu madre también estaba al tanto.

Patience se llevó una mano al corazón, que no dejaba de palpitarle con fuerza.

—Vamos a tener una charla cuando llegue a casa.

—¡Venga! —dijo Isabel agarrándola del brazo y llevándola hacia delante—. Vamos a emborracharte.

—Tengo que levantarme a las tres y media para estar aquí a las cuatro por la mañana. No quiero tener resaca.

Isabel sonrió.

—Claro que sí. El dolor de cabeza hará que te olvides de los nervios que vas a tener.

Charlie y Nevada abrieron botellas de champán y lo sirvieron. En la barra de café había platos con aperitivos junto a jarras de algo que parecía té helado, sin duda para las que acababan de ser madres y las que estaban a punto de serlo. Habían juntado las mesas y las sillas estaban colocadas a su alrededor.

Cuando Annabelle se acercó a abrazarla, le dijo sonriendo:

—No puedo quedarme mucho rato porque he venido entre toma y toma, pero no quería perdérmelo todo.

—Me alegra que hayas venido.

—Te va a ir genial. Ya lo verás. Todo el pueblo te apoyará.

—Cuento con ello.

—Te juro que en cuanto deje de dar el pecho, voy a venir a tomarme un café. Echo de menos los *lattes* y los cafés dobles y la cafeína en general. Y también echo de menos el vino, aunque para eso tendré que ir a alguna otra parte.

Isabel y Charlie llevaron a Patience hasta una de las sillas. La comida y las copas de champán iban pasando de mano en mano mientras todas se sentaban para una buena sesión de cotilleos.

Montana miró a Felicia.

—¡Vaya! Eres preciosa.

—Gracias, pero no nací así.

Charlie se rio.

—Es su forma de decir que no la odiéis.

—Tengo más tendencia a hacer que la gente se sienta incómoda que a generar odio. Pero espero caeros bien.

—Qué sinceridad, es impresionante —dijo Heidi.

—No eres la única chica nueva en el pueblo —dijo Charity Golden—. He oído el rumor de que una mujer estuvo mirando un local al lado de la tienda de deportes.

Charity lo sabría, ya que era la urbanista del pueblo.

—¿Y sabes qué clase de negocio será? —preguntó Isabel.

—¿Te da miedo tener competencia con los vestidos de novia? —le preguntó Heidi antes de dar un trago a su té.

—No, es solo curiosidad.

—Creo que no lo dijo —admitió Charity—. Y no vi la documentación de su licencia.

Charlie miró a Charity.

—Dile a tu marido que tiene que ponerle nombre a su tienda.

—Es la tienda de deportes.

—Eso es lo que es, no cómo se llama.

Charity se rio.

—Es lo que pone en el rótulo.

—Es verdad. Al igual que hay un enorme letrero en el pueblo donde pone «biblioteca», pero la biblioteca tiene un nombre.

—Le diré que eso te tiene muy preocupada.

Isabel se levantó, se acercó hasta el equipo de música que había en uno de los estantes, lo encendió y sintonizó una emisora de radio local. Al momento, una canción antigua empezó a sonar.

—Cuéntanos lo de esos guardaespaldas tan macizos que van a venir a Fool's Gold —le dijo Dakota a Felicia—. Siendo mi hermano uno de ellos te pensarías que sabemos algo, pero apenas nos ha llamado.

Nevada asintió mirando a su trilliza.

—El otro día le mandé un e-mail y os aseguro que su respuesta fue el equivalente escrito de un gruñido.

—Está bien, ¿verdad? —preguntó Montana.

Felicia miró a las tres hermanas.

—La última vez que lo vi, estaba muy bien. Seguro que está ocupado preparando su marcha del ejército. Hay mucha documentación que rellenar cuando un soldado va a pasar a ser civil.

—Entonces a ti tampoco te ha escrito —dijo Dakota.

—No mucho. Justice sí que se escribe con él regularmente.

—¿Querrías salir con él? —le preguntó Montana—. Solo lo digo porque mi madre está decidida a casarle con una chica del pueblo para que se quede aquí, y nos parece una buena idea.

—No digas «nos» —contestó Nevada mirando a sus hermanas—. Vosotras pensáis que es buena idea. Yo creo que deberíamos dejarlo tranquilo. Es capaz de buscarse una novia él solito. Si le agobiáis, lo más probable es que se marche.

Felicia las miró con claro interés.

—No estáis de acuerdo sobre lo que hacer con Ford.

Dakota asintió.

—No estamos nada de acuerdo. Ya les he explicado que sus vidas irían mejor si se limitaran a escucharme, pero ¿qué puedo decir? Solo son inteligentes en apariencia.

Montana puso los ojos en blanco.

—¡Oh, por favor! —se giró hacia Felicia—. Se cree la mejor porque está licenciada en Psicología.

—Pero sois genéticamente idénticas.

Dakota se giró hacia ella.

—Lo sé. Es fascinante, ¿verdad? Que cuando la célula se dividió en el útero fuéramos idénticas en todas las formas posibles, pero que con el tiempo y a través de sucesos y experiencias al azar, e incluso minúsculas diferencias biológicas, nos hayamos convertido en personas completamente distintas.

Nevada gruñó.

—¡Oh, por favor! ¡Que no somos tan interesantes!

—¿Alguna vez os han hecho algún estudio? —preguntó Felicia.

—No —respondió Montana en voz alta—. Y no nos lo van a hacer ahora —suavizó sus palabras dándole unas palmaditas en la mano a Felicia—. A lo mejor deberías buscarte unos ratones o algo para estar entretenida.

Felicia asintió.

—Había pensado en comprarme un perro.

Patience se recostó en su silla y dio un sorbo de champán. Momentos como ese era lo que adoraba de su pueblo. Estaba rodeada de amigas, pasándolo genial, sintiéndose apoyada y escuchando una conversación de lo más rara. Independientemente de lo que la gente dijera sobre los pueblos pequeños, Fool's Gold nunca era un lugar aburrido.

Annabelle levantó su vaso de té.

—No nos has dicho si va a venir algún chico más.

—¿Es que te interesa? —le preguntó Heidi con una sonrisa.

—Ya sabes que mi corazón siempre le pertenecerá a Shane y a nuestro bebé, pero ahora tengo curiosidad.

—Hay un tercer socio —dijo Felicia—. Angel.

—¡Ooh! —exclamaron las trillizas al unísono.

—Con que Angel, ¿eh? —apuntó Charlie—. Eso significa que será una buena pieza.

—Antes era francotirador y luego estuvo trabajando para una empresa privada. Lo conozco desde hace tiempo, pero no estamos muy unidos. Hay algo en su mirada. Con Justice y Ford tienes claro que han visto cosas, que son fuertes y competentes. Pero con Angel... —se encogió de hombros—. No quiero ser fantasiosa.

—Pues sé fantasiosa —le dijo Isabel.

Felicia parecía incómoda.

—Es como si hubiera bajado hasta las profundidades del infierno. Aunque es muy simpático —se apresuró a añadir.

—¿Simpático en qué plan? —dijo Charlie—. ¿En plan: «Eh, hola, puedo matarte sin ni siquiera parpadear»?

Patience pensó en el misterioso Angel. Los hombres que estaban en el ejército iban a lugares y hacían cosas que el resto de personas no podían llegar a imaginar. Tal vez Justice tenía recuerdos muy oscuros de su pasado, no solo con su padre, sino también del ejército, pero cuando estaba con ella, era tierno y divertido. Era perfecto con su madre y con Lillie. ¿Era difícil que hombres como él volvieran al mundo normal?

Quería preguntarlo tanto como quería verlo. No sabía nada de él desde que se había marchado y no quería preguntarle a Felicia si la había llamado o le había escrito. Le había prometido que estaría en la inauguración y estaba decidida a confiar en él.

Por la radio hubo un segundo de silencio antes de que se oyera una sensual voz.

—Para una mujer muy especial, Patience McGraw, que mañana inaugura su nuevo negocio, el Brew-haha. Esta va dedicada a ti.

Todas se callaron para escuchar y las primeras notas de *Good Vibrations* llenaron el local. Patience se rio.

—Espero que tenga razón. Necesito toda la ayuda del mundo —miró a Charlie—. ¿Le has contado lo de la fiesta?

—Puede que lo haya mencionado.

Felicia se inclinó hacia Patience.

—Ese hombre de la radio, ¿quién es?

—¿Gideon? ¿Lo conoces? Se mudó aquí el año pasado y compró dos emisoras de radio.
—¿Gideon Boylan?
—Sí.
Felicia palideció.
—Perdonadme —dijo al levantarse.
Patience empezó a levantarse también.
—¿Estás bien?
—Sí. Últimamente el estómago me ha estado dando un poco la lata. No debería haber tomado champán.
—Los baños están detrás —dijo Patience señalando.
Felicia echó a correr mientras Patience se preguntaba si debía salir tras ella, pero entonces decidió que había ciertas cosas que deberían ocurrir en privado y que si Felicia no volvía en unos minutos, entonces iría a ver cómo estaba.
A menos que el problema no fuera su estómago. ¿Acaso Felicia tenía un pasado con Gideon?
Ese hombre alto y moreno era muy atractivo, pensó. Tenía el mismo aire peligroso que Justice, pero con un par de tatuajes y una actitud mucho más dura que la de James Bond. Patience diría que Justice sí que encajaba a la perfección en la categoría de James Bond y seguro que estaba espectacular en un esmoquin. O sin él...
Dio un trago de champán y suspiró. Si mantenía su palabra y volvía para la gran apertura, lo vería en las próximas veinticuatro horas. Solo pensarlo la puso tan nerviosa como pensar en abrir su negocio.

—Me moriría sin ti —le dijo Patience a Melissa—. En serio. Te debo una.
La adolescente sonrió.
—Se la debes a mi madre, que me ha dicho que podía faltar a clase hoy. Cree que es una buena experiencia for-

mar parte de un negocio desde el primer día. Ya la conoces.

—Por lo que a mí respecta, Liz se merece un premio —tomó el *latte* que Melissa acababa de prepararle y lo dejó sobre el mostrador sonriendo al cliente—. Muchas gracias por haber venido.

El entrenador Green le sonrió.

—Estamos muy ilusionados con tu nuevo local. Buena suerte.

—Gracias.

El entrenador se giró para unirse a la multitud que llenaba la cafetería. Su negocio había abierto oficialmente cinco horas antes y llevaba lleno desde las seis y un minuto.

Un flujo constante de clientes había estado entrando y muchos de ellos no parecían querer irse. En principio había planeado regalar muestras para captar a la gente, pero hasta el momento todos insistían en pagar su consumición. Se había quedado sin pasteles a las ocho y estaban tirando de una hornada de galletas que había pensado que le duraría tres días.

La ceremonia oficial de inauguración sería al mediodía y si la gente seguía allí para entonces, tendría que pronunciar el discurso fuera.

Un gran problema, pensó mientras se abría paso entre la multitud saludando a sus amigos y echando un vistazo a los turistas que pasaban por allí y que tal vez no entendían por qué había tanta aglomeración para comprar un café.

Vio a una rubia muy guapa junto al ventanal. En un principio pensó que estaba mirando el parque, pero al acercarse se dio cuenta de que la mujer estaba observando el marco de las ventanas.

—Hola —le dijo al acercarse—. Soy Patience.

—Noelle —respondió la rubia con una cálida sonrisa. Era muy delgada, alta, con los ojos azules y unos rasgos muy finos—. Tienes un local precioso. Me encanta que hayas mantenido los detalles originales de la construcción antigua a la vez que le has modernizado el aspecto.

—Parece que sabes de lo que hablas.

Noelle sonrió.

—Ojalá. Solo estoy fingiendo.

—Pues lo estás haciendo genial. No te he visto por el pueblo antes. ¿Estás visitando a algún amigo o familiar?

—No. No conozco ni a un alma por aquí, pero voy a mudarme —se puso muy recta—. Ha sonado convincente, ¿verdad? «Hola, soy Noelle y me voy a mudar a un pueblo que no conozco donde no conozco a nadie y voy a abrir una tienda aunque nunca me he dedicado a la venta al público» —le dirigió otra sonrisa—. ¿Qué locura, eh?

—Tal vez un poco, pero también suena emocionante.

—Estoy preparada para las emociones y para la aventura. Estoy agarrando la vida con las dos manos. Quiero alquilar ese local de ahí —a través del ventanal señaló el local situado junto a la tienda de deportes.

—Bueno, la verdad es que yo también estoy saltando al vacío —le dijo Patience—. La semana pasada estaba trabajando en una peluquería y ahora estoy abriendo esto.

—Me alegro por ti. Eres muy valiente.

—Ahora mismo me siento estresada y nerviosa más que valiente, pero te agradezco el cumplido.

Antes de que Patience pudiera preguntarle qué clase de negocio iba a abrir, la puerta se abrió y al menos diez personas más entraron a empujones separándolas. Fue como esa escena de *Titanic* en la que el barco al hundirse había creado un torbellino y el remolino de aguas había separado a Jack y a Rose. Aunque también era posible que una explicación alternativa para semejante idea fuera que no había dormido mucho en los últimos días y que estaba un poco grogui.

—Bueno, bueno, es suficiente —dijo Charlie entrando

como pudo en el local—. Todo el mundo a la acera. Tengo un silbato y no es un sonido que os gustaría escuchar. No me obliguéis a usarlo.

Charlie, con uniforme y con un aspecto más hosco que de costumbre, se giró hacia Patience.

—Con tanto éxito has violado oficialmente los códigos de la prevención de incendios.

Patience sonrió.

—¿En serio?

—No estés tan contenta. Van a tener que quedarse fuera y entrar por turnos.

Y eso era porque había demasiada gente comprando café. Demasiada gente entrando en su cafetería. Abrazó a su amiga.

—Gracias —le susurró.

—Ojalá todo el mundo se tomara tan bien como tú las malas noticias —le dijo aunque con los ojos llenos de diversión.

Patience ayudó a llevar a la gente fuera. Ya habían colocado conos en la calle para bloquear una zona y Ava dijo que se encargaría de ir dejando pasar y salir a la gente mientras la fiesta continuaba en la calle.

Patience se detuvo para sonreír a su madre.

—Somos un peligro.

—Lo sé. ¿No es maravilloso?

La ceremonia de inauguración se celebraría en aproximadamente media hora. Patience sabía que la alcaldesa estaría allí, junto con gran parte del Ayuntamiento y todos sus amigos, los profesores de sus doce años de educación pública y prácticamente todo el mundo que conocía del pueblo. Pero mientras aceptaba las felicitaciones, no podía evitar dejar de mirar hacia la multitud deseando ver a la única persona que no estaba allí.

Seguro que a Justice lo habían entretenido con algo, pensó. Se habría retrasado su vuelo. Había estado trabajando y tal vez el trabajo se había prolongado más de lo que había esperado. Todas ellas eran explicaciones razonables, pero no quería que ninguna fuera verdad. Le había dicho que estaría allí y le había creído. Así que, ¿dónde estaba?

Se dijo que de haber surgido algún problema, la habría llamado o, al menos, se habría puesto en contacto con Felicia para que le diera el mensaje. Pero aunque la preciosa pelirroja se había pasado a primera hora por allí para comprarse un *latte*, no le había dicho ni una palabra de Justice.

Lillie llegó con un par de amigas.

—Mamá, ¡es genial! Fíjate cuánta gente ha venido.

—Lo sé.

—¿Ahora somos ricas?

—Ojalá, pero no.

—¿Y la semana que viene?

Patience se rio y la besó en la cabeza.

—Lo pondré en mi lista de cosas pendientes.

Lillie volvió con sus amigas. Ya se acercaba el mediodía y la ceremonia. Probablemente debería...

—Patience.

Se quedó donde estaba un segundo y, al girarse hacia esa familiar voz, se encontró a Justice a su lado. Aliviada sintió cómo se desvanecían los nervios que tenía agarrados al estómago y se abalanzó sobre él. El traje sastre que llevaba era muy suave y frío al tacto.

—Has vuelto.

Él la abrazó con un solo brazo.

—Sí.

—Temía que no fueras a llegar a tiempo.

—Pues aquí estoy.

Dio un paso atrás y lo miró. Estaba pálido y tenía la mirada algo perdida.

—¿Estás bien?

—Muy bien. Ha sido un viaje largo.

Podía entender que una persona normal se cansara, pero no Justice. No parecía la clase de cosa que él fuera a permitirse.

Le sonrió.

—Quería estar aquí contigo, Patience —alzó la mirada y añadió—: La alcaldesa ya viene. La ceremonia va a empezar.

—De acuerdo —respondió ella vacilando y observándolo—. Siento que algo va mal.

—Te estás imaginando cosas.

Antes de poder discutir, su madre se acercó.

—Es la hora. ¡Ah, hola, Justice!

—Ava.

—¿Has probado las galletas? Deberías tomar una antes de que desaparezcan. Todo marcha de maravilla.

Patience vio cómo su madre conducía a Justice al interior del local. Quería seguirlos, pero no había tiempo. No cuando la ceremonia oficial estaba a punto de empezar.

Volvió la mirada atrás, hacia él, y se giró hacia el pequeño podio que se había instalado en la acera. Pero antes de poder llegar allí, Pia le tocó el brazo.

—Ey, hola. Quería disculparme por lo del otro día.

—No te preocupes —le respondió Patience.

—Me siento como una idiota. Estuve mala del estómago los dos días siguientes, así que supongo que estaba incubando algo. Me siento horrible por cómo actué.

—Pues no te sientas así. Tienes muchas cosas encima.

Pia asintió.

—Eres muy dulce. Yo nunca soy así.

Patience la miró.

—Pia, para. Tuviste un mal día. Eso pasa. No estoy enfadada.

—Bien —sonrió—. Me alegra que quieras participar en los festivales y todo lo que pase en el pueblo. Te he añadido a la lista de e-mails. Hay un grupo de chat para los comercios locales y te he añadido. No somos muy activos, básicamente nos pasamos información más que relacionarnos socialmente.

—Te lo agradezco. Haré lo que pueda por no hablar de mis altibajos emocionales y ceñirme a temas del negocio.

Pia se rio y después la abrazó.

—Perfecto. Muchas gracias por ser tan comprensiva. Y felicidades. Ah, mira, ya es la hora.

La alcaldesa Marsha había llegado. Fue hasta el podio y subió, situándose de cara a la multitud. Patience estaba por allí no muy segura de qué hacer y después, cuando la alcaldesa la llamó, fue hacia ella.

Justo cuando las campanas de una iglesia cercana marcaron la hora, la multitud quedó en silencio. La alcaldesa Marsha se acercó al micrófono y sonrió hacia la gente que esperaba.

—Bienvenidos a la gran apertura del Brew-haha. Ser alcaldesa de Fool's Gold implica muchas cosas. Además de mis típicas obligaciones cívicas, tengo el placer de darles la bienvenida a los bebés recién nacidos y de presenciar el comienzo de grandes aventuras como esta.

Se detuvo mientras la gente aplaudía. Ava se acercó y se paró junto a Patience. Las dos se agarraron del brazo.

—Estoy emocionada —le susurró su madre—. Y muy orgullosa de ti.

—Yo estoy orgullosa de las dos.

La alcaldesa las miró.

—Recuerdo cuando nació Patience. Yo estuve allí para darle la bienvenida —se detuvo—. No en el momento exacto del nacimiento, claro. Ava necesitaba su intimidad.

Todos rieron.

—De niña, Patience era una pequeña dulce y un miembro importante de nuestra comunidad. Ava siempre ha estado al lado de su hija. Ha trabajado mucho, ha ayudado al pueblo y ahora las dos van a abrir este negocio juntas. Patience y Ava, ambas sois parte integral de esta comunidad.

Patience tuvo que parpadear para contener las lágrimas.

—Y ahora habéis hecho algo grande —continuó la alcaldesa—. Habéis convertido vuestro sueño en realidad. Estoy encantada de que el Brew-haha vaya a ser uno de los principales negocios de Fool's Gold. Felicidades a Patience y a Ava.

Dos miembros del consejo municipal estiraron una ancha cinta y Charity Golden, la urbanista, le entregó a la alcaldesa unas enormes tijeras. La mujer bajó del podio y cortó la cinta. Todo el mundo aplaudió.

—¡Que hable! ¡Que hable!

Patience miró a su madre y Ava la animó al subir al podio.

—Has hecho todo el trabajo duro, hija. Te toca a ti.

Patience no podía recordar haberse dirigido nunca a un grupo formalmente y no le gustaba nada la sensación que tenía en el estómago. Pero se acercó al micrófono y miró a sus amigos y vecinos.

—Gracias por venir —dijo temblando un poco. Respiró hondo—. Me encanta vivir aquí y estoy muy emocionada de poder abrir este local con mi madre. No podríamos haberlo hecho sin vosotros y sin la tía abuela Becky, que es quien ha financiado esto básicamente.

—¡Esa es mi madre!

Patience vio a Lillie señalándola y se rio. Después arrastró la mirada hasta la puerta del local por la que Justice salía. La miró y le sonrió. Pero había algo en su expresión, o tal vez en su mirada.

Estaba incluso más pálido que antes y tenía el brazo muy pegado al costado.

Sabía que tenía que terminar con su mini discurso, pero

no podía apartar la mirada de él. No cuando vio que estaba tambaleándose un poco y que, al bajar el brazo, una mancha de sangre se había extendido por su camisa blanca. Mucha sangre.

Él hizo ademán de hablar y al momento cayó de plomo.

Capítulo 14

Los hospitales tenían un olor muy particular, pensó Justice tendido en la cama y viendo cómo el fluido caía lentamente de la bolsa de goteo. No, pensó estremeciéndose al ver bien el color. Era sangre. Y parecía casi un litro. Había perdido mucha cuando le habían disparado y más aún durante la inauguración. Que se había celebrado... ¿cuándo? ¿Ese mismo día? ¿El día anterior? No estaba seguro de cuánto tiempo había estado inconsciente.

Sabía que estaba en Fool's Gold porque había llegado justo a tiempo para la gran apertura. También sabía que darse el alta voluntaria del hospital de D.C. había sido un gran riesgo y que no le había salido bien.

Lo último que recordaba antes de haberse desmayado era haber visto a un hombre entre la multitud. Un hombre exacto a su padre. Lo había visto y al segundo había desaparecido. No necesitaba que un médico le dijera que demasiado agotamiento físico y, sobre todo, la pérdida de sangre eran lo que había provocado que la mente le jugara una mala pasada.

—Estás débil.

Se giró hacia la voz y vio a Patience entrando en su habitación. Parecía cansada y preocupada, y ambas cosas eran culpa suya.

—¡Ey! Siento haberte estropeado la fiesta.
Ella se acercó a la cama y le tomó la mano.
—Me gustaría gritarte.
—Pues adelante.
—Es complicado gritar a un hombre con una herida de bala.
—Estoy débil, no puedo defenderme.
—Lo sé. Y eso es parte del problema.

Tenía ojeras y se había recogido la melena en una cola de caballo. Su camiseta era una de las de la cafetería con el logo del Brew-haha delante. Se preguntó si ahora solo llevaría esas camisetas. Entendía que tenía que promocionarse, pero le gustaban los hipopótamos bailarines y los flamencos que bebían martinis.

Ella seguía agarrándole la mano.
—Te han disparado —le dijo con tono acusatorio.
—Intenté agacharme.
Patience apretó los labios.
—No seas gracioso. Podrías haber muerto.
—Pero no he muerto.
—Esa no es la cuestión. Maldita sea, Justice, ¿en qué estabas pensando? ¿Qué haces en tu trabajo para volver a casa con una bala en el costado?

Su preocupación lo envolvió como una manta, cálida y reconfortante. Nunca nadie se había preocupado por él. Su equipo lo quería con vida porque eso hacía que sus vidas fueran menos complicadas. Tenía amigos que lo echarían de menos si moría, pero nadie se preocupaba por él.

—Me extrajeron la bala en D.C.
—Ya sabes a qué me refiero. Me has asustado.
—Lo siento.
—Deja de disculparte. Así no puedo decidir si debería besarte o pegarte.
—¿Puedo elegir yo?
Ella se inclinó hacia él y le rozó la boca con la suya. La

ligera presión hizo más por su maltratado cuerpo que cualquier terapia intravenosa.

—Supongo que esto es lo que habrías elegido —le dijo mirándolo a los ojos.

—Supones bien.

Ella suspiró.

—Deberías haberte quedado allí. Podrías haber llamado. Lo habría entendido.

—Te prometí que estaría aquí.

—Dijiste que estarías en la inauguración, no que arriesgarías tu vida tomando un vuelo nocturno para cruzar el país después de haberte dado el alta voluntaria y salir de un hospital en contra de las recomendaciones de los médicos.

Él se estremeció.

—¿Felicia te lo ha contado?

—No la he visto, pero se lo ha contado a mi madre y ella me lo ha contado a mí.

Sabía que Felicia le habría contado los detalles básicos, pero nada más. No le habría dado información sobre su misión.

—Necesitaba estar a tu lado, Patience.

No había pretendido pronunciar esas palabras, pero ahora que las había dicho, ya no las retiraría. Se merecía que cumpliera sus promesas.

—Es tu medicación la que te hace hablar así —murmuró ella poniéndose derecha.

Justice sabía que no era así, pero decidió que era mejor fingir. Después de todo, ¿quién era él para ofrecerle nada?

—¿Cuánto tiempo he estado inconsciente?

—Casi veinticuatro horas.

—¿La inauguración fue ayer?

—Sí. Montaste un numerito y sales en primera plana del periódico.

—Qué suerte tengo —se quedó pensativo y añadió—: Tienes que volver al local.

—Iré. Felicia va a venir a cuidarte y cuando llegue, me marcharé.

—No necesito que me cuidéis como si fuerais mis niñeras. Estoy en un hospital.

—Tengo muy claro dónde estás, pero no pienso dejarte solo. No se puede confiar en ti.

Ya lo habían herido antes, decenas de veces. En el ejército, su oficial de mando comprobaba cómo se encontraba, y una vez que había empezado a trabajar para una empresa privada, su jefe se interesaba por su estado. Algunos amigos habían pasado a verlo, pero por lo demás esperaban que se recuperara solo.

—Gracias.

Seguían de la mano, o mejor dicho, ella se estaba aferrando a él con las dos.

—El médico va a mirar tu recuento sanguíneo. Si está donde debe estar, podrás salir hoy.

—De acuerdo.

—Y estarás bajo mi cuidado.

Lo dijo en tono desafiante, como si se esperara que él fuera a objetar.

—¿Ah, sí?

—Sí. El médico quiere que estés con un adulto responsable. Vas a estar cansado y débil y medicado durante varios días, así que voy a llevarte a mi casa. Puedes quedarte en la habitación de Lillie.

¡Vaya!, pensó algo confuso. Habría querido estar en la cama de Patience.

—¿Y dónde va a dormir ella?

—Abajo. Está emocionada. Ahora mismo está decidiendo cuál de sus peluches conseguirá que te recuperes antes.

—Creo que os daré mucho trabajo y ahora mismo lo último que necesitas es preocuparte por mí. Estaré bien.

—Claro que sí. ¿Y adónde irás? ¿A un hotel?

Hizo que pareciera como si fuera a morir desangrado en mitad de la calle.

—Un hotel estaría bien.

—No lo creo. Necesitas que alguien cuide de ti.

Aún seguía agarrándole la mano y muy seria. Pero lo que Patience no sabía era que nadie cuidaba de él, no desde que podía recordar.

—Lo digo en serio, Justice. No es decisión tuya. Está hecho. El médico te va a dar el alta con la condición de que te vengas conmigo.

—De acuerdo. Entonces supongo que soy responsabilidad tuya.

Ella parpadeó asombrada.

—¿No vas a discutírmelo?

—No.

—Ah.

Lo cierto era que le gustaba la idea de ver a Patience tan preocupada. Sabía que era peligroso, pero no podía evitarlo y esa era una indicación de lo mal que estaba.

—Así que vendré luego para llevarte a casa. Quiero ir a ver qué tal va la cafetería —miró el reloj—. Felicia no puede quedarse mucho, así que Charlie llegará en una hora para quedarse contigo después de que ella se vaya.

—¿Charlie?

Aunque conocía y apreciaba a la bombera, no quería ninguna niñera.

—No intentes librarte de ella. Podría contigo.

—Y sobre todo hoy —murmuró él—. Pero no es necesario que tus amigos pierdan el tiempo mientras yo estoy en el hospital. ¿Qué iba a pasarme aquí?

—Que podrías marcharte. Admítelo, Justice. No pienso cambiar de opinión. No me fío de que vayas a quedarte donde estás.

Le soltó la mano y le tocó la frente.

Él sonrió.

—Creo que las enfermeras se darían cuenta si tuviera fiebre.
—Tal vez. Pero prefiero no correr riesgos —lo besó—. Volveré esta tarde para llevarte a casa.
Y con eso se marchó.
Justice sintió cómo se le cerraban los ojos a medida que el agotamiento se iba apoderando de él. «Casa», pensó. A casa con Patience, eso sí que estaría muy bien.

Patience se preguntó cuánto tardaría en acostumbrarse a que el despertador sonara a las cuatro de la mañana. Había pasado sus duchas a la noche para que una vez que la alarma sonara lo único que tuviera que hacer fuera lavarse la cara, vestirse y hacerse una trenza. Se echaba un poco de máscara de pestañas y brillo de labios y lista. Podía salir por la puerta en menos de veinte minutos.

Sin embargo, esa mañana fue más deprisa todavía porque quería sacar un par de minutos para ir a ver cómo se encontraba Justice, que dormía en la habitación de Lillie al final del pasillo.

La tarde anterior, Charlie se había quedado hasta que ella había vuelto y después le habían dado el alta. Las dos lo habían subido a la habitación, donde se había quedado dormido casi al instante. Se había despertado lo justo para tomarse una cena ligera, sus medicinas, y después había caído rendido otra vez.

Había ido a verlo varias veces durante la noche, pero lo había encontrado durmiendo. Ahora estaba recorriendo el pasillo sin hacer ruido y abriendo la puerta.

—Buenos días —le dijo él con los ojos abiertos y una voz algo grogui.
—Buenos días. Es muy temprano para que estés arriba.
—No lo estoy. Estoy tumbado.
La lamparita de noche llenaba la habitación de un sua-

ve brillo. Era un tipo grande y fuerte que apenas cabía en la cama de su hija. Sus anchos hombros prácticamente ocupaban todo el ancho del colchón. Le hacía falta afeitarse, lo cual hacía un encantador contraste con las sábanas de princesa. Una amplia variedad de peluches se amontonaban entre él y la pared, sin duda un regalo de Lillie.

Debía de tener un aspecto ridículo y, sin embargo, ella encontró esa vulnerabilidad muy sexy y atrayente. Tal vez porque sabía que en unos días volvería a tener su energía y fuerza de siempre. Pero de momento la necesitaba.

—Siento que tengas que compartir tu cama —le dijo señalando la gran variedad de animales de peluche que tenía al lado.

Él levantó un hombro desnudo.

—La rana es mi favorito.

—También es el favorito de Lillie. Cuando era pequeña no dejaba de esperar que se convirtiera en un príncipe y que accediera a ser su hermano —se acercó a la cama—. ¿Tienes que levantarte a usar el baño?

No estaba segura de cómo iba a poder llevarlo y traerlo, pero haría el esfuerzo.

—Ya he ido hace una hora.

—¿Te has levantado?

—Era mejor que empapar la cama.

—Pero no puedes levantarte.

—Lo que tengo que hacer es tomarme las cosas con calma durante los próximos días —la corrigió—. Estaba allí, Patience. Sé lo que dijo el médico.

—¿Y estabas también cuando te gritó por haber abandonado el hospital de D.C. demasiado pronto y haber estado a punto de desangrarte en mi cafetería?

—Recuerdo un poco de esa conversación, sí.

Ella acercó la silla del escritorio y se sentó.

—¿Cómo te encuentras?

—Hecho polvo, pero mejor que antes.

—Perdiste mucha sangre.

Hizo ademán de agarrarle la mano, pero se detuvo, no muy segura de si debía hacerlo. En el hospital había sido distinto. No sabía en qué sentido, pero había sido distinto.

Él resolvió el problema agarrándola por su cuenta.

—Siento haberte estropeado la inauguración.

—No la estropeaste, hiciste que fuera memorable.

—Me imagino cuánto tienen que estar hablando de eso.

—Exacto. Hace que mi local forme parte de la historia, así que harán cola para ver dónde dispararon al guapo Justice Garrett.

—Pero no me dispararon ahí.

—A ellos esos detalles les dan igual —miró sus fuertes manos y después lo miró a los ojos—. ¿Y puedo preguntarte en qué parte del mundo te dispararon?

—No puedo decírtelo, lo siento.

—¿Es el equivalente civil a una información clasificada?

Él asintió.

Qué poco sabía de él. Podía encontrarlo en la oscuridad solo mediante el olfato o el tacto, pero no sabía casi nada de su trabajo, ni adónde iba, ni para quién trabajaba. Era un hombre que desaparecía durante unos días y después volvía a casa con una herida de bala.

—Me asusta —murmuró.

Pensó que él iba a preguntarle a qué se refería, pero en lugar de eso le apretó la mano con fuerza.

—Ya casi he terminado con ellos. Voy a estar aquí, voy a abrir la academia.

—¿Será suficiente? ¿No echarás de menos la emoción de tu trabajo?

—Estoy listo para un cambio.

—Este es un pueblo pequeño. ¿Estás seguro de que eso

es lo que quieres? A lo mejor serías más feliz en la gran ciudad.

Justice sonrió.

—¿De verdad llamáis a otros lugares «la gran ciudad»?

Ella sonrió.

—Claro, pero siempre empleamos un tono condescendiente al decirlo —su buen humor se desvaneció al darse cuenta de que él no había respondido a la pregunta—. Ya no eres un niño. No puedes ser anónimo en un sitio como este. Todo el mundo lo sabe todo de ti y esperarán que te impliques en la vida del pueblo, que vayas a eventos y que no te presentes en un sitio al borde de morir desangrado.

—¿Intentas ahuyentarme?

—Quiero que estés seguro antes de que te involucres más… con el pueblo.

No quería que hiciese promesas que no podía cumplir porque en algún momento entre la llegada de Felicia y el instante en que había caído redondo al suelo delante del local, ella había aceptado que estaba enamorada. No era lo más inteligente y no estaba segura de que fuera a salir bien, pero ya le había entregado su corazón.

—He vuelto, Patience.

—¿Y si no basta con eso? ¿Adónde has ido y por qué te han disparado? ¿Quién forma parte de tu pasado? ¿Qué has hecho? ¿Ahora todo irá bien?

—Todas son buenas preguntas, pero no creo que sea el momento de responderlas.

Miró el reloj con forma de gato que había sobre la mesita de noche.

—Tienes razón. Voy a llegar tarde.

Él le apretó los dedos y la soltó.

—Hablaremos y responderé a todas tus preguntas.

—De acuerdo —se levantó y colocó la silla junto al escritorio antes de volver a la cama y besarlo—. Vuelve a dormir.

—Eso haré.

Por un segundo se quedó mirando a sus oscuros ojos azules y se dijo que todo iría bien. Hablarían y descubriría todo lo que necesitaba saber, pero ¿las respuestas mejorarían las cosas o las empeorarían? Porque descubrir la verdad no siempre significaba recibir noticias alegres.

Alrededor de las siete y media de esa mañana, Justice se despertó con el sonido de unas pisadas por las escaleras. Apenas había tenido tiempo de recordar dónde estaba cuando Lillie abrió la puerta de la habitación.

—¡No pasa nada! —gritó hacia las escaleras—. Está despierto —le sonrió—. La abuela me ha dicho que no te moleste, pero le he dicho que no te importaría. ¿Aún estás herido?

—Un poco, pero estoy mejor que estaba.

La niña lo observó desde la puerta como si no estuviera segura de si avanzar o no. Él le indicó que se acercara.

—¿Te gustan mis peluches? Me estoy haciendo demasiado mayor para ellos, pero a veces hacen compañía.

—Me gustan mucho. Gracias por compartirlos conmigo.

—De nada.

Cuánto se parecía a su madre, pensó. Tenía algunos rasgos que debían de venirle de su padre, pero, por lo demás, era un calco de Patience.

Lillie se acercó a un lado de la cama y bajó la voz.

—Se supone que no debería saber que te han disparado, pero anoche lo oí en casa de mi amiga. Su madre estaba hablando. ¿Había hombres malos? ¿Como en la tele?

En su mundo seguía habiendo hombres malos y hombres buenos. Allí adonde había ido él, solo había sombras grises. El magnate del petróleo que había viajado a una parte de África donde no se aplicaba ninguna regla. Había habido una emboscada y un tiroteo. Sabía quién había ganado, pero viendo las circunstancias en las que había sobrevivido no podía decir quién había sido el bueno y quién el malo.

—Nos atacaron.

—¿Y tenías miedo?

—Cuando pasó, no. No tuve tiempo. Pero después el corazón me latía muy deprisa.

Ella ladeó la cabeza.

—¿Te duele, no? ¿El disparo?

—Sí que duele.

Ava llamó a su nieta.

—Lo siento, tengo que tomarme el desayuno. Te veo después del cole.

—Me parece genial.

Bajó las escaleras tan deprisa como las había subido. Alrededor de media hora después, la oyó marcharse de casa y unos minutos más tarde a alguien subiendo a la habitación. Al momento entró Felicia con una bandeja en las manos.

—Buenos días —le dijo al acercarse—. ¿Cómo te encuentras?

—Como si me hubieran disparado.

—Pues vaya —dejó el desayuno sobre la cómoda y se acercó a la cama—. ¿Te puedes sentar?

—Sí, y no me ayudes.

Su amiga ignoró sus instrucciones y alargó el brazo para que él pudiera alzarse e incorporarse. Cuando se estaba inclinando hacia delante, ella le colocó las almohadas detrás de la espalda.

—Había olvidado lo gruñón que te pones cuando no te encuentras bien —le dijo con tono animado.

—Lo siento. No es mi intención comportarme así.

—No te gusta ninguna manifestación física de lo que considerarías una debilidad —le dijo poniéndole la bandeja delante—. Y tampoco te gusta que te recuerden que no estás al mando de todos los aspectos de tu vida.

—Recuérdame que no te invite a mi próxima fiesta —farfulló mirando los huevos revueltos y el beicon junto a la tostada con mantequilla. Aunque no tenía hambre, sabía que debía comer. Alimentarse era básico para recuperarse.

—Tú no celebras fiestas. Además, no me invitarías de todos modos, querrías que te la organizara y después yo asistiría por defecto.

Él se detuvo con el tenedor a medio camino de su boca.

—¿Felicia?

Ella acercó la silla en la que antes se había sentado Patience, se sentó y suspiró.

—Estoy emocionalmente inquieta y por lo tanto predispuesta a los arrebatos. Ignórame.

—Es complicado cuando eres la única persona en la habitación —la miró—. Mírame.

Ella giró sus ojos verdes hacia él.

—Lo siento.

—No has hecho nada malo.

—Siento haberte hecho pensar que no aprecio tu compañía. Te querría en mi fiesta.

—Eso lo dices porque crees que estoy molesta y porque te sientes culpable.

Él se rio.

—Nunca le das ni un respiro a un hombre, ¿eh?

—Solo estoy diciendo la verdad.

—Muy bien. Si fuera a celebrar una fiesta, te pediría que me ayudaras, pero aun así te querría allí. Eres todo lo que tengo, pequeña.

Ella sonrió.

—Eso tampoco es verdad, pero me agrada que lo hayas dicho.

—Gracias por traerme el desayuno.

—De nada.

Dio un mordisco y masticó.

—No te lo tomes a mal, pero ¿por qué has venido?

—Patience me ha llamado pidiéndome ayuda. Está en el trabajo, Ava no puede subir las escaleras y les preocupaba que Lillie no pudiera con una bandeja tan pesada.

—Soy un problema —dijo sabiendo que tenía que marcharse lo antes posible.

—No eres ningún problema. Te aprecian y quieren cuidar de ti. Te sugiero que no intentes marcharte. Patience estaba muy enfadada contigo ayer y muy preocupada por lo de la hemorragia. Deberías quedarte aquí mientras puedas.

Le habló en su habitual tono despreocupado. Por lo que él había experimentado, la mayoría de las mujeres se regían por sus corazones más que por su cabeza, pero Felicia no podía ignorar algo tan poderoso como su cerebro. Y no porque fuera especialmente lógica, sino porque lo sabía todo y en toda situación posible.

Lo cual hizo que su comentario resultara curioso.

—¿Mientras pueda?

Felicia suspiró.

—No son como nosotros. Patience, su familia, este pueblo. Son tan...

—¿Normales?

—Sí. Eso es exactamente lo que quería decir. Dije que quería vivir en un lugar con gente normal y sentir que era mi sitio, pero ahora que estoy aquí, estoy confundida.

—Yo también estoy confundido.

—¿Sí?

Él asintió.

—Es más fácil cuando hay balas de por medio.

—Sí, porque ahí no hay planificación. Reaccionas y o vives o mueres. Pero en este lugar todo son rituales y sutilezas —abrió y cerró las manos—. Quiero enamorarme.

Él seguía desayunando.

—No te ha impresionado lo que he dicho —le dijo ella.

—Sé que no te refieres a mí.
—No. Aunque eres muy atractivo físicamente, no tengo ninguna reacción química interna cuando estás cerca. Hay varias explicaciones posibles para ello, si quieres escucharlas.
—No, gracias.
Felicia asintió.
—¿Te acuerdas de Gideon?
Él acababa de darle un bocado a la tostada y se obligó a seguir masticando.
—Ajá.
—Está aquí, ¿verdad?
Justice tragó saliva. No servía de nada evitar lo inevitable.
—¿Lo has visto?
—Lo he oído por la radio, pero no lo he visto. Ya sabes que es con el que...
Justice quería taparse los oídos.
—Sí, lo sé —se apresuró a contestar, interrumpiéndola y maldiciendo después—. Para mí eres como una hermana, Felicia. No quiero oír nada sobre tus relaciones sexuales.
—A pesar de tratarse de mi primera vez, me resultó un encuentro muy satisfactorio.
Él se la quedó mirando.
—¿Qué parte de «no quiero oír nada» no te ha quedado clara?
—Tengo que hablarlo con alguien.
—Pues para eso están las amigas.
Ella se estremeció y él maldijo otra vez.
—Lo siento.
—No te disculpes, solo estás diciendo algo muy obvio. Para eso están las amigas.
Pero ella no tenía amigas allí. Al menos aún no. No le resultaba fácil hacer amistades.

—Consuelo vendrá pronto —apuntó él, aun sabiendo que no era suficiente.

Consuelo sería una de las instructoras. Era menuda, pero una gran luchadora. Nunca había querido que ella lo supiera, pero Justice estaba seguro de que esa mujer sería capaz de darle una paliza.

—Podemos hablar —le dijo, intentando no apretar los dientes— hasta que ella llegue. Ya sabes, podemos hablar de Gideon.

—¿Y de mis sentimientos? —le preguntó con un brillo de diversión en la mirada.

—Claro. Los sentimientos son buenos.

Ella le tocó el dorso de la mano.

—Eres muy dulce conmigo.

—Quiero que estés bien, que seas feliz.

—Soy feliz, o lo seré —se retiró y se encogió de hombros—. La vida es complicada.

No se refería a la vida, se refería a las relaciones.

—¿Y quieres... eh... estar con Gideon? Ya sabes, salir con él y eso.

—No lo sé. Antes había atracción y me gustaría descubrir si todavía existe y si podría generar otros sentimientos o si simplemente tenemos conexión sexual.

Justice se estremeció.

—Vale, pues entonces habla con él y así lo descubrirás, ¿no? Es muy fácil.

Ella sonrió.

—Sí, ya, muy fácil. Eres una amiga pésima.

—¿Porque este es el punto en el que empezaríamos a hablar sobre lo mismo una y otra vez?

—Eso ayuda. Entiendo que no debería hacerlo lógicamente, que repetir la misma información sin aportar nada nuevo no resuelve nada, pero creo que ese proceso es reconfortante —se encogió de hombros—. Es cosa de chicas. Algo a lo que te acostumbrarás si quieres que tu relación con Patience sea un éxito —se detuvo—. Porque eso es lo que quieres, ¿verdad?

—Sí —respondió, apartando el desayuno—. Lo quiero, pero no sé si puedo.

Había obstáculos. Peligros. Cosas que no podía explicar. La ansiaba y no solo en su cama, pero ¿podía arriesgarse a estar con ella?

—Como has dicho, aquí son terriblemente normales —murmuró.

—Tú también eres normal.

Él la miró y enarcó las cejas.

—Lo eres —insistió.

—¿Al contrario de lo que parece?

—No eres eso a lo que te dedicas. Entiendo que a la psique masculina le guste definirse a través de los actos, pero tienes que creer que eres más de lo que has hecho.

—No hablo de las cosas que he hecho. Hablo de matar a gente, Felicia. Hablo de ser un peligro para cualquiera que esté a mi alrededor.

—No eres Bart.

Sabía lo de su padre, sabía por lo que había pasado y lo que le había hecho ese hombre.

—Eso lo has dejado atrás.

—He dejado el trabajo, pero no puedo cambiar lo que llevo dentro —que era lo que más temía. La oscuridad—. De vez en cuando tengo la sensación de que sigue ahí.

—Está muerto.

—Eso me han dicho.

—¿Y crees que se equivocan? Lo identificaron mediante los informes dentales, Justice.

—Estaría mucho más tranquilo si hubiera sido mediante una prueba de ADN. Aún hay un margen de error. Lo digo en serio, Felicia. No creo que esté aquí en un plano espiritual. A veces juro que de verdad está, que está cerca. Observando. Justo antes de desmayarme en el Brew-haha lo vi.

—¿Estás seguro?

Eso era lo peor.

—No, no estoy seguro.

—¿Y no has pensado que puede que últimamente estés sintiendo más a tu padre porque quieres hacer cambios en tu vida? Estás acostumbrado a ser el guerrero y ahora vas a ser un... —se detuvo como buscando la palabra y sonrió triunfante antes de añadir—: un tipo cualquiera. Eso es lo que quieres y te hace sentir incómodo al mismo tiempo —su sonrisa se desvaneció—. Tú eres el que siempre me decía que el único modo de superar el miedo es enfrentarse a él y darle una patada en los huevos.

Él soltó una suave carcajada.

—Sí, y normalmente me preguntas por qué me imagino al miedo como algo masculino.

—Justice, tienes que creer en ti mismo. Tienes mucho que ofrecer.

Sabía que tenía razón, pero el problema era que no todo lo que ofrecía era bueno. Si no podía encontrar el modo de alejarse de su pasado, era un peligro para todo aquel que estuviera cerca. No les haría daño ni a Patience ni a su familia por nada del mundo, pero si pensara que podría llegar a hacerlo, si existía la más mínima probabilidad, entonces alejarse de ella sería la única opción.

Capítulo 15

Patience limpiaba el mostrador. Eran las diez y media y había unas cuantas personas en el local. Día cinco en la vida del Brew-haha y todo marchaba bien.

Había un flujo constante de clientes desde que abría hasta alrededor de las nueve. Después las cosas se calmaban un poco hasta la hora del almuerzo. Había otro gentío a última hora de la tarde seguida de otro grupo de clientes después de la cena. Hasta ahora habían tenido que pedir a la gente que se marchara cuando llegaba la hora de cerrar.

Además, la venta de productos estaba marchando muy bien y las tazas y los delantales del Brew-haha estaban volando. Había vuelto a hacer otro pedido el día anterior y si las ventas seguían así, en la primera semana habría vendido lo que tenía previsto para todo un mes.

Sabía que algunas de esas ventas eran de los propios vecinos y que después ya no se molestarían en comprar más, pero también había estado llevando las cuentas y sabía que casi el sesenta por ciento de las compras habían sido de turistas, lo cual era muy buena noticia, porque allí siempre había turistas.

La puerta principal se abrió y una mujer alta y rubia entró. Patience se la quedó mirando unos segundos antes de recordarla.

—Hola, Noelle. Gracias por volver.
—Quería ver cómo te iba con tu nuevo negocio. Me pasé ayer, pero estabas muy ocupada.
Patience levantó la mano derecha y cruzó los dedos.
—De momento las cosas van genial. Estoy feliz —señaló una mesa tranquila junto a la ventana—. ¿Tienes un segundo?
—Me gustaría.
Salió de detrás del mostrador.
—¿Qué te puedo poner?
—Un *latte*, por favor.
Unos minutos después, Patience llevó a la mesa dos *latte*s y un plato de galletas. La otra mujer estaba tan delgada que no estaba segura de que comiera cosas con azúcar o chocolate, pero su madre la había educado para ofrecer siempre algo de picar con algo de beber.
—Gracias —dijo Noelle agarrando la taza—. Me encanta lo que has hecho con el local. Es muy acogedor sin resultar recargado —sonrió—. Yo soy más de cosas recargadas.
Patience sonrió.
—Pues parece que tendrías mucho en común con mi hija. Tiene todos los muñecos de peluche del mundo —la mayoría de los cuales estaban ahora mismo acurrucados con Justice... un lugar en el que a ella no le importaría estar, pensó con un suspiro.
—Respeto su compromiso con la relación niño-peluche —dijo Noelle con la mirada cargada de diversión. Dio un trago de *latte*—. Está perfecto.
—Gracias. Es fácil con la máquina. Ha supuesto gran parte de nuestros costes iniciales, pero ha merecido la pena. Me dijiste que estabas pensando en abrir tu propio negocio. ¿Aún te lo planteas?
Noelle asintió.
—He firmado un contrato y espero abrir a mediados de

agosto —respiró hondo—. Es una tienda navideña. El Desván Navideño.

—Me encanta —dijo Patience—. Es perfecto para este pueblo. Tendrás turistas durante todo el año y te volverás loca durante las fiestas.

—Eso espero. Por eso quiero abrir bastante pronto, para poder estar preparada cuando llegue la fiebre navideña —dio otro trago—. Hay muchas cosas que hacer antes de poder arrancar.

Patience se inclinó hacia ella.

—No me puedo ni imaginar por lo que vas a pasar. Yo estaba súper agobiada y eso que apenas tenía que hacer acopio de existencias comparado con lo que tendrás que hacer tú.

—Me he divertido mucho pensando en todas las cosas que quiero traer a la tienda. Hay varias ferias nacionales e internacionales de regalos. He ido a un par y estaban abarrotadas. Ahora estoy hablando con distribuidores y buscando artistas. Cuantos más objetos únicos tenga, mejor.

—Parece una empresa ambiciosa.

—Lo es. Espero estar a la altura.

Patience vaciló al no querer fisgonear, pero finalmente le preguntó:

—¿Has trabajado antes en comercio de cara al público?

—En absoluto —y vaciló antes de añadir—: Soy abogada, o lo era. Crecí en Florida y después me trasladé a Los Ángeles.

¿De abogada a venta al público? Seguro que había una historia detrás de esa decisión.

—Has cubierto las dos costas.

—El sur de ambas.

—¿Y cómo has terminado aquí?

—Clavé un pin en un mapa y cuando abrí los ojos estaba situado en Fool's Gold, así que aquí estoy —dio otro sorbo de café—. Estaba preparada para hacer un cambio.

Lo cual no le dio a Patience mucha información, aunque sí la dejó con muchas preguntas. Sin embargo, Noelle no parecía querer compartir detalles de su vida. La gente que venía de otros lugares esperaba tener intimidad y les llevaba un tiempo asumir que en un pueblo pequeño no había muchos secretos.

—Pues me alegro de que nos hayas encontrado y estoy deseando que abras tu tienda.

—Mi abuela ayudó a criarme y recuerdo que siempre me contaba cosas de cuando era pequeña. Creció en Nueva Inglaterra y en su casa tenían un desván. Por cómo hablaba hacía que sonara como un lugar maravilloso lleno de viejos tesoros y quiero recrear eso. Más o menos. Ya sabes con un estilo algo más elegante y atrayente.

—Por supuesto.

Observó a Noelle. La mujer era preciosa, si bien demasiado pálida. Como etérea, pensó antes de mirarle la mano izquierda. No llevaba anillo y no estaba segura de si veía una ligera marca donde antes habría estado uno o si se lo estaba imaginando.

—¿Has venido con familia?

—No. Solo estoy yo. Embalé toda mi casa de Los Ángeles y lo trasladé todo aquí. Estoy de alquiler hasta que ponga en marcha la tienda. Estaba un poco nerviosa por estar en un pueblo nuevo, pero todo el mundo ha sido muy amable.

—Es algo típico en Fool's Gold. Somos muy hospitalarios —levantó su taza—. Ya sabes que hay varios negocios nuevos en el pueblo. Estamos tú y yo, y también mi amiga Isabel que lleva la tienda de novias de sus padres. Se llama Paper Moon. No se ha mudado de manera permanente, pero también acaba de entrar en el mundo de la venta al público. Deberíamos formar un grupo de apoyo. Lo hablaré con la alcaldesa Marsha.

—¿En serio? Sería genial. No dejo de leer estadísticas

sobre la cantidad de negocios nuevos que fracasan y no quiero formar parte de ellas.

—Yo tampoco. Me aterroriza acabar fastidiándolo todo.

—No creo que tengas que preocuparte. Estoy oyendo cosas maravillosas sobre tu local, pero si te pones nerviosa, avísame por si puedo ayudarte.

—Eso haré. Gracias.

Noelle se rio.

—No creas que soy tan amable, puede que te tenga que pedir que me devuelvas el favor a finales de año.

—Lo haré encantada.

Noelle miró a su alrededor.

—Creo que he tenido mucha suerte al elegir Fool's Gold. Este pueblo es exactamente lo que estaba buscando.

—Me alegro —dijo, aún preguntándose qué sería eso que Noelle se estaba guardando. El pasado de esa mujer guardaba algún misterio, una historia interesante, y no había duda de que con el tiempo terminaría descubriendo de qué se trataba.

—Todos los niños están hablando de las vacaciones de verano —dijo Lillie—. Yo también tengo ganas, pero me gusta el cole.

Justice estaba sentado en el sofá del salón de las McGraw. Ava estaba haciendo unos recados y Patience seguía en el trabajo. Era el primer día que había salido de la cama. Estaba débil, pero recuperándose.

—Está muy bien que te guste el cole.

—Eso es lo que me dice mamá. A algunas de mis amigas no les gusta nada. Dicen que los exámenes son demasiado difíciles, pero yo creo que es porque no estudian —se mordió el labio—. No les contarás que te lo he dicho, ¿verdad?

—Claro que no.

—Vale —sonrió—. Esta noche voy a salir a cenar.
—Eso he oído. Con Ava y Steve.
—Vamos a ir al hotel de la montaña, a ese restaurante tan bonito. Tengo un vestido especial y mamá me va a peinar.
—Quiero verte antes de que te vayas.
—Claro —le prometió.

Siguió hablando un poco sobre un libro que estaba leyendo y sobre el campamento al que iría en verano. Con Lillie siempre había alguna actividad planeada o algún sitio al que ir. Era una niña feliz con muchas amigas entrando y saliendo de la casa.

Las tres se habían creado una buena vida, pensó. Habían encontrado un ritmo que les funcionaba muy bien, aunque sospechaba que debían de haber pasado por malas épocas. Momentos en los que habían tenido el dinero justo y muchos obstáculos.

Mientras Lillie hablaba sobre una nueva película que quería ver, él se preguntó hasta qué punto habría sido diferente su vida si hubiera tenido un empleo normal sin estar rodeado de balas. Si hubiera podido asentarse en algún sitio.

Observaba a Lillie mientras hablaba y cómo sus ojos marrones se veían cargados de entusiasmo e inteligencia. Era generosa, amable y divertida. Muy pocas de las tragedias de la vida la habían alcanzado. Al contrario que a él. Por eso temía que aunque él pudiera imitar tener una vida normal, no pudiera vivirla de verdad porque siempre habría algo en su interior que se lo impediría.

Si ese era el caso, no podía arriesgarse a que los demás tuvieran que aguantar sus problemas, pero a la vez que pensaba en eso, se preguntaba si estaría siendo demasiado duro consigo mismo. Si, en realidad, estaba tan acostumbrado a acechar en la sombra que había desarrollado un miedo a la luz. La lógica le decía que los fantasmas ya estaban descansando hacía tiempo, y que ahora le había llegado el momento de darle algo de sentido a su vida.

Lillie se giró hacia él.

—Justice, tengo una pregunta.

—Claro, dime.

Se le quedó mirando pensativa.

—¿Por qué se marchó mi padre?

Él le agarró su manita.

—No lo sé —le respondió con sinceridad—. Supongo que porque le asustaba la responsabilidad. No se marchó por ti. En aquel momento eras un bebé y no tuviste nada que ver con lo que pasó.

—Pero si no hubiera nacido, él a lo mejor se habría quedado.

Justice sintió un dolor mucho más intenso que el de la herida de bala.

—No, no se habría quedado. Habría terminado yéndose. Era su forma de ser —se giró lentamente hasta quedar mirándola totalmente de frente—. Tienes varias amigas, ¿verdad?

La niña asintió con gesto muy solemne.

—Si pasa algo, si por ejemplo un perro se escapa por el patio del colegio, sabes qué amiga lo encontrará divertido, cuál se preocupará por el perro y cuál ignorará el asunto.

Lillie ladeó la cabeza.

—Tienes razón. Cada una diría o haría algo distinto.

—Y puedes predecir su comportamiento según lo que han hecho en el pasado. Tendrás a una amiga que siempre llega tarde y a otra que siempre hace sus deberes.

—Lo entiendo —respiró hondo—. ¿Entonces estás diciendo que mi padre se marchó porque se habría marchado de todos modos?

—Ajá. No se marchó por ti. Iba a hacerlo de todas formas.

—Tiene sentido, pero sigo sintiéndome mal.

—Lo sé. Yo también me siento mal. Se está perdiendo a una niña genial.

Ella sonrió lentamente.

—Lo dices por decir.

—No, digo la verdad. Me alegro de haberte conocido, Lillie.

—Yo también.

La pequeña se acercó y lo abrazó con fuerza, generándole un intenso dolor que se extendió por toda su cintura, pero no dijo nada. Al contrario, le devolvió el abrazo y recibió encantado ese afecto y esa confianza.

Diez minutos más tarde, la niña había corrido a su habitación a prepararse para salir a cenar, y poco después, Patience llegaba a casa.

—Lo siento, lo siento —dijo al entrar corriendo al salón—. Estamos muy ocupados en la cafetería y me he entretenido —se detuvo y lo miró—. Estás abajo.

—Ya me he fijado.

—¿Puedes estar levantado? ¿Estás forzando las cosas?

—He bajado muy despacio. Ya es hora de que me levante y me mueva un poco.

Pero ella no parecía muy convencida.

—Hay una gran diferencia entre estar levantado y ser estúpido. No estarás pasándote de la raya, ¿no?

Él se rio.

—No.

Lillie y ella tenían los ojos muy parecidos. No solo por el cálido tono marrón, sino por la forma y por la intensidad de su mirada.

—Porque te acaban de disparar.

—Lo sé. Estuve allí —le dio una palmadita al sofá—. Ven a contarme qué tal el día.

—Muy ajetreado y divertido. Estamos entrando en la temporada de turistas, a la que no le había prestado mucha atención hasta ahora porque aunque en la peluquería teníamos algún que otro cliente de fuera del pueblo, nunca han entrado turistas. Pia ha pasado hoy para dejar mapas y planificaciones de los festivales —dijo sentándose a su lado—. Estoy preocupada por ella.

—¿Por Pia? —no estaba seguro de haber conocido a la mujer en cuestión.

—Sí. Hace unas semanas tuvo una especie de bajón y ahora la encuentro muy dispersa. Ha traído los mapas y la planificación y después ha vuelto una hora después para repartírmelos otra vez. Cuando ha visto que ya me los había dado, se ha quedado ahí de pie, mirando todos los folletos. Ha sido muy raro.

—¿Tiene familia?

—Sí. Está casada y tiene tres hijos.

—Si dentro de unos días sigues preocupada, deberías hablar con su marido.

—Puede que mejor vaya a ver a una de sus amigas. Charity Golden es la urbanista y Pia y ella están muy unidas —sacudió la cabeza—. Lo siento. Imagino que no te apetecía oír todo esto.

—No me importa.

—Eres muy amable, aunque no te crea —le sonrió—. Vamos a contratar a más gente.

—Es una buena noticia.

—Lo es. Mi madre se está ocupando de las entrevistas. Hay más gente interesada en empezar a trabajar a las cinco y media de la mañana de lo que me imaginaba. Y también hemos hablado sobre crear un grupo de apoyo para los que hemos abierto nuevos negocios. La tienda de Isabel no es nueva, pero ella no tiene mucha experiencia de cara al público, y Noelle va a abrir una tienda de artículos navideños en un par de semanas. ¿La conoces?

—No.

—Es muy simpática.

Patience seguía hablando, pero él no escuchaba. Al

menos, no sus palabras. Le gustaba el sonido de su voz, cómo movía las manos al hablar. Sus ojos reflejaban sus emociones y por lo que podía ver, se le daba fatal fingir lo que sentía.

Jamás lograría dedicarse a lo que hacía él, jamás podría infiltrarse y fingir por el bien de la misión. Era como un libro abierto.

Era tierna y dulce, y él quería perderse en su interior, aunque solo fuera por un par de horas. Solo poder estar cerca lo hacía feliz.

—... abrir en agosto —Patience se detuvo expectante.

—¿Será en fin de semana de festival? —preguntó habiendo escuchado lo suficiente para saber que seguían hablando de la tienda de Noelle.

—No lo he mirado, pero debería decírselo. Es una idea genial —le regaló una brillante sonrisa; tan brillante como para poder iluminar todo Fool's Gold durante una semana.

Se oyó un fuerte golpe arriba.

—¿Estás bien? —gritó Patience.

—Estoy bien, mamá. Pero se me ha caído un cajón de la cómoda.

—Es que los abre con demasiado entusiasmo —añadió Patience riéndose y levantándose—. Voy a ver qué hace.

—No hay problema.

—Ve pensando en lo que quieres hacer para la cena. Si te sientes lo suficientemente fuerte, cenaremos aquí abajo. Si no, disfrutaremos de una cena deliciosa en su habitación.

—La cocina me parece bien —dijo, sabiendo que si subían, no sería para cenar. Porque había llegado al punto en el que le resultaba imposible estar junto a ella y no desearla. Era un dilema que aún tenía pendiente.

—Probablemente sea lo mejor —contestó Patience al ir hacia las escaleras—. Creo que mi madre ha hecho sopa y podría resultar un poco complicado subirla en la bandeja.

Patience tardó casi una hora en vestir a Lillie, ondularle el pelo y despedirlas a ella y a su madre en la puerta. Una vez se hubieron alejado con el coche, volvió corriendo al salón.

—Lo siento —dijo deteniéndose delante de Justice—. Debes de estar hambriento. La sopa está lista. Solo tengo que calentar unas tortitas y servir la ensalada y estaremos listos.

Él se levantó despacio sin dejar de mirarla.

—La cena puede esperar.

—Pero son casi las seis. ¿Has almorzado tarde? ¿Tienes…?

Él bordeó la mesa de café y fue hacia ella. Cuando estuvo cerca, le rodeó la cara con las manos y la besó.

Sus labios la reclamaron con una sensual ternura que la dejó tanto débil como excitada. Le puso las manos sobre la cintura y la llevó hacia sí.

—No quiero hacerte daño —murmuró ella desesperada por aferrarse a él, pero consciente de que aún estaba recuperándose—. Te han disparado.

—No dejas de decir eso.

—Porque es verdad. Perdiste sangre y te desmayaste.

—Estaba cansado.

—No estabas cansado —posó los dedos sobre sus hombros y lo miró a los ojos—. ¿Seguro que puedes hacer esto?

No es que no le apeteciera, porque sí que le apetecía. Un simple beso y poder estar cerca de él ya le bastaba. Pero aunque por fuera parecía estar muy calmada, por dentro ya estaba sintiendo un intenso cosquilleo.

Le ardía la piel. Le dolían los pechos y sentía presión

en el vientre. La típica excitación, pensó. Aunque lo cierto era que Justice era el único hombre que podía excitarla sin ni siquiera intentarlo.

Él deslizó una mano desde su barbilla hasta su nuca y le hundió los dedos en el pelo para sujetarla antes de acercarse y besarla en la boca, en la barbilla y en la mandíbula. Las leves y ligeras caricias quedaron interrumpidas por unas suaves palabras.

—Me encantaría intentarlo —le susurró—, si no te importa estar encima.

Movió los labios contra los suyos y ella se retiró ligeramente.

—¿Encima, eh?

—Si no te importa.

Nunca había sido lanzada sexualmente y estaba un poco nerviosa por tener que llevar el control, pero se trataba de Justice y podía confiar en él. E igual de importante que eso era el hecho de que lo deseaba. Lo necesitaba.

Él clavó en ella su oscura mirada mientras Patience le agarraba la mano para llevarlo hacia las escaleras.

Subieron al segundo piso. La última vez que habían hecho el amor se había visto envuelta en una apresurada pasión y en un intenso calor. Esta vez ese deseo seguía amenazando con robarle el aire, pero era más consciente de lo que hacía.

Lo llevó a su dormitorio y cerró la puerta. Algo de luz aún entraba desde fuera. Echó las cortinas y volvió a su lado. Con cuidado le desabrochó la camisa y se la bajó por los hombros.

Su herida de bala aún estaba cubierta por un vendaje cuya gasa blanca hacía un marcado contraste con su piel bronceada.

—Has estado muy herido —murmuró—. Tengo mis dudas con respecto a esto.

—Yo no —le agarró la mano y la llevó hasta su erección. Estaba muy excitado.

Ella lo miró y vio fuego en sus ojos.

—Te deseo, Patience. Siempre te he deseado.

—¿Cómo voy a poder resistirme a esto? —le preguntó ella poniéndose de puntillas para besarlo.

Mientras sus bocas se movían a la par, deslizó las manos por sus brazos y él se acercó más a la vez que le introducía la lengua en la boca.

Con la primera caricia, ella sintió su sangre bullir y un deseo líquido la recorrió haciéndola temblar. Lo necesitaba, necesitaba estar desnuda delante de él, vulnerable. Quería entregárselo todo, conectar con él.

Retrocedió lo suficiente para poder desabrocharle el cinturón y los pantalones.

—¿Vas a tomas las riendas? —le preguntó Justice enarcando una ceja.

—¿Te supone algún problema?

—En absoluto.

Él se descalzó y se agachó para quitarse los calcetines. Patience le bajó la cremallera y los pantalones junto con los calzoncillos.

Estaba desnudo, excitado y masculino. Ella tomó su erección en la mano y lo acarició mientras él cerraba los ojos y se le entrecortaba la respiración.

Patience se quitó la camiseta, se descalzó y siguió despojándose de toda la ropa hasta quedar desnuda como él. Lo empujó suavemente hacia la cama.

—A lo mejor te quieres acomodar primero.

Él se rio.

—¿Entonces vamos a hacerlo así?

—Eso espero.

Él se tendió en el colchón dejándole espacio suficiente para tumbarse a su lado y cuando hizo intención de alzarse sobre un codo, ella lo empujó hacia la cama con delicadeza.

—No fuerces las cosas. Aún estás recuperándote —no pudo evitar sonreír—. Hoy soy yo la que hará lo que quiera.

—¿Te estás mofando o jactando?

—Las dos cosas.

Patience se sentó y contempló la situación intentando decidir qué hacer primero. Con un Justice totalmente desnudo en su cama las opciones eran tentadoras.

Se puso de rodillas y se agachó para besarlo al mismo tiempo que él alzó las manos para cubrir sus pechos. Una vez esas delicadas curvas hubieron encajado en sus palmas, utilizó los dedos índice y los pulgares para acariciarle los pezones.

El deseo salió disparado desde sus pechos hasta ese lugar entre sus piernas y la tensión de la excitación la hizo gemir. Lo besó con más intensidad y su melena cayó en cascada rozando el rostro y los hombros de Justice.

Él deslizó una mano desde uno de sus pechos hasta el interior de su muslo y la movió hasta que sus dedos llegaron a ese inflamado punto para explorarlo. Después, introdujo un dedo en ella antes de retirarlo de nuevo y deslizarlo muy lentamente por el otro muslo.

—¿Patience?

Ella abrió los ojos y lo encontró observándola. Antes de poder averiguar qué quería, él volvió a acariciarla trazando círculos y haciéndola gemir de placer.

Soltó una suave carcajada.

—Esto es casi la mejor parte. Verte disfrutar con lo que estoy haciendo.

—A mí también me gusta —le susurró ella encontrando difícil hablar cuando lo único que quería era centrarse en sus caricias.

Justice se movía con una seguridad que le permitió entregarse a la sensación que le generó. El ritmo constante de sus dedos contra su clítoris hizo que una espiral de calor la recorriera. Ella se mecía de adelante atrás, moviéndose con él a la vez que presionaba un poco hacia abajo y notaba que le costaba respirar.

El deseo aumentó según se acercaba al clímax. Se agachó y lo besó entrelazando su lengua con la de él. Justice hundió dos dedos en su interior y ejerció presión; los retiró y repitió la operación. Esta segunda vez, ella se perdió en el éxtasis y su cuerpo se estremeció. Sus músculos se relajaron y tensaron mientras sus ojos permanecían cerrados.

Cuando hubo terminado, se retiró y lo vio sonriendo.

—Me ha encantado —le dijo él.

—Deberías sentirlo desde este lado.

Se estiró para abrir su cajón de la mesilla de noche y sacó una caja de preservativos. Estaban recién comprados, lo cual la avergonzaba un poco, pero estaba decidida a actuar como una mujer madura y a responsabilizarse de su protección.

Él enarcó una ceja.

—Veo que no tengo que mandarte a mi habitación.

—No.

Le pasó uno y él se lo puso antes de sentarla a horcajadas. Lenta, muy lentamente, Patience se acomodó sobre su erección y se deslizó hacia él.

Justice la llenó por completo y ella gimió suavemente cuando unos nervios nuevamente excitados vibraron por todo su ser. Él tenía la respiración entrecortada y acarició sus pechos mientras ella empezaba a moverse.

Hicieron el amor con cuidado, el cuerpo de ella se deslizaba hacia el de él, moviéndose de arriba abajo. Justice se mecía con ella, arqueando las caderas y llevando el ritmo. Se miraron fijamente cuando ese ritmo aumentó y Patience notó cómo la tensión crecía, cómo podía sentir cada centímetro de Justice llenándola, llevándola más y más alto.

Él le acariciaba los pezones y los apretaba con delicadeza. Ella se movía más deprisa, deslizándose sobre su erección, tomándolo muy adentro, empujando con más fuerza cada vez, deseando más.

Se estaba acercando. Su respiración se aceleró hasta que ya solo pudo jadear y seguir moviéndose, hasta que ya no tuvo más opción que dejarse llevar.

Gritó al alcanzar el clímax y él se tensó bajo ella llevando las manos a sus caderas y sujetándola mientras empujaba su cuerpo hacia el de ella y gemía. Se quedaron quietos una vez las oleadas de placer los recorrieron y después la llevó hacia sí y la besó.

Capítulo 16

Justice cerró la puerta del almacén y se giró hacia Felicia.
—¿Estás segura? Aún estamos a tiempo de incluirte en los documentos.
Felicia sacudió la cabeza.
—No quiero ser parte de la empresa. Te agradezco la oferta, pero tengo que ponerle fin a esa parte de mi vida. Quiero encontrar un trabajo que me conecte con la comunidad. Quiero lo que tienes, una relación amorosa de verdad.
Justice se guardó las llaves en el bolsillo y fue hacia el coche. Tenía una cita con la abogada del vendedor en unos minutos y se las entregaría. Sin embargo, las llaves eran la menor de sus preocupaciones, pensó mirando a Felicia.
—¿De qué estás hablando?
—De tu relación con Patience —le respondió su amiga con un suspiro—. Has tenido relaciones con ella hace poco, o anoche o esta mañana. En las últimas veinticuatro horas. Teniendo en cuenta toda la gente que está viviendo en la casa, que fuera anoche es lo más probable desde el punto de vista logístico, aunque también podríais haberos quedado solos en mitad del día. Si los dos estáis arriba y Lillie y Ava están abajo... —su voz se apagó—. No me estabas preguntando por la logística, ¿verdad?

—No.

Felicia era un misterio. Todas las mujeres tenían secretos, pero esa mente suya era tanto una maravilla como una maldición.

—Quieres saber cómo sé lo del sexo.

—Tengo curiosidad —admitió él.

—Te mueves diferente —dijo observándolo—. Tienes una expresión de más satisfacción que antes. No estás tan tenso. Los cambios son sutiles y dudo que alguien más pudiera percatarse.

A nadie más se le pasaría por la cabeza siquiera.

—Lo sé —contestó ella con gesto taciturno—. Soy una rara.

—No es verdad —la abrazó, complacido de ver que el gesto apenas le causó dolor en su ya casi curado cuerpo—. Eres especial.

—No quiero ser especial, quiero ser normal. Aburrida incluso —apoyó la frente en su hombro—. Lo veo todo y eso no es divertido. Además, y lo digo por propia experiencia, ser inteligente no es garantía de felicidad —levantó la cabeza y lo miró—. Ojalá te hubieras enamorado de mí.

—No, no te gustaría.

—No, no me gustaría. Ojalá nos hubiéramos enamorado el uno del otro. Tú me aceptas.

—Encontrarás a alguien más que te acepte. ¿Qué me dices de Gideon?

—He estado evitándolo.

—¿Escondiéndote?

—Tengo una estrategia basada en la evasión.

—¿Y qué diferencia hay entre eso y esconderse?

—Algunas sutilezas que no puedo explicarle a tu intelecto corriente.

Él soltó una carcajada.

Era única, pensó. Su pasado era la razón de cómo era

hoy al igual que el pasado de él lo había moldeado. Y esa era una verdad que no podía obviar.

—Deja de evitar a Gideon.

—¿Por qué? Fue una sola noche en Tailandia. Que significara algo para mí emocionalmente no quiere decir que significara algo para él. El acto sexual despierta un aluvión de hormonas en la mujer. Biológicamente establecemos un vínculo con un hombre durante el acto sexual cuyo efecto aumenta con el orgasmo. Los hombres no tenéis el mismo proceso fisiológico. Para vosotros una conquista es un motivo para sentiros orgullosos, no un precursor para planear una relación a largo plazo.

Él no pudo evitar sonreír.

—Has pensado mucho en esto.

—Sí, he estado obsesionada con el tema. No me gusta obsesionarme, pero no puedo parar.

—Al final acabarás encontrándotelo.

—Estadísticamente, soy más que capaz de vivir en el mismo pueblo y no verlo durante al menos cinco coma cuatro meses.

—¿Tanto tiempo? —murmuró él sabiendo que era mejor no meterse con ella por el dato del cinco coma cuatro. Era muy precisa.

—Tengo hasta octubre. A menos que haya cometido un error en los cálculos.

—¿Y qué probabilidades hay de que eso haya pasado?

—Exacto.

Un Mercedes blanco entró en el aparcamiento y una mujer bajó de él. Tenía el pelo oscuro y llevaba un ceñido traje rojo. Sus tacones eran demasiado altos, su maquillaje demasiado intenso y miró a Justice con un brillo depredador.

—Trisha Wynn —dijo al acercarse—. Había oído que estabas como un tren.

Justice se fijó en las finas arrugas que rodeaban sus ojos y su boca y supuso que aunque podía pasar por alguien de unos cuarenta años, fácilmente podía rondar los sesenta.

—Justice Garrett. Y ella es mi amiga Felicia Swift.

La abogada miró a Felicia de arriba abajo antes de estrecharles la mano a los dos, aunque en el caso de Justice el saludo se prolongó algo más.

—Socios —dijo con satisfacción—. Muy bien.

Justice nunca antes se había sentido como una presa y no estaba seguro de que le gustara. Dio un paso atrás disimuladamente.

—Hemos terminado de rellenar la documentación para iniciar la negociación —dijo él.

Felicia sacó la carpeta de su bolso y se la pasó.

—Justice va a comprar la propiedad con otros dos socios. Ninguno de ellos está aquí, pero he adjuntado el poder notarial de los dos.

Trisha abrió la carpeta y enarcó las cejas.

—¿Ford Hendrix? Había oído rumores, pero no estaba segura de que fueran ciertos. Si no recuerdo mal, era un chico muy guapo. ¿Cuándo vuelve?

—Pronto —respondió Justice.

—Está preocupado por reunirse con su familia —dijo Felicia—. La intensidad de los vínculos familiares puede ser complicada cuando uno pasa de estar en el ejército a volver a la vida civil.

Trisha la miró asombrada y después volvió a centrar la atención en Justice.

—¿Quién es el tercer hombre? Angel Whittaker. Suena de maravilla.

—No creo que pudiera con él, señora.

Trisha hizo un gesto de desprecio.

—En primer lugar, no me llames «señora». En segundo lugar, podría con él si quisiera. Te tendría suplicando en quince minutos, pero hoy mi asistente tiene el día libre y debo volver a la oficina. Aun así... —lo miró de arriba abajo—. Puede que merezca la pena.

Justice se mantuvo firme y no dijo ni una palabra.

—Estudiaré vuestra oferta y os llamaré hoy a última hora.

Sonrió una vez más y volvió a su coche. Justice soltó el aire que no sabía que había estado conteniendo.

—Ha sido impresionante —dijo Felicia mientras Trisha se alejaba—. Quiero ser como ella.

—No, no quieras eso.

—No me refiero a esa actitud tan exageradamente agresiva. Aunque estoy segura de que es una mujer muy fogosa, me parece más un mecanismo de defensa. Me refería a querer ser igual en lo del flirteo y en el coche.

—¿Quieres un Mercedes?

—Quiero un coche que diga quién soy.

—Pues entonces cómprate un Smart.

Ella elevó los ojos al cielo.

—Ya sabes a qué me refiero. Tiene estilo.

Lo que tenía era mucho descaro, pensó Justice diciéndose que se aseguraría de no ir nunca solo a una reunión con Trisha. Aunque no dudaba de sus habilidades para protegerse de la mujer, no quería verse metido en una situación incómoda.

Felicia miró sus vaqueros y su blusa amarilla clara.

—¿Necesito un cambio de imagen?

Él levantó las manos.

—No pienso meterme en eso.

—Tienes razón. Tengo que hablar con una mujer. A lo mejor con Patience. Es muy simpática.

Por fin un tema de conversación con el que se sentía cómodo.

—Sí, sí que lo es.

—¿Crees que está enamorada de ti?

La actitud relajada de Justice desapareció al instante.

—¿Por qué lo preguntas?

—Es una pregunta muy razonable. Habéis estado pasando tiempo juntos. Sois compañeros sexuales y te alojas en su casa. Está claro que te importa y que ella debe de sentir lo mismo. Después de todo, te ha confiado a su hija. Para una madre divorciada, eso tiene un significado emocional mucho mayor que invitarte a su cama.

¿Patience enamorada de él? No se había planteado esa posibilidad. No, no lo estaba, se dijo. Eran amigos y había química, pero nada más...

¿Qué? ¿Es que algo más era incuestionable? ¿Por qué iba a pensar eso Patience? No lo conocía lo suficiente como para saber lo herido que estaba y ella no era de las mujeres que confiaban con facilidad.

—Por tu cara puedo ver que no te habías planteado que las cosas pudieran ir más allá de lo que habías pensado.

—¿Es que te ha dicho algo?

—No, pero tampoco somos tan amigas. Dudo que fuera a confesarme sus sentimientos a mí. Además, sabe que tú y yo somos amigos y le preocuparía mi lealtad hacia ti. La amistad entre mujeres se basa más en las emociones que en los hechos.

Justice miró a su alrededor, como buscando escapatoria.

—Me importa —admitió—. Mucho. Es especial, dulce y divertida. Lillie es genial y Ava es más fuerte que cualquier soldado que conozco.

—¿Pero?

Se giró hacia Felicia.

—Me conoces probablemente mejor que nadie. ¿Tienes que preguntar por qué sería un error?

—Sí.

Él se dio la vuelta y fue hacia el coche. Felicia le puso una mano en el brazo.

—Tu padre está muerto, Justice. No eres él. Te has labrado tu propio camino. Si fueras a convertirte en un Bart Hanson, eso ya habría sucedido.

La miró.

—He matado. He sido francotirador. Nadie vino a buscarme, Felicia. Me alisté de manera voluntaria. Sabes lo que era Bart, ¿cómo es posible que sabiendo lo que he hecho por voluntad propia no digas que soy igual que él? La única diferencia es que yo estoy del lado de la ley.

—Exacto. Tú respetas las normas de la sociedad. Entiendes que se logran más cosas en comunidad que como individuos únicos. Todos tenemos un lado oscuro y la vida se basa en el equilibrio. Eso no te convierte en tu padre.

—¿Lo sabes con seguridad? —le preguntó con amargura.

—Sí. Lo sé de manera empírica y lo creo en lo más profundo de mi corazón. Tengo fe en ti. Eres el único que piensa lo contrario —le soltó el brazo, pero su mirada cargada de afecto y cariño lo mantuvo donde estaba—. Has venido buscándola —añadió con tono suave—. Si no confías en ti mismo, al menos confía en ella.

Seis meses atrás le habría dicho que se equivocaba, pero ahora ya no estaba tan seguro. Felicia tenía razón sobre lo de Patience.

—A lo mejor debería volver a la universidad —dijo Felicia sujetando su *latte* entre las manos.

—¿Es que hay algún título que no tengas? —le preguntó Patience.

Estaban sentadas en el Brew-haha. El local estaba tranquilo, al menos de momento. Patience miró el reloj de la pared. La tregua de media mañana daría paso a la hora punta del mediodía, pero por el momento había solo unos pocos clientes.

—Estaba pensando en sacarme algún título como maestra. Me gustan los niños —se encogió de hombros—. Pero no sé si se me darán bien. ¿Crees que podría ejercer como voluntaria en la escuela para saberlo?

—No tienes mucho tiempo. Las clases terminan en unos días.

—Oh —sus verdes ojos se entristecieron—. Es verdad. El verano es tradicionalmente el momento de las vacaciones largas. Cuando vivía en la universidad, trabajaba todo el año, así que no le prestaba mucha atención a cosas como los descansos y las vacaciones —frunció el ceño—. Claro que eso explicaría por qué de pronto había menos gente en el laboratorio.

Patience se alegraba de que Felicia y ella se hubieran hecho amigas, pero tenía que admitir que era una mujer bastante rara. No en plan de dar miedo, pero sí diferente. Siempre había dado por hecho que ser inteligente era una ventaja, pero Felicia demostraba el cliché de que demasiado podía ser excesivo.

—¿No vas a ayudar a Justice y a sus amigos a poner en marcha la academia?

—Solo voy a ayudarlos a organizar el espacio y después a prepararles los libros de cuentas y a diseñarles un programa.

«Solo», pensó Patience recordando lo mucho que había trabajado para abrir su local.

—¿Algo que podrías hacer en un fin de semana?

—Probablemente. El trabajo físico llevaría más tiempo, pero eso pueden hacerlo los chicos —le dio un trago al café.

—¿Y qué me dices de la facultad de Medicina?

—También he pensado en ello, pero la cuestión es que no se me da muy bien el trato con la gente —logró esbozar una ligera sonrisa—. Puede que lo hayas notado.

—Tienes un estilo distinto —le respondió con mucha

diplomacia—. ¿Te preocupa que no pudieras relacionarte con tus pacientes?

—En gran parte, sí. Imagino que empezaría hablando de su enfermedad y que después les haría un diagrama técnico sin darme cuenta. Al final de la conversación o se habrían desmayado o habrían salido corriendo de la consulta. Ojalá me pareciera más a ti.

A Patience casi se le cayó el café.

—¿A mí? ¿Pero cómo puedes decir eso? Ni siquiera he estudiado fuera del pueblo. Fui a la escuela de estética y a clases nocturnas.

—En la vida no todo es formarse académicamente, sino establecer vínculos. Conexiones. Tienes una hija maravillosa y estás muy unida a tu madre, tanto que compartís casa. Mis padres estaban deseando librarse de mí y nunca he sido capaz de hacer amigos, y menos aún amigas. Mis habilidades sociales han mejorado, pero... —abrió la mano en un gesto de impotencia.

Si Felicia hubiera sido de otro modo, Patience se habría metido con ella por ser tan guapa, pero podía sentir su dolor y quería ayudarla.

Sin embargo, antes de poder decir nada, la puerta se abrió y un hombre y una mujer entraron en la cafetería. Tendrían treinta y pocos años. La mujer estaban muy pálida y tenía el pelo corto y castaño y unos grandes ojos azules. Estaba delgada y caminaba de forma peculiar, despacio y con paso inestable. El hombre no era mucho más alto que ella, pero tenía el torso ancho y parecía fuerte. Se acercaron al mostrador.

—¿Qué quieres? —le preguntó el hombre a la mujer.

Aunque la pregunta sonó normal, el tono no tanto. Captó cierta malicia.

—¿Un *latte*?

—Oh, claro, mi mujer siempre quiere lo más caro de la carta. Pues te vas a tomar un café normal.

La mujer se sonrojó y agachó la cabeza. Madeline, la veinteañera que hacía el turno de mañana, los miró.

—¿Va todo bien?

—Toda va muy bien —respondió bruscamente el hombre—. Tomará un café pequeño y yo un moca —le dio un empujón a su esposa—. Saca el dinero y paga.

La mujer temblaba mientras buscaba su monedero. La manga de la camisa suelta que llevaba se volvió exponiendo un enorme moretón negro.

A Patience se le encogió el estómago al contener las náuseas. No hacía falta ser un profesional entrenado para saber lo que pasaba ahí. Se levantó y se detuvo al darse cuenta de que no sabía qué hacer ni qué decir. Si el hombre estaba maltratando a su mujer, debería decir algo, pero ¿qué?

Antes de poder encontrar la solución, Felicia se levantó y se acercó a la pareja.

—Hola —dijo deteniéndose junto al hombre.

Él se giró, la miró de arriba abajo y le lanzó una obscena sonrisa.

—Vaya, eres una preciosidad.

—Y tú eres un bastardo —le agarró la muñeca y se la giró.

Patience no podía ver exactamente lo que estaba haciendo, pero de pronto el hombre estaba arrodillándose y gritando.

—Y lo de bastardo lo empleo de forma coloquial. Me es imposible saber si tus padres estaban casados o no.

—¡Suéltame! ¡Que alguien llame a la poli!

La mujer dio un paso atrás y miró a su alrededor desesperadamente. Patience no estaba segura de si buscaba ayuda o una oportunidad de escapar.

—Es tu mujer —le dijo Felicia—. Debería ser la persona más importante para ti en el mundo. Tienes que tratarla con respeto y cariño.

—Es mía y hago lo que quiera con ella.

Felicia le retorció el brazo un poco más y miró a Patience.

—¿Sabes que las articulaciones del hombro se sueltan fácilmente? Es una lesión muy común en el deporte. Con la inclinación adecuada, se sale de golpe —se acercó más al hombre—. ¿Quieres que te lo demuestre?

—¿Quién diablos eres?

Patience se acercó a la mujer.

—Hola —le dijo con voz suave—. ¿Necesitas ayuda?

La mujer la miró con los ojos abiertos de par en par.

—No pasa nada —murmuró Patience—. Aquí estás a salvo.

La mujer se quedó mirando a Patience un rato y después se quitó la camisa. Llevaba una camiseta de tirantes debajo, pero lo más impresionante fueron todos los cardenales que le recorrían los brazos y los hombros.

—Quiero ayuda —dijo sin mirar a su marido.

—¡Maldita seas, Helen! —le gritó él—. Te haré pagar por esto, perra.

—Estás resistiéndote —le dijo Felicia con tono despreocupado—. No voy a poder sujetarte si no...

Se oyó un fuerte *pop* y el hombre empezó a gritar.

—¡Vaya! Parece que se le ha dislocado el hombro.

Patience condujo a Helen a la calle, donde los gritos se oían menos. Sacó el móvil de los vaqueros y marcó uno de sus contactos.

—¿Charlie? Soy Patience —le explicó lo que había pasado tan rápidamente como pudo.

—Ahora mismo voy.

Los pocos clientes que había en la cafetería salieron corriendo y unos segundos más tarde los gritos cesaron y Madeline salió.

—Felicia le ha recolocado el hombro. Está sudando y llorando y creo que se ha hecho pis encima. ¿Tengo que limpiarlo yo?

Patience seguía junto a Helen.

—Yo me ocupo luego.

Helen seguía temblando, pero no se apartó del lado de Patience. Menos de un minuto después, Charlie llegó en su camioneta y se bajó un poco antes de que el motor hubiera dejado de rugir.

Se acercó a la mujer.

—¿Estás bien?

Helen asintió.

—¿Tienes lesiones internas?

—Creo que no.

—¿Hijos?

Los ojos se le llenaron de lágrimas al responder:

—Estuve embarazada una vez, pero me pegó tanto que aborté.

—¿Por qué no lo abandonaste?

Patience se estremeció. Sabía que la pregunta de Charlie era fruto de su frustración, pero por lo poco que sabía de las mujeres maltratadas, no era el momento de hablar de eso.

Sin embargo, Helen la sorprendió levantando la cabeza y poniéndose derecha.

—Lo hice. Dos veces. Pero después amenazó a mi madre. Cuando murió hace casi cuatro meses, hice mi maleta, pero él me mandó directa al hospital. Se lo conté al médico y él me respondió que fuera una buena esposa y volviera a casa.

Se giró hacia el local.

—Sam sabe convencer a la gente para que crean que él no es el problema. Que soy yo.

—No en este pueblo —le dijo Charlie.

Dos coches de policía pararon en la acera con una ambulancia justo detrás. La alcaldesa Marsha echó a correr hacia ellas.

—Ya me he enterado —dijo sonriendo a Helen—. Hola,

hija. Si quieres alejarte de este hombre, podemos ayudarte. Conozco una casa segura en otro pueblo. Nunca te encontrará. Pero tienes que querer hacerlo.

Helen miró a la alcaldesa.

—Quiero dejarlo. Quiero romper el ciclo. Juro que no volveré. Lo juro.

En cuestión de minutos, Helen desapareció de allí en un coche de policía. La jefa Barns llegó en ese momento y bajó.

—Ya me he enterado —dijo a modo de saludo—. ¿De verdad Felicia le ha dislocado el hombro y se lo ha vuelto a colocar?

Patience se mordió el labio sabiendo que tenía que decir la verdad, pero sin querer meter a su amiga en líos.

—Yo... eh...

La jefa Barns sonrió.

—Impresionante. Voy a tener que redactar un informe. Me pregunto si un hombre puede resbalar y dislocarse un hombro. Felicia ha sido una gran vecina al colocárselo en su sitio. Tendré que darle vueltas para ver cómo lo redacto.

Entró en el local.

En menos de media hora casi todo el mundo se había ido. A Sam se lo habían llevado al hospital y la jefa de policía le había tomado declaración a Felicia, que había insistido en decir la verdad, aunque Patience tenía la sensación de que el informe final reflejaría algo muy distinto.

—Lo arrestarán —dijo Charlie junto a su camioneta—. Pero lo más importante es que Helen quiere alejarse de él y puede hacerlo. La alcaldesa Marsha conoce a gente que puede hacer que una mujer maltratada desaparezca y comience una nueva vida. Recibirá asesoramiento y terapia y la ayudarán a encontrar un trabajo y una casa. Es su oportunidad de escapar. Esperemos que la aproveche.

—Gracias por tu ayuda —le dijo Patience.

—Encantada —Charlie miró a Felicia—. Eres de las mías. Me alegra que hayas decidido quedarte aquí.

Se metió en su camioneta y se marchó.

Patience miró a Felicia.

—¿Dónde has aprendido a hacer eso?

—Hice las mismas prácticas físicas que los chicos, aunque no había tenido oportunidad de ponerlas en práctica hasta ahora.

Patience la abrazó.

—Has estado genial. No sabía qué hacer. Sentía que no podía involucrarme, pero tú le has dado un buen escarmiento a ese tipo.

—Odio a esos matones acosadores. Era un cretino —se le iluminó la cara—. Me pregunto si me denunciará.

—Eso significaría admitir que una chica lo ha pegado —la agarró del brazo y la llevó adentro—. Y que quede claro, se te da muy bien la gente. Solo para que lo sepas.

—¿Podemos poner flores en las cintas? —preguntó Lillie.

Justice miró a Steve, que alzó las dos manos.

—No soy el experto —respondió el hombre.

Justice tampoco lo era, pero sí que se le daba bien resolver problemas. Dio un paso atrás y miró la bici. Al día siguiente se celebraría el Festival de la Primavera, otra de las tradiciones de Fool's Gold. Los niños montaban en bici e iban en carrozas decoradas con flores, cintas y lazos. El festival se celebraba el Día de la Madre para que los padres fueran los encargados de hacer todo el trabajo y las madres se limitaran a mirar y disfrutar. Ya que Lillie no tenía padre, Steve y él se habían ofrecido voluntarios para ayudarla a decorar su bici.

Con la ayuda de pegamento y unos cierres, había cintas de color pastel colgando del manillar. También habían colocado un gran ramo de flores de seda en la cesta y ahora la pregunta era cómo hacer una guirnalda que pudieran colar por los radios de las ruedas.

Lillie estaba sentada en el césped con las piernas cruzadas junto al camino de entrada mientras Steve metía finas tiras de plástico entre los radios.

—Podríamos pegar las flores en esto cuando estén fijos —dijo.

Lillie asintió.

—Estaría genial.

Justice la observó. No estaba tan feliz como de costumbre.

—¿Qué te pasa? —le preguntó esperando que se sintiera bien.

Ella miró a Steve.

—Eres el padre de mi padre.

Steve se quedó paralizado y asintió.

—¿Te caía bien cuando era pequeño?

Justice se sentó a su lado en el césped sabiendo que no era la pregunta que había querido hacerle. Lo que quería saber de verdad era por qué su padre no la había querido a ella lo suficiente como para quedarse a su lado.

—No estuve con él, Lillie. Me marché cuando era pequeño.

—¿Y por qué te marchaste?

—Porque creía que el trabajo era más importante. Porque no era lo suficientemente maduro ni para comprender lo que estaba perdiendo ni para arreglar las cosas con su madre. Lamento lo que hice, pero no puedo cambiarlo. Cuando me marché, le di a Ned una lección muy mala. Que no pasa nada por abandonar a tus hijos.

—¿Y sí que pasa?

—Sí.

Justice la rodeó con su brazo y ella se apoyó en él mientras observaba a Steve.

—No lo entiendo. ¿Cómo pudiste irte?

En efecto, ¿cómo había podido hacerlo?

Steve se dio la vuelta, pero no antes de que Justice hubiera visto lágrimas en sus ojos.

Justice la besó en la cabeza.

—¿Tú vas a clases de baile, verdad?

—Sí, pero ¿qué tiene eso que ver?

—Algunas de las otras alumnas son mejores que tú y otras peores, ¿verdad?

—Ajá.

—Las que son mejores pueden hacer cosas que tú aún no sabes hacer.

—Pueden hacer muchas cosas que yo no sé hacer. Me asusta ponerme de puntillas. Me va a doler.

—Hay personas a las que se les dan mejor las relaciones que a otros. Algunas personas tienen una habilidad natural, como bailar, y otras han sufrido en la vida y temen intentarlo. Tu padre se sentía dolido con tu abuelo. Aunque no es una excusa —añadió rápidamente, sabiendo que le estaba dando a Ned una justificación que no se merecía.

—Tiene razón —dijo Steve—. Mi padre fue un... —se detuvo y tragó saliva—. Mi padre no era muy buen tipo tampoco. Así que yo nunca supe lo que era un padre. Dejé a mi hijo y mi hijo te dejó a ti.

—¿Y yo voy a ser así también? —preguntó Lillie algo preocupada.

—No —respondió Justice abrazándola con fuerza—. Serás como tu madre porque eso es lo que has aprendido. Serás cariñosa y amable y siempre estarás a su lado.

Lillie pensó en ello.

—Preferiría ser como mamá que como mi padre.

—Tu padre se marchó por mí y por quién es, no por ti. Se está perdiendo una hija maravillosa y sé que algún día se lamentará, igual que yo lamento lo que hice. Pero estoy muy agradecido de haber tenido la oportunidad de conocerte.

—Yo también —añadió Justice.

Lillie lo abrazó, se levantó y corrió hacia su abuelo abalanzándose sobre él para abrazarlo.

Justice permaneció donde estaba, como formando parte de lo sucedido, pero al margen igualmente.

Eso era algo que siempre recordaría. La cálida mañana de primavera, el cielo azul y luminoso y la bici a medio decorar. Pero sobre todo recordaría a la preciosa niña que había entregado su corazón con tanta facilidad sin pedir nada a cambio. Ned era un cretino y le había hecho daño a su hija, pero Justice había recibido la oportunidad de formar parte de su vida.

¿Estaba dispuesto a dejar el pasado atrás y seguir adelante? ¿Algún día estaría en paz con su padre, o debería aceptar que los fantasmas formaban parte de él? ¿Debería aceptarlo e ir a por eso que era lo más valioso y preciado?

Capítulo 17

—¡Vamos! —le dijo Ava a su hija—. Tienes que ver el desfile. Ayer Lillie tuvo a los pobres de Steve y Justice trabajando horas con su bicicleta. Tienes que mostrarte impresionada.

Patience se rio.

—Prometo que lo haré —había visto los restos de su proyecto de «arte» desperdigados por el césped. Trocitos de flores y lazos retorcidos—. Nunca me había imaginado a Justice colaborando en tareas domésticas.

—Pues Steve dice que se le dio muy bien la pistola de silicona —los ojos de su madre centellearon—. Una cualidad excelente en un hombre.

Patience sabía que no necesitaba ayuda para enamorarse de Justice.

Solo pensar en él era suficiente para que el corazón se le acelerara. Había empezado decidida a tener cuidado, y eso la había llevado exactamente hasta donde estaba ahora. Con el tiempo había aprendido que estar a su lado la hacía sentirse segura y que, a la vez, se sentía más fuerte en su presencia.

Felicia entró en la cafetería.

—¿Qué estáis haciendo aquí? El desfile está a punto de empezar.

—Yo ya me marchaba —dijo Patience—. Lillie sale montando en bici y quiero verlo.

Felicia miró a Ava.

—Es tu nieta, deberías ir también.

—Allí estaré. Vamos a cerrar para el desfile. Steve me está reservando un asiento junto al parque de bomberos.

Felicia sacudió la cabeza, se acercó a Patience y le quitó el delantal.

—¿Qué estás haciendo? —le preguntó ella entre carcajadas.

—Ocupando tu puesto. Venga, marchaos. Yo tendré abierto hasta que empiece el desfile y después cerraré.

Patience se vio tentada; no había clientes y así seguiría la cosa hasta que terminara el desfile.

—No quiero aprovecharme de ti.

—No me importa, así que no es que te estés aprovechando tampoco.

Ava la miró.

—¿Sabes cómo utilizar los electrodomésticos?

Felicia sonrió.

—Creo que podré averiguarlo. Se me dan bien las máquinas.

—He oído que también se te dan bien los hombros de los hombres —dijo Ava quitándose el delantal—. A mí no vas a tener que hacerme la oferta dos veces —agarró a Patience de la mano–. ¡Venga! Las dos tenemos a unos hombres muy guapos esperándonos. Seríamos tontas de llegar tarde.

Patience asintió hacia Felicia.

—Gracias. Estaré justo delante guardándote un sitio.

—Allí estaré.

Patience y su madre salieron a la calle. Ya había tres filas de personas en algunos puntos y la zona justo delante del Brew-haha se había acordonado para que Patience pudiera ver a Lillie pasar.

—¿Te he dicho que Lillie no me ha dejado ver su bici esta mañana? Quiere que sea una sorpresa.

—Seguro que Justice y Steve la han ayudado a hacer un trabajo maravilloso.

Patience vio ilusión en la mirada de su madre mientras buscaba entre la multitud.

—Me ha dicho que estaría en una esquina junto al parque de bomberos. ¡Ah, allí está!

Patience le agarró el brazo.

—Mamá, estoy muy feliz por ti.

Ava se giró hacia ella.

—Gracias. Yo también estoy feliz.

—Steve es un buen tipo y llevabas mucho tiempo esperando a que apareciera uno así —vaciló—. Me alegra que le dejaras conocerte y me alegra que esté en la vida de Lillie.

—Gracias por decirlo. Steve cometió muchos errores, no estoy diciendo lo contrario, pero ha aprendido. Y creo que ahora quiere ser distinto.

—Ya lo es.

Se abrazaron y después Ava se excusó. En ese momento, Isabel se acercó con un par de galletas en la mano y le dio una.

—Pepitas de chocolate —le dijo y le dio un mordisco a la suya.

Patience inhaló el dulce aroma a chocolate y sintió la calidez a través de la servilleta.

—¿Están recién sacadas del horno?

Isabel asintió mientras masticaba.

—De allí —señaló hacia el parque abarrotado donde docenas de vendedores habían montado sus puestos—. Es imposible caminar por allí con toda la gente que hay comprando comida, pero merece la pena. Este pueblo merece la pena —añadió sacudiendo la cabeza.

—¿Qué?

—Es horrible. Te absorbe con su encanto. Aquí todo es agradable y te dan cariño, como si quisieran que te quedaras.

Patience se rio.

—¿Preferirías un pueblo hostil?

—No, pero no quiero que me guste este sitio.

—Porque no te quieres quedar.

—Eso es. Pero la gente para por la tienda de novias para saludarme y me hacen sentir bien recibida.

—¡Serán capullos!

Isabel se rio.

—Te entiendo. No debería quejarme de que me guste el lugar donde vivo, pero quiero dejar claro que por muy buenas que estén las galletas, no me voy a quedar.

—Pues es una pena. Me gustaría que te quedaras.

Isabel suspiró.

—A mí también me gustaría esa parte, sería divertido salir a almorzar y estar juntas, pero tengo un plan y no lo voy a llevar a cabo aquí.

Patience sonrió.

—¿Ni siquiera por Ford Hendrix?

Isabel puso los ojos en blanco.

—Aquello pasó hace quince años. Ya lo he olvidado por completo.

—Eso lo dices ahora, pero no lo has visto. ¿Y si hay química?

—No la habrá. Ha pasado demasiado tiempo. Hemos cambiado.

Patience no dijo nada, pero estaba segura de que no sería así. Ella no había visto a Justice en quince años y aun así había surgido mucha química entre los dos.

Noelle se acercó con un plato enorme de helado.

—Jamás pensé que diría esto en voz alta, pero ¡oh, Dios mío! ¿Habéis probado el helado? Es lo más delicioso que he comido nunca.

—De eso nada —contestó Isabel—. Las galletas están espectaculares.

—Sí, seguro —dijo Noelle acercándole una cuchara repleta de helado.

Isabel partió un trozo de galleta y se la dio. Cada una probó lo que le dio la otra y ambas gimieron.

—¡Está mejor! —dijo Isabel señalando al helado—. No pensé que fuera posible, pero lo es.

—No, tu galleta está mejor —le respondió Noelle.

Se quedaron mirando un segundo y al momento se intercambiaron la comida.

—¡Genial! —exclamó Isabel hundiendo la cucharilla en el helado.

—Las dos sois muy raras —les dijo Patience—. Y rubias. Y como castaña natural, me siento ofendida por eso.

—Puede que ella sea rubia natural —observó Isabel—, pero yo pago para tener este color. Estaba pensando en ponérmelo rojo, pero entonces vi a Felicia y, sinceramente, es demasiado guapa. No quiero competir.

Noelle sonrió con petulancia.

—Yo soy rubia natural. Mi abuela y mi madre también lo eran.

—Y eres preciosa —añadió Isabel con un suspiro—. ¿Por qué me caes bien?

Patience se rio.

—¿Participa Lillie en el desfile? —preguntó Isabel.

—Sí, lleva toda la bici decorada. Va con unas amigas. Al parecer han estado ensayando un número.

Isabel se terminó el helado.

—Tener niños era una de las cosas que estaba deseando del matrimonio —miró a Noelle y añadió—: ¿Sabías que estoy recién divorciada?

—No. Lo siento.

—Son cosas que pasan. Ojalá pudiera decir que lo odio, pero no es así. Seguimos siendo amigos. Nos llevamos muy bien, lo cual es indicación de lo mal que estaba nuestra situación amorosa.

—Eso es mejor que la alternativa —dijo Noelle—. Romper nunca es fácil.

Por cómo lo dijo, Patience se preguntó por el pasado de su nueva amiga, aunque un desfile en plena calle no era lugar para entablar esa conversación.

—Chicas.

Se giró y vio a Justice a su lado. La rodeó con el brazo.

—Hola —le susurró.

Sentir su cuerpo contra el suyo le generó una calidez y un cosquilleo que la recorrieron de arriba abajo. Solo con estar a su lado se le alegraba el día. Estaba coladita por él, pensó aceptando lo inevitable. Se había enamorado absolutamente. Sí, tal vez fuera una tontería, pero estaba hecho.

—Hola —respondió sonriéndole y, girándose hacia sus amigas, añadió—: ¿Conocéis a Justice? ¿Conoces a Isabel y a Noelle?

—Claro. ¿Estáis disfrutando del festival? —les preguntó él.

—De todo —contestó Noelle.

—¿Te acuerdas de que había quedado con alguien?

—Sí —respondió Patience—. Vale, pero asegúrate de que ves a Lillie en el desfile. Si no, se va a enfadar mucho.

—Y no sería la única. Estoy deseando verla —la besó en la frente y al mirar tras ella añadió—: Angel ha llegado. ¿Nos vemos luego?

Patience asintió.

Justice se estaba alojando en su casa y, como ya se encontraba tan bien, se estaban quedando sin excusas para que siguiera allí, pero lo cierto era que no quería que se marchara. Cuando todos se iban a dormir, él solía colarse en su habitación y hacían el amor. Todo lo que suponía estar con él era perfecto, pensó como en una ensoñación mientras él cruzaba hacia el otro lado de la calle.

—Está bien —apuntó Isabel—. La combinación perfecta de tipo duro y dulce.
—Lo sé —respondió Patience con un suspiro—. Es un sueño.
Sus amigas se rieron.
—¿Con quién ha quedado? —preguntó Noelle.
—Yo también quiero saberlo —dijo Isabel—. ¿Y ese Angel es hombre o mujer?
—Hombre. Uno de sus socios, además de Ford.
Isabel tiró el recipiente del helado en la papelera situada a la entrada del Brew-haha.
—No empieces.
—¿Quién es Ford? —preguntó Noelle—. Jamás voy a poder aprenderme todos los nombres.
—Ford vivía aquí e Isabel estaba locamente enamorada de él.
—Tenía catorce años, ya lo superé —farfulló Isabel.
—Cuéntale lo de las cartas —bromeó Patience.
—Hay... —Noelle se quedó con la boca abierta—. ¡Madre mía!
Las otras dos se giraron y vieron a Justice al lado de un hombre alto con el pelo oscuro. Tenía los ojos de un tono gris claro y una cicatriz en el cuello.
Isabel dio un paso atrás.
—¿Es de verdad? Parece como si alguien hubiera intentado rajarle el cuello —tembló—. Da miedo.
Patience no pudo más que asentir. Se había imaginado que Angel tendría un aspecto algo más... angelical.
—Estoy de acuerdo —dijo Noelle—. Tiene una presencia demasiado oscura para mi gusto.
—Por dentro podría ser un gatito —dijo Isabel—, pero parece un asesino loco.
—¿A que ninguna de las dos quiere que la emparejemos con él? —preguntó Patience con una sonrisa.
—No soy lo suficientemente valiente ni por asomo —

admitió Isabel—. Me pregunto qué clase de mujer estaría dispuesta a salir con él.

—Una pregunta interesante —dijo Noelle relamiéndose el chocolate del dedo—. Porque sabéis que tanta intensidad tiene que significar que es genial en la cama.

—¿Qué demonios es esto? —preguntó Angel al estrechar la mano de Justice—. A este pueblo lo único que le falta son los Munchkins de *El mago de Oz* y un hada metida en una burbuja.

—¿No te gusta Fool's Gold?

Angel sonrió a su amigo.

—No he dicho eso. Me puedo acostumbrar a las cosas pueblerinas, igual que tú.

—Pues entonces te va a gustar estar aquí. ¿Qué tal tu viaje?

Angel lo miró.

—¿Y después me vas a preguntar por el tiempo?

Justice se rio.

—Lo siento. Me estoy acostumbrando a estar cerca de gente normal. Tú tendrás que hacer lo mismo.

—Siempre he podido mezclarme bien —miró a la multitud—. ¿De qué es el desfile?

—Algo sobre el Día de la Madre. El Festival de Primavera, creo. Lillie participa. Tiene diez años.

—Deja que adivine —le dijo Angel con su típico gesto de astucia—. Su madre es una de esas tres mujeres que hay al otro lado de la calle. Las que están haciendo como si no estuvieran mirándonos.

—Eso es.

Angel se giró completamente e inmediatamente empezaron a hablar exageradamente entre ellas, como si ni siquiera lo hubieran visto.

—La morena.

—¿Cómo lo sabes?
—Te está mirando a ti, no a mí. Si fuera un hombre menos cínico, diría que está enamorada de ti —enarcó las cejas—. ¿Cómo has dejado que pase?
—No tengo ni idea.

Justice esperaba sentir la sensación de estar atrapado, la necesidad de salir corriendo, pero nada de eso estaba allí. Aún no sabía si podría ser lo que Patience necesitaba, pero estaba dispuesto a admitir que su amor podría curar con creces cualquiera de sus heridas. Tal vez estaba mal por su parte o era egoísta, pero si Patience sentía algo por él, entonces sería porque no era tan malo.

Angel miró a su alrededor y maldijo en voz baja.
—Tenemos que quedarnos al desfile, ¿verdad?
—He ayudado a Lillie a decorar su bici.
—¿Y no podríamos haber quedado dentro de una hora?

Justice le dio una palmada en la espalda.
—Te vendrá bien.

Angel se metió las manos en los bolsillos.
—¿Podemos, al menos, hablar de negocios mientras esperamos?
—Claro. ¿Qué quieres saber?
—Por qué me has arrastrado hasta aquí cuando me iba muy bien donde estaba.

Justice no se dejaba intimidar por la actitud de Angel.
—Si tanto te gustaba aquello, ¿por qué accediste a venir?
—¡Y yo qué sé!

En la distancia oyeron una música.
—¿Hay una banda? —preguntó incrédulo.
—Probablemente.

Angel sacudió la cabeza.
—He encontrado una propiedad, un almacén con mucho terreno alrededor. Estaríamos en una zona arbolada

que es ideal para la pista de obstáculos. Y también estoy mirando para alquilar un acre en las montañas por si queremos hacer prácticas de supervivencia.

—Estamos en California —farfulló Angel—. ¿Quién iba a necesitar entrenamientos de supervivencia?

—Las montañas son accidentadas.

—Sí, pero ahí nadie va a intentar matarte.

Justice sonrió.

—Entiendes que vamos a trabajar entrenando a guardaespaldas y trabajando con empresas en actividades de incentivo para grupos, ¿verdad? No vamos a derrocar al gobierno.

Angel estrechó ligeramente sus ojos grises.

—Tengo el concepto claro.

—Solo quería asegurarme.

El sonido de la música aumentó cuando la banda del instituto de Fool's Gold dobló la esquina.

Eran muy pequeños, pensó al ver a los niños moviéndose en formación. Qué inocentes. Ahora les preocupaban cosas como las notas y el baile de fin de curso. Los envidiaba por tener unas vidas normales. Había sabido que Bart Hanson no era como los demás padres cuando cumplió siete años. En su décimo cumpleaños, ya sabía que a diferencia de los criminales de la tele, a los de verdad nunca los atrapaban.

Detrás de la banda iba un grupo de hombres tirando de niños pequeños en unos carros. Estos estaban decorados con flores y lazos y los pequeños vestidos con sus mejores galas. A su alrededor las mujeres suspiraban y gritaban saludando a sus familiares.

Angel enarcó las cejas.

—Increíble.

—¿Es que no te gusta?

—No sé qué pensar —ladeó la cabeza como si estuviera estudiando un problema difícil.

El primer grupo de ciclistas apareció y Justice vio a Lillie. Al igual que sus amigas, iba vestida con una camiseta rosa y unos vaqueros blancos. Le habían enganchado unas flores diminutas en el pelo que hacían juego con los lazos y las flores de la bici. Las seis niñas iban haciendo círculos alrededor las unas de las otras mientras Patience sacaba fotos al otro lado de la calle.

Lillie vio a Justice y saludó. Él le devolvió el saludo, se sacó una pequeña cámara del bolsillo y empezó a hacer fotos. A su lado, Angel no dejaba de refunfuñar.

—¿Es tuya? —le preguntó el hombre que tenía al lado.

Justice no lo reconocía, así que supuso que sería un turista.

—Yo tengo tres hijos —continuó el hombre con un suspiro—. Son unos chicos geniales. Siempre he querido una niña —y bajando la voz añadió—: Mi mujer dice que de eso nada. Que ya ha tenido bastantes —se encogió de hombros—. Me habría gustado.

El hombre volvió con su mujer y sus hijos, y Angel se quedó mirando a Justice.

—¿Y dices que vamos a abrir nuestro negocio aquí?

—¿Por qué no?

Los dos se alejaron del desfile en dirección al lago donde todo estaba más tranquilo.

—Consuelo ha accedido a trabajar como instructora. Dará clases a nuestros alumnos y ofrecerá clases para la gente del pueblo como defensa personal y mantenimiento en general.

Angel sacudió la cabeza.

—Bueno, creo que ya intentas fastidiarme por diversión. ¿Consuelo trabajando con la comunidad? ¿Enseñando a ancianitas a defenderse de sus asaltantes?

—Por lo que he oído, las mujeres del pueblo ya saben hacer eso. ¿Es que estás cambiando de opinión?

—No lo sé. Lo que más me preocupa es que nada de

esto sea real y que esté en un hospital de alguna parte hasta arriba de medicación.

—Queremos que te ocupes del trabajo corporativo. Que seas nuestro coordinador, que nos promociones.

—Estás de coña.

Justice sonrió.

—Sí. A Ford le pega eso más. Estábamos pensando que tú podrías diseñar el programa curricular y las distintas actividades.

Angel maldijo.

—Había picado.

—Ya lo sé.

—Podría matarte, lo sabes.

—Podrías intentarlo —le contestó Justice nada preocupado.

—Ya estás herido, eso me da ventaja. Aunque no la necesito.

Justice dudaba que cualquier otra persona se hubiera podido dar cuenta de que aún se estaba recuperando del disparo. Pero Angel se habría dado cuenta a la mínima vacilación a la hora de moverse o de echarse hacia un lado.

—Estoy deseando ver cómo funciona todo esto. Tú en Fool's Gold.

Angel se metió las manos en los bolsillos de los vaqueros.

—Crecí en Virginia Occidental en un pueblo minero. Sé lo que es vivir en un lugar donde todo el mundo está al tanto de tus asuntos. Donde te preocupas de tus vecinos y todos salen adelante juntos en los malos momentos.

Algo que Justice jamás se habría imaginado.

—¿Y quieres volver a eso?

—Tal vez, si no es demasiado tarde.

Se giró hacia su amigo y reconoció la combinación de anhelo y resignación en su rostro. Angel quería ser distinto a lo que era, pero no estaba seguro de que fuera posible.

¿La vida militar calaba demasiado hondo? ¿Podría encajar con gente que nunca había presenciado semejantes horrores y, sobre todo, que nunca los había cometido?

La autora de *Harry Potter* había dado en el clavo. Su villano se había arrancado el alma mediante el asesinato. Llevarse la vida de otro destrozaba a un hombre y lo dejaba reducido a algo inferior a lo que había sido antes. La pregunta para hombres como Angel y para él mismo era si quedaría suficiente de sí mismos para sentirse como personas.

—En este lugar no te dejan vivir al margen. Te atraparán y te obligarán a formar parte de él, quieras o no.

—¿Me lo dices como algo positivo o como una advertencia?

—Ambas cosas. ¿Qué me dices? ¿Te quedas?

—Recuerdo este lugar —dijo Patience siguiendo a Justice desde el coche—. Solíamos acampar aquí cuando era niña —lo miró y sonrió—. Los chicos más mayores venían con sus coches para darse el lote.

—¿Y tú?

Ella se encogió de hombros.

—No. No era tan espabilada en el instituto. Sí que salía con chicos, pero solo nos besábamos, no nos enrollábamos del todo.

La temperatura era más fría ahí arriba que en el pueblo. El cielo estaba azul y el aire parecía más fresco. Justice le había pedido que lo ayudara a recorrer algunos caminos mientras buscaba el tramo de tierra adecuado para la pista de obstáculos avanzada. La que iban a construir junto al almacén serviría para los retiros corporativos y para entrenamientos habituales, pero para trabajos más serios necesitarían algo que supusiera un reto mayor.

Y aunque podría haberlo hecho solo, le gustaba tenerla cerca. Le gustaba estar con ella.

Patience señaló un claro.

—La tierra que te interesa empieza ahí. Creo que había una valla. Por entonces ya estaba muy vieja, así que no creo que siga en pie.

Él caminaba a su lado, acortando el paso para igualarse a ella. Patience le sonrió.

—Solíamos jugar a «verdad o reto».

Él se rio.

—¿Y tú qué elegías?

—Casi siempre reto, lo cual era una tontería teniendo en cuenta que no soy nada valiente. Una vez el reto fue correr alrededor del campamento desnuda, pero no pude hacerlo y eso que solo éramos chicas. Me dejé la ropa interior puesta. Tú sí que habrías corrido desnudo.

—Probablemente.

—Es cosa de chicos, ¿verdad?

Él se detuvo y ella hizo lo mismo.

—¿Qué?

Justice le acarició la mejilla y después deslizó el pulgar sobre su labio inferior.

Por mucho que estuviera cerca de los treinta, que fuera madre divorciada y una empresaria con éxito, seguía siendo tremendamente inocente, como si el horror no la hubiera rozado. Aunque había pasado por momentos muy duros, su esencia permanecía pura. Se echó atrás, consciente de que tenía sangre en las manos. Tal vez justificada y autorizada, tal vez necesaria, pero las manchas no se limpiarían jamás.

—¿Justice, estás bien?

—No.

No la merecía. Era un concepto ridículo, tal vez, pero cierto. Ella se merecía mucho más. Pensó en la pregunta de Felicia. ¿Lo amaba Patience? ¿Podría? No, si supiera la verdad.

—Hay cosas de mi pasado, cosas que he hecho.

—Lo sé.
—No. Si te las contara, todo cambiaría.
Ella le puso una mano en el pecho, sobre el corazón.
—Has matado a gente, tienes razón. No conozco los detalles y no tengo por qué. Te conozco a ti.
—No puede ser así de sencillo.
Ella sonrió.
—Claro que sí.

Patience levantó su copa de vino y dio un trago. El día había sido largo, aunque feliz. Le dolían los pies y la espalda, pero todas esas molestias bien habían valido la pena. Estaba haciendo un cuarenta por ciento más de negocio de lo que había calculado y los artículos promocionales habían supuesto una parte importante de ese beneficio. Con la temporada turística comenzando, tendría varios meses de ventas excelentes que la mantendrían durante los meses más tranquilos.

Miró el reloj de la pared y pensó en que su madre llegaría a casa en cualquier momento. Justice seguía fuera con Angel y le había dicho que volvería tarde. Lillie estaba pasando la noche con una amiga, así que por el momento estaba ella sola.

Se recostó en el sofá a disfrutar de la tranquilidad. No había mucho silencio en su vida. Entre el trabajo, su hija y todo lo demás que tenía que hacer, estaba corriendo todo el tiempo.

Ocupada, pensó con una sonrisa, y feliz. Muy feliz. Estaba en uno de esos momentos perfectos en los que la familia gozaba de salud y todo les iba bien. Además, tenía la cafetería y tenía a Justice.

Amarlo le daba un poco de miedo porque sabía que él podía no sentir lo mismo y, si lo hacía, no había garantías. Pero no importaba. Le gustaba haberse enamorado porque significaba que se había recuperado lo suficiente para entregar su corazón de nuevo. Significaba que estaba dispuesta a confiar en un hombre. Aunque al final le rompiera el corazón, ella siempre recordaría ese momento de paz y tranquilidad mental que estaba viviendo y le resultaría muy satisfactorio.

Había pasado por mucho. Desde su desastrosa relación con Ned hasta aprender a ser una buena madre y una buena hija y hacer realidad su sueño. Recordaba haber leído en alguna parte que la suerte era cuestión de oportunidades y de preparación. Nunca la había tenido hasta ahora y ya lo entendía porque aunque la herencia de la tía abuela Becky le había dado el dinero para empezar, ella había estado preparada para hacerlo. Había asistido a clases y había diseñado su plan de negocio. Había sabido exactamente lo que quería hacer y al tener la oportunidad simplemente había tenido que seguir unos pasos. Estaba orgullosa de sí misma, pensó feliz.

Muchas de sus amigas habían logrado cosas. Charlie, que destacaba en lo que era tradicionalmente un mundo de hombres. Annabelle, que el año anterior se había propuesto ahorrar dinero suficiente para comprarle a la biblioteca un bibliobús y lo había logrado. Heidi, que había empezado de cero y había construido un imperio de productos de cabra y ahora vendía jabones y quesos por todo el mundo. Isabel también estaba recuperándose de un divorcio y aún planeaba cómo lograr sus sueños.

Sus nuevas amigas, Noelle y Felicia, eran igual de fuertes. Estaba rodeada de mujeres que sabían cómo lograr sus sueños y se sentía feliz de pensar que ella había logrado lo mismo.

La puerta principal se abrió y su madre entró. Esa noche, Ava estaba usando el bastón, pero aun así entró en el salón sonriendo. Vio la segunda copa de vino junto a la botella y suspiró.

—¿Te he educado bien, verdad?

Patience se rio.

—Sí. ¿Qué tal la cita?

—Maravillosa. Hemos tenido una cena muy agradable en Angelo's. Si mi metabolismo lo soportara, comería pasta todas las noches.

Patience estaba a punto de preguntarle qué había pedido cuando captó algo distinto en su madre. No en su aspecto físico, porque estaba igual que cuando se había marchado, pero tenía una luz... No, un brillo...

Se incorporó en el sofá.

—¿Qué ha pasado? —le preguntó mientras su madre se acercaba al sofá.

—Y yo que pensaba que iba a poder mantener el secreto unos días —se sentó a su lado y extendió la mano izquierda. Un gran solitario de diamantes centelleó desde su dedo anular—. Steve me ha pedido matrimonio.

Patience tardó un momento en reaccionar. Sí, hasta ahora, Steve había sido muy responsable con su madre y con su hija, pero ¿lo sería para siempre?

—Es maravilloso —dijo finalmente antes de abrazar a su madre. El amor no se podía planear y ahora solo esperaba que el amor de su madre cimentara los cambios que Steve había hecho en su vida—. ¡Te vas a casar!

Ava la abrazó y la besó.

—Apenas me lo creo. ¡Ha sido tan romántico! Estábamos al fondo del restaurante y el camarero nos ha llevado champán. Steve se ha puesto de rodillas y todo —se le llenaron los ojos de lágrimas—. Me hace muy feliz.

—Y yo estoy feliz por ti —Patience le sirvió una copa de vino y alzó la suya—. Felicidades, mamá. Te mereces todo el amor del mundo.

—Gracias. Admito que estoy un poco nerviosa. Hace mucho tiempo que no tengo un hombre en mi vida.

Habría muchos cambios, pensó Patience. Para todos.

—¿Ya habéis elegido fecha?

—No, pero será una celebración muy pequeña a finales de verano. Solo familiar. Pero tú y yo tenemos que hablar de esta casa.

—Sí, porque sería muy raro que viviéramos todos juntos —ignoró el puñetazo que sintió ante la idea de mudarse—. Puedo encontrar una casa para Lillie y para mí. Esta es tu casa, mamá.

Su madre sacudió la cabeza.

—Es nuestra casa, recuerda. Te puse en las escrituras cuando saldamos la hipoteca.

—Sí, pero...

—Nada de peros. Steve y yo ya hemos hablado de esto y vamos a construirnos una casa. Una diseñada para mí. He tenido mucha suerte con mi esclerosis, pero los dos sabemos que tendré días malos. Es una tontería que nos quedemos en un lugar en el que no puedo llegar a la mitad de las habitaciones.

Patience asintió lentamente. Hacía años que su madre no había podido subir al piso de arriba.

—¿Estáis pensando en una casa de una planta?

—Sí. Y pondremos una rampa y puertas más anchas. El baño principal tendrá una ducha donde pueda meter la silla y cosas así. Steve ha pensado en todo. Las encimeras de la cocina serán más bajas para que pueda llegar a ellas si estoy en la silla. Tenemos pensado que me mude a su casa en cuanto nos casemos, y después nos mudaremos a la nuestra cuando esté terminada.

Patience sonrió.

—¿No vas a vivir con él antes de la boda?

Ava se sonrojó y agachó la cabeza.

—No estaba segura de que fueras a aprobarlo.

—¿Y por qué has pensado eso, mamá? Estoy segura de que te habrás dado cuenta de que por las noches hay movimiento entra las habitaciones.

—Lo he sospechado, pero eso es distinto. Soy tu madre.

—Eres una mujer preciosa y vital y, si quieres mudarte con el hombre que amas, yo te animo a hacerlo. A Lillie no le importará que sus abuelos vivan juntos.

Ava la abrazó.

—Cuánto te quiero, Patience. Siempre has sido lo mejor de mi vida.

—Yo también te quiero, mamá —sonrió—. Podemos buscarte un vestido fabuloso en Paper Moon.

Su madre se estremeció.

—No. Estoy pensando en un traje bonito, no un vestido de novia. ¿Por qué no llevamos a Lillie a San Francisco cuando termine el colegio? Pasaremos allí un par de noches, nos alojaremos en algún sitio junto al mar y buscaremos los trajes. Después celebraremos la ceremonia aquí mismo, en el jardín trasero.

—Me encanta la idea.

Levantaron sus copas y brindaron otra vez.

—Por los finales felices —dijo su madre.

—Por el amor.

Capítulo 18

Patience estaba sentada en un banco del bar de Jo mientras los refrescos y los té helados pasaban de mano en mano. Aún estaba emocionada por el anuncio de la noche anterior y estaba deseando poder compartir la noticia con sus amigas.

Isabel estaba entre Noelle y Felicia, que a su vez estaba sentada al lado de Patience.

—Todo el mundo está hablando de ello —dijo Isabel con una sonrisa—. Ya he llamado a tu madre y la he invitado a venir a probarse vestidos.

—¿Y no te ha colgado? —le preguntó Patience, metiendo su pajita en el vaso de refresco light.

—Por poco. Me ha dicho que no le interesaba nada de lo que tenía y yo he hecho como si me hubiera dejado hundida, lo cual ha sido muy gracioso —sacudió la cabeza—. La pobre se cree que va a lograr que solo estéis Lillie y tú en la ceremonia.

—Eso es imposible —asintió Patience—. Eso no puede pasar en un lugar como este pueblo. Mi madre creció aquí y conoce a todo el mundo. Me parece que una boda en el jardín es una idea genial. Podemos celebrar el banquete en el Brew-haha, pero en cuanto a eso de que la lista de invitados se reduzca a la familia... ni hablar.

—Históricamente una boda es tanto un contrato como una celebración —dijo Felicia—. La unión de familias se veía como algo mutuamente beneficioso. ¿Sabíais que la fantasía femenina de que un guapo extraño te rapte se puede remontar a tiempos de la precivilización cuando a las mujeres las robaban las tribus vecinas? Las mujeres robadas les proporcionaban ADN fresco y eso aseguraba unos niños más sanos.

Noelle dio un trago de té.

—Estoy deseando verte borracha.

Felicia la miró.

—¿Por qué?

—Seguro que pules la mitad de lo que dices y me gustaría escuchar la historia completa. Eres fascinante.

Felicia se mostró algo incómoda con el cumplido.

—Sé que puedo resultar muy profesional.

—Un poco, pero es divertido —Noelle miró a Patience—. Avísame si necesitas ayuda con los preparativos de la boda. Ahora no tengo mucho lío con mi negocio. Tengo el alquiler firmado, pero aún quedan tres semanas de reformas. He empezado a encargar mercancía, pero algunos de los artículos tardarán seis semanas en llegar. Así que tengo tiempo para hacer recados o lo que necesites.

—Gracias. Te avisaré. Aunque primero mi madre tiene que asumir la realidad. Si se va a casar en el pueblo, su lista de invitados acabará subiendo hasta doscientos. ¡Lo estoy deseando!

—Qué romántico —dijo Noelle con un suspiro—. Encontrar el amor en esta etapa de la vida.

—Nos da esperanzas a todas —añadió Isabel—. Bueno, Patience, ¿Justice ha resultado distinto a lo que recordabas?

—Su carácter sigue siendo básicamente el mismo. Es dulce y divertido.

Felicia frunció el ceño.

—¿Justice?
—Sé que tiene otras facetas, pero no las veo tanto.
—A menos que estas dos estén ocultando algún secreto —dijo Isabel—, vas a tener que mantener una relación por todas nosotras. No quiero arriesgarme a revivir el desastre de mi matrimonio.
—Yo me estoy recuperando de un compromiso cancelado —apuntó Noelle.
Todas la miraron.
—Lo siento —dijo Felicia—. No lo sabía.
—No le había dicho nada a nadie. Es muy triste, un compromiso cancelado. Como si lo hubiéramos tirado al suelo o algo.
Felicia levantó su bebida.
—Yo no puedo identificarme con vosotras en este tema. No he tenido ninguna relación sentimental y mis encuentros sexuales han sido todos extremadamente breves. Estoy contemplando la posibilidad de que tengo cierta responsabilidad en eso más allá de la barrera que supone mi inteligencia.
—¿Que estés evitando a hombres que podrían querer más de ti? —le preguntó Patience.
—Sí, y que no me estoy involucrando en las situaciones sociales apropiadas. Digo que quiero enamorarme y formar una familia, pero hasta que me he mudado aquí no había hecho nada por propiciarlo.
—Todas hemos sido idiotas —le dijo Isabel—. No te tortures por ello. Ya has visto lo que has estado haciendo y ahora puedes corregir el problema.
—No siempre se me da muy bien autocorregirme.
—A ninguna se nos da bien —contestó Noelle—, pero eso no significa que no dejemos de intentarlo.

—¿Sabes lo que estás haciendo? —preguntó Lillie.

Su tono fue delicado y su mirada cálida y afectuosa, pero aun así, Justice pudo sentir cierta irritación en sus palabras.

—Lo intento —murmuró él cepillándole el pelo con cuidado.

Eso no debería estar pasando, pensó adustamente. Uno de los empleados había llamado para decir que estaba malo y Ava había tenido que ir a la cafetería a echar una mano. Patience le había prometido que volvería a tiempo para preparar a Lillie para el cole, pero llevaba veinte minutos de retraso. Al parecer, el último día de clase era un gran evento para una niña de diez años, así que Justice se había ofrecido a intentar echar un cable, aunque en este caso más bien lo que intentaba era hacer que una trenza quedara bien.

—Te puedo enseñar a hacerlo con una muñeca —propuso la niña.

Él le separó el pelo, como le había enseñado, e intentó manipularlo igual que había visto a Patience hacer cientos de veces. Ella lo había hecho a gran velocidad y había parecido muy fácil.

—Si mamá y tú vais a casaros, tienes que pensar en tener un niño porque te gustará y además así no tendrás que preocuparte por su pelo.

Él bajó las manos y la miró; miró su precioso rostro y el afecto de sus ojos. En sus palabras había captado que lo había aceptado, que lo había tomado en su corazón tanto como sospechaba que lo había hecho su madre.

—Lillie —dijo no muy seguro de cómo continuar.

Ella se abalanzó sobre él y lo abrazó con fuerza. Justice le devolvió el abrazo consciente, aun sin querer, del cosquilleo que lo recorrió.

—Serías un buen papá —le susurró al oído.

La puerta principal se abrió de golpe en ese momento.

—Lo sé, lo sé —dijo Patience al entrar corriendo—.

Estaba pendiente del reloj y de pronto me he girado y ya era tarde. He venido corriendo desde allí.

Estaba colorada y jadeando, prueba de que decía la verdad. Fue hacia ellos y se detuvo.

—Te veo muy mayor. ¿Cuándo ha pasado esto?

Lillie se estiró su vestido blanco y rosa y sonrió.

—Mamá, ya hablaremos de cuánto he crecido más tarde. Ahora tengo que ir al cole.

—Es verdad. Trenza de raíz.

Patience le quitó el cepillo a Justice y le estiró el pelo a su hija. Segundos después sus dedos se movían en rápidas secuencias. Más rápido de lo que él creía posible ya había terminado y le estaba poniendo un lazo rosa al final.

Patience se levantó y fue hacia las escaleras.

—Espera ahí. Tengo algo para ti.

Lillie se giró hacia Justice.

—¿Sabes lo que es?

—No.

—Mamá hace los mejores regalos del mundo. Espera a Navidad y verás. No te vas a creer lo que te vas a encontrar debajo del árbol.

Navidad. Nunca había tenido muchos motivos para darle significado a esa festividad. Normalmente había estado trabajando y a menudo fuera del país. Suponía que allí se celebraría con muchos festivales y muchas ganas.

Habría nieve, pensó. Tradiciones. Sería una época de recuerdos y anhelos. ¿Quería vivir eso? ¿Podría despegarse de su pasado y formar parte de algo que durara en el tiempo?

Patience bajó las escaleras corriendo y le entregó a su hija una caja de plata. La bonita inscripción decía *Jenel's Gems*.

Lillie abrió los ojos de par en par.

—¿Es para mí?

Patience la abrazó.

—Estoy muy orgullosa de ti. Eres una gran estudiante, eres curiosa y trabajas mucho. Esto no es solo por tus notas, sino porque eres una hija maravillosa y te quiero muchísimo.

A Lillie se le llenaron los ojos de lágrimas, abrazó a su madre y murmuró:

—Yo también te quiero.

Él las observaba; compartió ese momento con ellas, pero también lo vivió al margen porque nunca había tenido algo parecido. Estaba seguro de que su madre había sido cariñoso con él cuando era pequeño, pero para cuando tenía seis años, Bart ya no permitía ninguna muestra de afecto en la casa. No quería que el niño «se ablandara».

Su padre no había visto nunca el poder y la fuerza del amor.

Lillie abrió la caja y dentro encontró una mariposa de oro enganchada a una fina cadena. Gritó.

—¿Te gusta? En cuanto la vi pensé en ti. Ven, deja que te la ponga.

Lillie se giró y Patience le colocó el colgante alrededor del cuello. Después, la pequeña fue corriendo al baño.

—¡Quiero verme! ¡Quiero verme!

Patience le sonrió.

—Su cumpleaños es dentro de un par de meses y, aunque no lo sabe aún, voy a dejar que se haga los agujeros de las orejas. Ya le he comprado unas mariposas a juego.

Él le acarició la mejilla.

—Eres un gran madre.

—Eso espero. Gracias por ayudarme con esto. Su último día de cole y por poco se me pasa. No estoy preparada.

—Has estado ocupándote de muchas cosas.

Lillie volvió y los abrazó a los dos.

—Me encanta, mamá. ¡Me encanta!

—Me alegro.

Justice la abrazó con fuerza antes de soltarla.

—Bueno, quedamos a las once y media. Iremos todos —le dijo a Justice.
Él asintió.
—Allí estaré. Lo prometo. Sacaremos fotos.
Lillie sonrió.
—No hay ninguna ceremonia ni nada. No es como el año que viene cuando me gradúe, pero sí que habrá galletas.
Patience se agachó y la besó en la mejilla. Lillie se acercó a Justice expectante. Él tardó un segundo en darse cuenta de lo que quería: el mismo beso en la mejilla. Se agachó y rozó su suave piel ligeramente con la boca. Cuando se puso derecho, la niña se alejó bailando.
—Adiós. Nos vemos a las once y media.
—Adiós —gritó Patience y cuando la puerta se cerró, se giró hacia Justice—. Bueno, tengo que volver. ¿Ya sabes dónde está el colegio y todo?
Él asintió.
Lo besó en la boca y después se marchó también.
Él se quedó allí solo y siendo, aparentemente, el único que era consciente de lo que acababa de pasar.

—No me estás escuchando —dijo Felicia.
Con cualquier otra mujer, esas palabras serían como una queja, pero con Felicia eran simplemente una afirmación.
—Sé que el tema del negocio te resulta interesante, así que tu falta de atención debe de deberse a otra cosa —enarcó las cejas—. ¿Patience?
Estaban sentados en la mesa de comedor de la pequeña casa que Felicia había alquilado. Había papeles delante de él, pero no los había leído.
—Patience.
—No me ha costado adivinarlo. Últimamente no dejas de pensar en ella.

—No es solo ella. También están Lillie y Ava, aunque ella menos porque se va a ir a vivir con Steve —se levantó y fue hasta la ventana. Después se giró—. Ya no puedo dormir y no puedo dejar de pensar en ellas. Lillie va a cumplir once años y no sé nada sobre las niñas de esa edad, pero me ha abrazado y ha querido que le diera un beso en la mejilla.

—Te quiere. Para ella eres una figura paterna. ¿No te imaginabas que llegaría a establecer un vínculo contigo?

—No había pensado en ello. Estaba centrado en Patience. Me gusta Lillie y haría lo que fuera por ella, ¿pero y si le hago daño? Podría hacerles daño a las dos —sintió cómo cerraba los puños y tuvo que obligarse a relajar los dedos—. ¿Cómo puedo saber que soy lo suficientemente bueno para ellas? ¿Cómo puedo estar seguro de que él se ha ido? Sé que mi padre está muerto, no tienes que recordármelo, pero no me refiero a eso.

Ella se levantó y fue hacia él.

—Sé lo que quieres decir. Te da miedo que lo que fue sea fruto de una cuestión biológica y que tú hayas heredado... a falta de una palabra mejor... su maldad.

—No puedo arriesgarme.

Ella posó la mano sobre su pecho, en su corazón.

—Las quieres.

Justice cerró los ojos y volvió a abrirlos.

—No quiero ponerlas en peligro.

—El amor no puede hacer eso.

—Sí que puede.

—Tu padre no quería a nadie. Ni siquiera a sí mismo. Pero tú no eres él. Nunca lo has sido. En cuanto al resto, esto es Fool's Gold, no una operación militar. Ya te has alejado de esa vida, Justice. Mejor dicho, viniste aquí a propósito.

Él le cubrió la mano.

—No sabía adónde más ir. Tenía que volver a ver a Patience, pero no pretendía quedarme.

—Te has visto atraído hacia este lugar desde que te marchaste. Es tu sitio. Tienes algo especial, algo que no se puede fabricar —su expresión se volvió triste—. Algo que muchos queremos.

Él le apretó los dedos.

—Encontrarás al chico perfecto.

—Espero que tengas razón, porque quiero y tengo miedo. Nunca he sentido emociones tan mezcladas. A veces el deseo es más fuerte y a veces lo es el miedo. He intentado crear una fórmula para predecir mis emociones, pero soy incapaz.

Él la soltó y dio un paso atrás.

—A lo mejor eso es parte de la magia de ser humano.

Ella sonrió.

—Estoy de acuerdo. Hay un elemento de magia y de química. Aunque puedo detallar el proceso e incluso las hormonas implicadas, no puedo decirte por qué una persona te causa una reacción y otra no. Nunca estuviste interesado en mí de esa forma.

—No —la acercó a sí—. La vida habría sido más fácil si lo hubiera estado.

—Para los dos.

Estuvieron agarrados unos segundos y después ella se apartó.

—Aunque estaba enfadada en aquel momento, me alegro de que nunca tuviéramos relaciones sexuales. No solo porque habría dañado nuestra amistad, sino porque habría sido... —vaciló.

—Chocante.

Ella se rio.

—Sí, chocante —su buen humor se disipó—. Justice, nunca estarás totalmente libre de tu pasado, pero si dejas que ese miedo gane, entonces tu padre también gana. Sé el hombre que eres. Te he visto prácticamente en toda situación posible. Sé quién eres cuando estás agotado y herido y desesperado. Te confiaría mi vida. Si tuviera un hijo, te confiaría la vida de mi hijo. Tu padre no tiene nada que ver con la persona en la que te has convertido. Eres un buen hombre. Y Patience se merece un buen hombre.

Quería creerla, quería tener la promesa de una larga relación con Patience. El comentario de Lillie sobre tener un hijo se le había quedado grabado en el cerebro. Le gustaría. Y también le gustaría tener una hija. Niños y un hogar. Y una vida con Patience.

Felicia tenía razón. Nunca la había olvidado, siempre había pensado en la niña que había conocido hacía mucho tiempo. Tal vez había sido una estupidez, pero era verdad. Por eso había ido hasta allí y había encontrado que era incluso mucho más de lo que se había imaginado.

Quería darle todo lo que tenía, planear un futuro con ella, disfrutar del ritmo de la vida en ese ridículo pueblo. Lo único que se interponía entre ese momento y ese futuro era su padre.

Era una elección simple. El pasado o el futuro. La brillante luz de la promesa o la oscuridad de una vergüenza. Sí, una elección simple, pero no fácil porque elegir la luz significaba tener fe en sí mismo.

—No puedo perderla.

Felicia suspiró.

—Qué romántico.

Él miró su reloj.

—Tengo que irme. ¿Podemos seguir con esto luego?

—Sí, vete.

Jenel's Gems era un elegante establecimiento con más anillos de los que Justice había visto nunca en un mismo sitio, aunque tampoco es que recordara haber estado nunca en una joyería antes y esa no la había conocido hasta que había visto la caja del regalo de Lillie.

Miró el despliegue de brillantes diamantes y sintió que se le encogía el pecho. ¿Cómo iba a decidirse?
—Buenos días.
Una rubia alta y muy guapa salió de la trastienda y le sonrió.
—Soy Jenel. ¿En qué puedo ayudarte?
—Eh... hola... soy Justice Garrett. Quiero comprar una alianza de compromiso.
La mujer sonrió aún más.
—Basándonos en tu gesto de pánico, imagino que es una decisión que has tomado hace muy poco.
—Ahora mismo. Pero está bien, no cambiaré de idea.
—Me alegra saberlo, aunque tenemos una política de devolución. ¿Y quién es la afortunada? Para que lo sepas, se me da muy bien guardar secretos. Conocer a la futura novia me ayuda a guiarte hacia los anillos que puede que le gusten más.
—Patience McGraw.
A Jenel se le iluminaron los ojos.
—Conozco a Patience. Es maravillosa y tiene una hija adorable. Me alegro mucho por vosotros. ¿No te encanta su nuevo local? El logo es delicioso y muy creativo —suspiró—. Es una noticia genial. Bueno, tienes que respirar hondo unas cuantas veces primero y después miraremos los anillos. ¿Tienes algo en mente?
La mujer señaló una banqueta acolchada y él se dejó caer encima para estudiar todas las opciones que tenía delante.
—No tengo ni idea. Algo bonito. Un anillo que le guste.
—Patience no es especialmente ostentosa y con el trabajo que tiene un solitario grande puede resultarle incómodo. Una vez dicho esto, a todas las chicas les encanta que su anillo brille un poco y resulta muy satisfactorio tener un anillo centelleante.

Sacó varios y los colocó sobre una bandeja de terciopelo.

—Estos son solitarios sencillos. Clásicos y elegantes. La alianza en sí puede ir en platino, en oro o combinado con diamantes. Te animaría a optar por lo último porque imagino que no lo llevará puesto todo el tiempo, y menos en el trabajo. Los diamantes son un toque muy bonito en un anillo de compromiso.

Él tragó con dificultad y murmuró:

—Claro.

Pero sabía que estaba totalmente perdido y que necesitaba ayuda enseguida. Pero entonces lo tuvo claro. Un anillo que brillara más que el resto.

—Ese —dijo señalando uno.

Jenel asintió.

—Es uno de mis favoritos también. Un quilate y medio. Es un diamante de talla cojín con dos hileras de diamantes ensartados alrededor. También hay algunos en la banda, como puedes ver.

Entendió poco de lo que explicó la mujer; lo que él veía era un diamante cuadrado rodeado de diamantes pequeños.

Ella guardó los demás anillos y sacó el que le había gustado, junto con otras alianzas con diamantes.

—Con este modelo se pueden encajar y así tendrá un anillo liso para el trabajo.

Sabía que ese era el momento en el que decidía olvidarse del pasado y creer en su futuro. Juntos Patience y él podían hacerlo. La amaba y probablemente la había amado esos quince años. Felicia tenía razón; Patience era la razón por la que había regresado a Fool's Gold y, ahora que la había vuelto a encontrar, no la dejaría escapar.

Miró a Jenel.

—Ese.

—Es precioso, pero si a Patience no le gusta, te lo cambiaré por otro encantada.

Sonó su teléfono. Miró la pantalla y vio que era el número de Patience.

—Un momento... ¿Diga?

—¿Justice? —la palabra sonó más como un sollozo—. ¿Justice?

Él podía captar las lágrimas en su voz. El pánico. Se quedó paralizado.

—¿Qué pasa? ¿Dime qué ha pasado?

—No lo sé. No lo sé. Es Li... Lillie. En el colegio. Ha venido un hom... hombre. Tenía una pistola y se la ha llevado. Justice, por favor.

En menos tiempo del que le llevó asimilar esas palabras, desconectó de todo lo que lo rodeaba. No sabía qué había pasado ni por qué, pero sí que sabía cómo iba a terminar.

—¿Estás en el colegio?

—Sí, pero la jefa Barns quiere que me vaya a casa.

—Ahora mismo voy...

Capítulo 19

—No lo entiendo.
Patience no sabía cuántas veces lo había repetido, pero seguía siendo verdad. No lo entendía, ¿cómo iba a hacerlo? Las cosas así no pasaban en la vida real, eran cosa de series de crímenes y películas. Ella vivía en Fool's Gold. Era imposible que allí un hombre llegara a un colegio y raptara a su hija.
Pero sí que había pasado y Lillie había desaparecido.
Un miedo frío y oscuro se había enganchado a ella como una enorme sanguijuela. No podía respirar, no podía pensar. Quería gritar que lo daría todo, haría lo que fuera, por que su Lillie volviera a casa.
Estaba en la cocina temblando y conteniendo las lágrimas. Felicia estaba con ella y también la jefa de policía Barns. Había más personas, pero ahora mismo no podía ni fijarse en ellas. No, cuando le costaba tanto respirar.
—¿Por qué?
Felicia le puso las manos en los hombros.
—Estás en estado de shock. Tienes que seguir respirando de manera constante y pausada. Iré a por agua. No sé por qué, pero ofrecer agua es lo que siempre hacemos en estos casos y beberla nos resulta sorprendentemente fácil.

—Estoy contigo, Patience —dijo la jefa Barns—. Nada de esto tiene sentido. Tenemos la carretera bloqueada y ya estamos contactando con las autoridades estatales. Todas las personas de mi departamento están buscando a Lillie. Estamos interrogando a su profesora. Lo que sabemos es que un hombre ha entrado en la clase y se la ha llevado. La quería a ella en concreto. ¿Se te ocurre por qué? ¿No será tu exmarido, verdad?

—¿Ned? Hace años que no tengo contacto con él.

—¿Hay alguien nuevo en tu vida?

—Solo Justice y él nunca...

—¿Qué aspecto tenía el secuestrador?

Patience se giró hacia la persona que habló y vio a Justice entrando en la cocina. Corrió hacia él y se echó a sus brazos.

—Tienes que ayudarnos —le dijo sin dejar de llorar.

—Lo haré —la besó con ternura—. La recuperaré, Patience. No me importa lo que haga falta, la encontraré y la traeré a casa.

En sus ojos había una promesa y ella sabía que podía confiar en él. Por eso logró respirar hondo.

La jefa Barns abrió su libreta y comenzó a leer.

—Aproximadamente metro ochenta, pelo canoso y ojos marrones. Entre cincuenta y sesenta años. Vaqueros negros u oscuros y camiseta negra.

Patience sintió cómo Justice se iba tensando.

—¿Tenía una cicatriz en la mejilla izquierda? ¿Casi con forma de interrogación?

—¿Cómo lo has sabido?

Justice ignoró a la jefa Barns y se giró hacia Felicia.

—Es Bart. Tenemos que montar un puesto de mando inmediatamente. Ayuda a la policía. Con este caso estarán perdidos.

Patience presenció con los ojos como platos cómo Felicia se acercaba a la jefa Barns y le hablaba de teléfonos, ordenadores y personal. Después cayó en la cuenta de lo que Justice había dicho.

—¿Sabes quién se la ha llevado?

—Sí. Lo siento. Es culpa mía.

—¿Qué? ¿Por qué? —Bart. Había dicho Bart. ¿Por qué le resultaba familiar ese nombre?

—Es mi padre.

—Pero está muerto. Me dijiste que había muerto.

—Eso creía, eso nos dijeron. Hubo un incendio —sacudió la cabeza—. Ahora ya no importa. He sentido que estaba cerca, y me he dicho que era mi imaginación, pero no era así.

¿Cómo podía estar vivo su padre? ¿Y por qué se habría llevado a Lillie? Patience se llevó las manos al estómago y quiso gritar de miedo y frustración. «¡Llévame a mí!». Tenía que haber sido ella, no Lillie.

Ahora estaba en mitad del salón, quieta y con gente moviéndose a su alrededor. Todos tenían un propósito y ella lo único que podía hacer era tener miedo. Ava y Steve entraron corriendo en ese momento.

Patience se acercó a su madre y se abrazaron.

—No lo entiendo —no dejaba de repetir su madre.

Patience le dijo lo que sabía, que no era mucho, y se abrazaron de nuevo. Menos de quince minutos después, el teléfono sonó.

—No estamos listos —dijo Felicia—. No puedo ni rastrear la llamada ni intervenirla.

Ava se puso derecha.

—Utilizaremos el teléfono de mi despacho, tiene altavoz.

Patience vio que todos estaban esperando a que respondiera. Entró en el despacho de su madre tanto ansiosa como reticente a oír lo que fuera que Bart Hanson tenía que decirle. Sintió más lágrimas en sus mejillas y pulsó el botón.

—¿Sí?
—Debes de ser la madre. Él está ahí, ¿verdad? ¿Mi chico?
—Quiero hablar con Lillie —dijo Patience con una voz más firme de la que se habría esperado—. Quiero hablar con mi hija ahora mismo.
Se oyó una breve carcajada.
—¿Crees que me puedes dar órdenes? Creo que no. No puedes hablar con tu hija, pero sí que puedes oírla.
Se produjo un momento de silencio seguido de un breve grito de terror. Patience se lanzó hacia el teléfono. La habitación le daba vueltas, pero se negaba a ceder ante su debilidad.
—¡Para! —gritó—. ¡Para!
Los gritos cesaron y ya solo se oyó un gimoteo.
Patience se apoyó en el escritorio y unos brazos la rodearon. No estaba segura de quién la abrazaba ni tampoco le importaba. Necesitaba arrastrarse por la línea telefónica y llegar hasta su hija.
Justice se acercó.
—Sabes que esto no es ni por Patience ni por su hija.
—No, no lo es, hijo. Es por ti. Siempre ha sido por ti. He esperado mucho tiempo para encontrarte, pero ahora te tengo.
Patience era consciente de que Felicia y la jefa Barns estaban en el salón hablando por sus móviles desesperadamente. La parte de su cerebro que seguía razonando se preguntó si rastrearían la llamada para encontrar a Bart y poder rescatar a Lillie.
De pronto se dio cuenta de que era Steve el que la estaba rodeando con sus brazos. Quería decirle que estaba bien, pero sabía que no era así. Jamás volvería a estar bien.
—Llévame a mí —susurró.
A lo mejor podía convencer a Bart para que hiciera un intercambio. Podría hacer todo lo que quisiera con ella.

—Suéltala —dijo Justice—. Estoy dispuesto a ocupar su lugar.

Bart se rio.

—¿Y dónde está la gracia ahí? Tú ven a buscarme y entonces a lo mejor la suelto o a lo mejor no. He esperado mucho tiempo a que mostraras tus cartas, hijo. Mucho tiempo.

La llamada se cortó. Patience gritó y fue a agarrar el teléfono. Steve la contuvo.

—¿Qué quiere decir con eso de que hayas mostrado tus cartas? —preguntó Ava.

—Que ha esperado a que me importara alguien. Que ha estado observándome y se ha llevado a Lillie para hacerme daño —se giró hacia Patience—. Lo siento.

Felicia le acercó el chaleco antibalas, pero él lo apartó.

—¿Crees que las cosas cambian si acabas muerto? —le preguntó ella con una fría mirada—. ¿Crees que Lillie estará más segura si te desangras? Tienes que estar vivo para alejarla de él.

Justice no podía negar la lógica del argumento. Por supuesto, su padre podía cargárselo con un tiro en la cabeza, pero ese era un problema que ya afrontaría si se daba el caso. Se desnudó hasta la cintura y se puso el chaleco antes de volver a ponerse la camisa. Seguro que Bart imaginaba que llevaría uno, pero tampoco había necesidad de ir anunciándolo.

Habían pasado menos de treinta minutos desde que había colgado y en ese tiempo había llegado un equipo y refuerzos. En la pared habían colgado un gran mapa del pueblo y de las áreas de alrededor. La policía estaba instalando un sistema de ordenador y telefónico y uno de los oficiales de policía había ido a buscar el rifle de asalto de Justice.

—Qué momento más oportuno para que Angel esté fuera del pueblo —murmuró—. Me habría venido muy bien su ayuda para ir tras él.

Felicia suspiró.

—Me ofrecería, pero sé que ibas a negarte.

—Te necesito aquí ocupándote de esto. La jefa Barns hace un buen trabajo, pero no tiene experiencia con un hombre como Bart.

—Están llamando a los federales.

—Para cuando lleguen, esto ya habrá acabado.

Felicia lo agarró del brazo.

—No puedes dejar que te venza. Intentará meterse en tu cabeza, es el único modo de ganarte. Pero tú no eres él. Nunca has sido él.

—Hoy voy a matar a mi padre, Felicia. ¿En qué me convierte eso sino en él?

—Estás haciendo lo que tienes que hacer. Estás salvando a una niña. No es algo que vayas a hacer por placer.

Tenía razón en eso, aunque él sabía el precio que pagaría. No vacilaría, no lo dudaría. Ya había matado antes, pero estaba vez era distinto. Matar a Bart significaba traspasar una línea y, una vez lo hiciera, ya no habría vuelta atrás.

Se metió la camisa por dentro y se puso el auricular que ella le dio. Una vez colocado, hicieron una prueba para asegurarse de que funcionaba.

La policía lo seguiría, pero él sería el que intervendría. Nadie de la policía de Fool's Gold estaba entrenado para enfrentarse a una situación así, y esperaba que nunca tuvieran que hacerlo otra vez.

—¿Tienes alguna idea de dónde está?

Juntos fueron hacia el mapa.

Ya habían marcado el colegio junto con la casa de Patience. Su padre quería castigarlo. Con dieciséis años había elegido a la policía por encima de su padre y Bart se había pasado casi veinte años buscando venganza. Quería que su hijo lo encontrara.

Estudió el mapa.

—En el casino no. Hay demasiada gente —miró las carreteras que salían del pueblo. Lillie no estaba drogada, así que Bart estaba lidiando con una niña aterrorizada. Aunque la tuviera atada, lo haría retrasarse. Por eso no podía haber ido lejos.

Entonces lo vio. La carretera que Patience y él habían tomado para ir a ver una tierra. El claro del que habían hablado. Donde ella le había dicho que sabía que tenía secretos y que lo aceptaba de todos modos.

Se le encogió el estómago al pensar que Bart había estado allí aquel día. Que había estado ahí todo el tiempo.

—Aquí —dijo señalando una vieja carretera que conducía a las montañas.

—Eso es un cortafuegos —apuntó la jefa de policía.

—Lo tengo —una mujer uniformada entró corriendo en la casa. Llevaba el rifle de Justice en una mano y una caja de municiones en la otra.

Él tomó el rifle y lo preparó.

—Estoy listo.

Fue hacia Patience, que estaba al lado de su madre y de Steve. Estaba pálida y temblando y tenía los ojos llenos de lágrimas.

—Voy a buscarla. Te la traeré a casa. Te doy mi palabra.

Ella lo rodeó con sus brazos y él la abrazó con fuerza sabiendo que era la última vez. Que cuando volviera, ya no sería quien era en ese momento.

—Te quiero —le susurró y se marchó. Al salir, se tocó el auricular para activarlo—. ¿Felicia?

—Estoy aquí.

Aunque todo el mundo en la casa tendría sintonizada la misma frecuencia, solamente Felicia podría hablar con él.

Ahora mismo no necesitaba más voces dentro de su cabeza.

La camioneta de Bart estaba aparcada a menos de quince metros de la autopista en el camino que hacía las veces de cortafuegos, ni a quince metros de donde Justice y Patience habían estado hacía solo unos días. Justice aparcó tras él aprovechando para bloquearle la salida.

Con cuidado ocultó las llaves debajo de unas hojas y comenzó a subir por la carretera hasta que vio las ramas rotas que marcaban el trayecto de su padre.

—Estoy aquí —le dijo a Felicia en voz baja y le dio las coordinadas—. Diles a los demás que se queden atrás. Si se asusta, reaccionará muy mal.

—Hecho.

Se movía sin hacer ruido, aun sabiendo que no servía para nada porque Bart lo estaba esperando. Pero no podía ignorar el modo en que lo habían entrenado. Diez minutos más tarde, estaba en un claro. Lillie estaba acurrucada en la base de un gran árbol. Estaba atada y con los ojos vendados, pero viva.

—Lillie, soy Justice —dijo cargando su rifle—. Estoy aquí.

Ella intentó incorporarse y cuando se giró, él vio la mordaza en su boca y la sangre de su brazo. Sangre ahí donde Bart le había cortado.

El odio estalló en su interior, pero lo empujó como pudo hasta la parte más oscura de su ser. Nada de emociones, se recordó. Era su trabajo, lo que le habían enseñado a hacer. Era un hombre que mataba a gente y volvería a hacerlo hoy.

—Sabía que eres tan débil que vendrías a por la niña.

La voz de su padre salió del bosque, pero Justice la ignoró.

—Pase lo que pase, Lillie, quiero que escuches mis instrucciones, ¿de acuerdo? Tienes que hacer exactamente lo que te diga y en cuanto te lo diga. ¿Lo entiendes?

La niña asintió desesperadamente.

—Tu madre y yo te queremos mucho —dijo con un tono ligeramente más suave—. No te pasará nada.

—Oh, qué dulce —exclamó Bart apareciendo al lado de Lillie y poniéndola de pie con un brusco movimiento—. La quieres y ahora vas a verla morir.

Lillie gritó y el grito sonó amortiguado por la mordaza. Justice seguía centrado, desconectado de todo excepto de lo que tenía que hacer.

Su padre estaba más viejo y más canoso, pero aún fuerte y con una espalda recta y unos ojos fríos.

—¿Cómo es que no estás muerto, viejo?

—Debería, y creían que lo estaba. Tú también lo creías, pero deberías habértelo imaginado.

—¿Cómo lo hiciste?

—¿Fingir mi muerte? Fácil. En la cárcel había un hombre de mi tamaño y mi misma talla. Me hice amigo de él y lo convencí para escapar conmigo. Logré que el dentista falsificara los informes dentales y me declararon muerto. Y aquí estoy.

—Lo mataste a él también —no fue una pregunta.

—¿Al dentista? Claro. ¿Por qué no? Matar es la mejor parte. Se creía que se iba a forrar con mi pequeño truco —besó la cabeza de Lillie—. Para ser sincero, no puedo decidir qué hacer. Si matarla primero y dejar que lo veas, o matarte primero a ti. Así morirías sabiendo que no la has protegido de lo que sea que decidiera hacerle.

Justice sabía que a su padre no le interesaban las niñas, al menos no sexualmente, así que Lillie se ahorraría eso afortunadamente. Pero si Bart cumplía su palabra, Lillie moriría y no rápidamente. Bart siempre había disfrutado con ese proceso.

—Un problema de calidad —dijo su padre.

—Lo estoy oyendo todo y los demás también —le informó Felicia—. Van hacia allá, solo necesitan unos minutos más.

Justice sabía que no llegarían a tiempo. No sabía si los policías de allí eran buenos tiradores y con Lillie tan cerca, podían alcanzarla fácilmente.

Justice apuntó.

Bart agarró a la niña y se la colocó delante a modo de escudo. Lillie gritaba. Cuando bajó el arma, Bart bajó a la niña.

—Ya ves cómo va a ser esto —le dijo su padre—. Me alegro. Creía que ya no querría jugar a nada. ¿En qué estabas pensando, hijo? Al menos antes pertenecías al ejército, pero ¿esto? ¿Este pueblo? ¿Con gente como ella? —zarandeó a la niña—. No puede ser, no está bien.

Justice observó y esperó. Bart cometería un error. Tenía que hacerlo.

—Tienes demasiado de mí en tu interior, chico.

—En eso tienes razón. Los engañaste a todos y me has encontrado. ¿Cómo lo hiciste?

—Tu foto salió en el periódico protegiendo a un banquero europeo. De ahí saqué tu nombre. Justice, ¿pero qué es eso?

—Uno de los federales me lo propuso. Me gusta.

Su padre lo miraba.

—Eres mi hijo y llevarás ni nombre, ¿me oyes?

—No quiero nada de ti.

Bart se estaba enfadando. La táctica conllevaba sus riesgos, pero Justice sabía lo rápido que podía disparar. A esa distancia, cargarse a Bart era seguro. Todo dependería del momento.

—Nunca has estado bien de la cabeza. Te pusiste del lado de los polis y eso estuvo muy mal. Tenías demasiado de tu madre en ti. Demasiado de su debilidad. Intenté quitártela a palos, pero no fui lo suficientemente duro. Maldito seas, chico.

Bart se echó a un lado y por un segundo soltó a Lillie, que se giró.

—¡Lillie, agáchate!

El grito llenó el silencio, pero Justice no había sido el que lo había dado. Antes de llegar a colocar su rifle, se oyó un disparo y Bart cayó al suelo.

Sin saber quién había intervenido, Justice ya se estaba moviendo. Cruzó el claro y agarró a Lillie.

—Soy yo —le dijo quitándole la venda de los ojos mientras la llevaba en brazos hacia el bosque para alejarla de Bart—. Ahora estás bien.

Cuando le quitó la mordaza, la niña tomó aire y empezó a llorar.

Un hombre alto y moreno salió de detrás de un árbol. Era Ford Hendrix que, encogiéndose de hombros, le dijo:

—Yo tenía mejor tiro. Por eso he disparado. Espero que no te importe.

Capítulo 20

Patience veía a su hija dormir. Durante las dos primeras noches la niña había dormido a intervalos, pero ahora estaba más relajada y tranquila.

Los últimos días estaban un poco borrosos. Una vez habían rescatado a Lillie, habían tenido muchas charlas con los policías y con los terapeutas, le habían hecho un reconocimiento médico a la niña y el pueblo la había aclamado como a un heroína.

Salió de la habitación y volvió al salón. Por fin había convencido a Ava y a Steve de que podían marcharse. Patience tenía claro que dormiría en la habitación de Lillie durante todo el tiempo necesario hasta que su hija se sintiera segura.

Por lo que veía, Lillie se estaba recuperando y deseaba poder decir lo mismo de ella misma porque cada vez que cerraba los ojos, revivía el horror de lo sucedido. Estaba harta de hablar del secuestro y aun así cada día algún amigo o vecino preocupado se pasaba por casa con comida y buenos deseos.

La puerta principal se abrió y Justice entró. Se acercó a él sabiendo que le quitaría todos los miedos. No se había separado de ella en ningún momento, había intervenido en su lugar ante las autoridades y había estado dirigiendo a todo el mundo. Además, había sido el único con el que Lillie había querido hablar.

—¿Cómo está? —le preguntó acariciándole el pelo.

—Mejor. Está dormida profundamente y parece más calmada —esbozó una pequeña sonrisa—. Creo que le está gustando lo de ser una celebridad. Todo el mundo dice que es una heroína.

—Fue muy valiente.

—Lo sé. Y me alegra que el colegio haya terminado porque así no tendrá que estar contando la historia una y otra vez. Cuando el campamento empiece el lunes, la mayoría de los niños ya habrán dejado de hablar del tema —lo miró—. Te has perdido la cena.

—¿No has recibido mi mensaje? Tenía una reunión.

—Sí que lo he recibido y te he guardado unos macarrones con queso. Son caseros y están deliciosos.

—La brigada de las ollas de comida.

—Puedes burlarte todo lo que quieras, pero este pueblo apoya a su gente. Viendo la cantidad de comida que tengo en el congelador, no tendré que cocinar durante al menos un mes. Y eso me gusta.

Él le tocó el pelo y un lado de la cara. Su mirada azul intensa parecía estar estudiándola.

—¿Cómo lo llevas?

—Estoy bien, aunque en una hora puedo pasar del pánico al atontamiento unas quince veces.

—Es normal. Se te irá pasando. La mente acaba curándose.

—¿Y cómo estás tú?

Se encogió de hombros.

—Bien. No fui yo el que mató a Bart.

No, había sido Ford Hendrix. Patience no se podía creer que hubiera llegado al pueblo así, de pronto, que se hubiera enterado de lo que pasaba y hubiera corrido a ayudar.

—Lo habrías hecho —le dijo sabiendo que era verdad—. Habrías matado a tu padre para proteger a Lillie.

—No hagas que parezca más de lo que ha sido. Bart debería haber muerto hace años.

—Aun así.

Él puso las manos sobre sus hombros.

—No soy un héroe. No me conviertas en uno. Bart era un hombre perverso y me alegro de que esté muerto.

Y ella también. Tal vez estaba mal pensar así, pero estaba dispuesta a vivir con ello.

—Nos salvaste y eso nunca lo olvidaré —le agarró la mano—. Venga, ven a que te dé de comer. Los dos nos sentiremos mejor después de que hayas comido.

Ella esperaba que sonriera o hiciera algún chiste, pero ni lo hizo ni se movió.

—No puedo hacerlo.

—¿El qué? ¿Ya has comido? Bueno, no pasa nada. Guardaremos...

Sus ojos tenían una expresión distante, como si de verdad estuviera en otra parte. Y entonces lo supo. Justice no estaba hablando de la cena. Estaba hablando de dejarla.

—No —le dijo intentando no alzar la voz para no despertar a Lillie y para que no llorara porque una vez que empezaba, no paraba. Era demasiado pronto, pensó desesperada. No podría superar también su marcha—. No, no puedes. No puedes.

Sabía que estaba suplicando, que no tenía orgullo ante los hombres.

—Me dijiste que me querías.

—Y lo dije en serio. Te quiero, y quiero a Lillie, pero no puedo arriesgarme a haceros daño.

—No lo harás.

—Sí que lo haré —bajó los brazos—. De alguna forma, en alguna parte. Bajaré la guardia.

—No eres tu padre. No eres como él —tenía que convencerlo. Él tenía que entenderlo porque, de lo contrario, se marcharía y Patience dudaba que ella pudiera sobrevivir a eso.

—No correré el riesgo.

Patience sentía las lágrimas formándose en sus ojos. Habría jurado que ya no le quedaban lágrimas, pero estaba claro que no era así. El dolor la atravesó haciéndola querer caer al suelo. Se cruzó de brazos y se controló todo lo que pudo.

—Te necesitamos —susurró—. ¿Es que eso no significa nada para ti? Te quiero y Lillie te quiere y te necesitamos.

Él se puso muy tenso, como si lo hubieran golpeado o apuñalado. Patience esperaba verse reconfortada al ver que él también sentía dolor, pero estaba sufriendo demasiado como para que algo pudiera aliviarla.

—Justice, no. Por favor, no puedes irte. Tu sitio está aquí, con nosotras. Somos una familia.

La llevó hacia sí y, por un segundo, Patience pensó que había ganado y se permitió relajarse a la vez que inhalaba su aroma.

Pero entonces, él se apartó.

—Siempre te querré.

La ira se unió al dolor y ella prefirió aferrarse a la rabia porque era fuerte y ahora mismo necesitaba esa fuerza.

—Estás mintiendo —le dijo fríamente—. Si me quisieras, te quedarías.

—No es tan sencillo —le contestó él y se marchó de su vida.

—¿En qué estaba pensando? —preguntó Ford recostado en el sofá de la suite de Justice y con una cerveza en la mano.

Cuando su amigo había llegado, Justice había dejado

de hacer las maletas y se había tomado un descanso. Una vez terminaran, metería el equipaje en el coche y se marcharía del pueblo. No le importaba que fueran las diez de la noche. Le gustaba la oscuridad y tenía que irse. Ahora que le había contado la verdad a Patience, tenía que desaparecer porque no quería que se preocupara de que pudiera toparse con él.

Levantó su cerveza y se sentó frente a su amigo.

—Creciste aquí, ¿qué te esperabas?

A Ford se le tensó la mandíbula.

—No en una bienvenida tipo héroe. No puedo salir a la calle sin que se me acerque nadie ni me den la bienvenida. Las señoras mayores me abrazan y te juro que una me dio un pellizco en el trasero. Anoche mi madre entró a ver cómo dormía cinco veces. ¿Sabes lo que es despertarte y encontrarte delante la cara de tu madre? Tengo treinta y tres años, ¡por favor! Tiene que dejarme tranquilo.

En otras circunstancias le habría hecho gracia el agobio de su amigo, pero no esa noche. No cuando había dejado a Patience y se había quedado en la puerta de la calle lo suficiente para oírla llorar y saber que él era el causante de ese dolor.

Había querido mejorar las cosas, había querido decirle que no la merecía. Lo único que había hecho desde que había llegado había sido arruinarle la vida. Le había permitido a Patience que creyera en él, se había enamorado de ella y le había dejado pensar que era seguro amarlo. Por su culpa, un loco había raptado a su hija.

Ford dio otro trago.

—Quiere ayudarme a encontrar apartamento —dijo estremeciéndose—. Llevo catorce o quince años solo por todo el mundo. He estado en la guerra y mi madre cree que necesito ayuda para encontrar un apartamento.

—Te quiere.

—Está asfixiándome y esto tiene que acabar.

Por primera vez desde el secuestro, Justice esbozó una sonrisa.

—Solo han sido cuarenta y ocho horas, tío. Tienes que aguantarte un poco.

Ford le hizo una peineta.

—Ella es una de las muchas razones por las que no quería volver. Tener que lidiar con ella y con mis hermanas —maldijo—. Están creciendo para parecerse a ella. Dakota y Montana me han ofrecido su casa para que me quede. Nevada es la única que parece ver que no quiero que me traten como a un niño de diez años que se ha fugado de casa.

—La vida es dolor.

Ford lo miró por encima de su botella.

—No eres muy comprensivo.

—Tengo mis propios problemas.

—¿Por qué? Eres un héroe también. Te has enfrentado a tu viejo y has ganado.

—Le disparaste tú.

—No todos podemos tener suerte —lo miró con gesto pensativo—. Vaya, tío, te vas a marchar.

—No puedo quedarme.

—Claro que puedes, pero no quieres. Creía que solo eran cotilleos, pero la gente dice la verdad, ¿no? Sobre Patience. Dicen que está enamorada de ti.

Justice agarró con más fuerza el cuello de la botella.

—Lo sé. Es culpa mía. Le he dejado pensar que las cosas podían funcionar.

—Y ahora vas a salir huyendo.

—Viste a mi padre. Sabes mejor que la mayoría qué clase de hombre hace eso. Has visto lo que soy capaz de hacer. La línea que nos separa es muy fina. ¿Tú podrías arriesgarte?

Ford soltó su cerveza y levantó los brazos para poder unir las manos por detrás de la nuca.

—No lo sé. Supongo que depende de cuánto lo desees. Estar con ella, quiero decir. Eres el tipo más controlado que conozco. Eres frío en una pelea y letal en una operación. No te dejas regir por las emociones. Bart vivía en el odio y eso lo consumió hasta que ya no le quedó nada de humanidad. Tú no eres así.

—Podría serlo.

—Podrías, pero eso depende de ti. ¿La amas?

Una pregunta que Justice no quería responder, aunque tampoco quería negar lo que sentía por Patience. Asintió.

—Pues entonces piénsatelo muy bien antes de marcharte. Una vez lo hagas, no habrá vuelta atrás. Por lo que he oído, Patience es una mujer muy sensata. Ha criado a su hija y ha levantado un negocio. No va a dejar que se rían de ella dos veces. Una vez se olvide de ti, se habrá acabado todo.

Patience salió del trabajo a su hora de siempre. Hacía un día cálido y luminoso y no podía creer que el sol pareciera estar tan feliz. Al caminar hacia su casa, se fijó en que había niños jugando en el parque y en las flores en las macetas delante de algunos locales.

La vida había seguido adelante. Justice se había marchado hacía dos días y aun así la vida continuaba. Ella seguía respirando, seguía moviéndose. Hacía su turno, reponía estanterías, había llevado a Lillie de compras para el campamento, había cocinado e incluso se había reído con algún que otro chiste. Podía fingir estar viva, pero por dentro llevaba tiempo muerta.

Cuando Ned se había marchado, había dado por hecho que era lo peor que le pasaría nunca. Abandonada por su marido y madre soltera con un bebé.

Recordó los días duros; duros sobre todo porque se sentía avergonzada, se sentía un fracaso en el matrimonio.

Sabía que todos se habían compadecido de ella y eso era difícil de soportar. Pero nada de eso se podía comparar con la marcha de Justice.

No le importaba lo que pensaran los demás. No le importaba si la gente hablaba, la señalaba o se reía. Lo que le importaba era el agujero donde antes estaba su corazón y el dolor que seguía ahí. Odiaba ver tantas preguntas en la mirada de Lillie y tanta compasión en la de su madre. Le gustaría que ya hubiera pasado un año para poder ver que lo había superado y lo había olvidado.

Jamás dejaría de amarlo, eso lo aceptaba. Le había entregado su corazón al completo e incluso los lugares más secretos que le había prohibido a Ned, a él se los había entregado. Justice había creído en ella y la había animado. Era bueno, delicado, divertido y amable. Era un hombre honrado y se podía decir que la había dejado por motivos muy honorables. Pero eso no hacía que la situación fuera más fácil de soportar.

—¡Ahí estás! —Felicia corrió hacia ella con la respiración acelerada—. Te has ido unos minutos antes y creía que no te alcanzaría. Vamos.

Antes de que Patience pudiera protestar, Felicia la llevaba hacia una calle residencial.

—Vamos a casa de Isabel.

—¿Sí? ¿Por qué?

—Tiene que… hablarte de una cosa. Es importante.

Patience asintió. En los últimos días se había olvidado un poco de sus amigas porque no había tenido fuerzas, pero tal vez hablar sobre los problemas de los demás la ayudaría y la distraería unos minutos.

Isabel se había criado en una casa de una sola planta; cuando estaban en el colegio había sido una de las más nuevas del pueblo, con una cocina moderna y unas grandes habitaciones al lado de largos pasillos. En un lado tenía un garaje y un pequeño apartamento encima.

Felicia guiaba a Patience por el camino de entrada cuando la puerta se abrió e Isabel salió al largo porche.

—¿Cómo estás? —le preguntó con voz y gesto comprensivos.

—No genial, pero sobreviviré.

Isabel se acercó y la abrazó antes de llevarla adentro.

Patience tardó un segundo en adaptarse a la penumbra del salón y, al hacerlo, se quedó estupefacta al ver a un montón de mujeres sentadas en los sofás y a otras de pie charlando.

Noelle estaba allí junto con Pia y Charlie, Annabelle con su bebé en brazos e incluso Heidi, mucho más embarazada. Evie Stryker estaba hablando con Liz Hendrix. Montana, Dakota y Nevada estaban juntas y alzaron la mirada cuando ella entró.

Patience las miró.

—No lo entiendo.

Jo entró procedente de la cocina. Llevaba una jarra de algo parecido a margaritas y una batidora llena en la otra.

—Bebida sin alcohol por aquí para las que estéis dando el pecho —dijo agitando la jarra—. Lo bueno está en la batidora. No lo mezcléis.

Jo miró a Patience.

—Ey, es un asco que Justice se haya ido. Pero no te preocupes. Te emborracharemos y te animaremos. Le pondremos verde y mañana tendrás resaca. Es el comienzo del proceso de curación.

Entonces Patience lo entendió. Eso era lo que las mujeres del pueblo hacían las unas por las otras. Se presentaban a ayudar cuando había momentos duros y los hombres eran unos estúpidos. Comían helado y patatas fritas y bebían margaritas. Hablaban sobre sus propias rupturas y se ayudaban a superar el dolor. Había participado en innumerables noches como esa, pero sinceramente nunca se había esperado que le celebraran una a ella. Saber que sus amigas estaban tan preocupadas la hizo sentir mejor y peor porque, aunque les agradecía tanto amor, no le gustaba que cuando esa fiesta terminara, Justice seguiría lejos.

Charlie se acercó y la abrazó.

—Puedo darle una paliza. Tiene mucha habilidad, pero aún está herido y yo tengo la rectitud moral de mi lado.

—No le hagas daño. Es una pena, pero no quiero que le hagas daño.

Isabel se unió al abrazo y después las demás se acercaron a ofrecerle su cariño y su ayuda. En un momento determinado, se echó a llorar.

A finales de primavera, los Alpes Franceses eran prácticamente como todo el mundo los imaginaba, pensó Justice mientras esperaba en las estrechas calles de la aldea. Aún había nieve en las cimas de las montañas, corderos y terneros por los campos y flores por todas partes.

Estaba en la puerta de la tienda de quesos escuchando las conversaciones que lo rodeaban. La pareja de ancianos franceses discutía sobre qué cenar. Las dos mujeres alemanas estaban más interesadas en la excursión que harían por la tarde. El aire olía a pan recién horneado y a chocolate fundido. No se oían ni coches ni motores de avión, solo los sonidos de una vida más sencilla.

Justice ya había estado allí en la aldea con la familia. Siempre lo solicitaban cuando iban a alojarse a la vieja casa familiar. Tenían dos niños, un chico y una chica, y hacía años que los conocía. Le caían bien esos niños y le gustaba trabajar para ellos.

Hacía turnos de doce horas seis días seguidos a la semana. Tenía una habitación en la casa y el personal de la casa lo trataba bien. Aunque siempre existía la amenaza de peligro, no se encontraba en zona de guerra y le resultaba una misión sencilla.

Hasta ese día. Hasta que el sonido de la risa de Johann le había recordado demasiado a una niña que también disfrutaba de la vida. Hasta que la sonrisa que Greta le había lanzado a su marido le había hecho recordar a Patience.

Un Mercedes negro paró al final de la calle y dos hombres con traje oscuro bajaron. Inmediatamente, Justice echó a andar hacia ellos, preparado para sacar la pistola si era necesario. Pero entonces reconoció al hombre que dirigía el banco y a su hermano y los saludó. Volvió a su puesto junto a la tienda de queso y esperó mientras la familia compraba.

Se habría enfrentado a cualquier agresor y habría matado si hubiera sido necesario. Era parte de su trabajo. Aunque había planeado dejar ese trabajo y abrir la escuela de seguridad, no lo haría. Quedarse en Fool's Gold sería demasiado difícil. Por otro lado, Angel y Ford seguían sin aceptar su decisión e insistían en que volvería; el tiempo les quitaría la razón.

Greta salió de una tienda con una bolsa colgada del brazo.

—Están discutiendo por el queso —dijo riéndose—. Johann está muy testarudo hoy —lo miró y su sonrisa se desvaneció—. Tienes los ojos muy tristes, Justice. Creo que has dejado a una mujer, ¿verdad?

Él asintió.

—Tiene tu corazón y sientes la pérdida.

—Gracias por su preocupación, pero estoy bien.

—«Bien». Con esa palabra no me dices nada. Aunque mi marido me dice que soy una belleza, veo la verdad en el espejo. No estás aquí por el afecto que nos tienes. Estás aquí por el trabajo, ¿verdad? ¿Pero es donde deberías estar? ¿Ves la verdad en el espejo?

—¿Está intentando librarse de mí?

—Sabes que te confío la vida de mis hijos y que me

gustaría que te quedaras para siempre porque cuando estás cerca, me siento segura y Klaus también. Pero no eres... ¿Cómo es la palabra? Irremplazable.

La mujer se acercó y bajó la voz.

—¿La quieres?

Justice asintió.

—¿Te ha pedido que te marches o has tomado tú la decisión por ella?

—¿Cómo sabe...?

—¡Hombres! —dijo elevando la mirada al cielo—. ¿Por qué pensáis que sabéis mejor lo que hay que hacer? A Klaus le pasaba lo mismo. Su trabajo era demasiado peligroso y no quería que compartiera su vida con él porque decía que podrían matarlo en cualquier momento. Y aquí estamos, doce años después. ¿Que si siento miedo? ¡Claro! ¿Hay noches en las que no puedo dormir? Sí, por supuesto. Pero lo amo y he tenido mis hijos con él. El futuro llegará y entonces sabremos lo que pasará. Me decepciona que te hayas dado por rendido tan fácilmente.

—No me he rendido. He sido el que ha tomado la decisión difícil.

—¿Y eso es lo que ella quería?

No respondió.

Greta suspiró.

—Me imaginaba que no. Tonto, tonto...

Volvió a la tienda de quesos sacudiendo la cabeza. Justice la vio marchar sabiendo que esa mujer se equivocaba.

Él no podía... no podía...

La verdad lo embistió como un toro furioso. Maldijo al mirar a su alrededor y darse cuenta de lo que había hecho. De lo que había perdido. Al marcharse había permitido que su padre ganara. Incluso desde la tumba, Bart lo estaba separando de lo único que le importaba: la gente que amaba.

¿Cuándo se había convertido el sufrimiento en algo tan noble?

Ir desde los Alpes Franceses hasta Fool's Gold de forma tan apresurada no era fácil.

Tomó un tren a París y desde ahí un vuelo a Nueva York. Y después de una escala de seis horas, se subió a un vuelo a San Francisco, donde alquiló un coche para finalmente llegar al pueblo después de trece horas de viaje.

Eran casi las cinco de la mañana. Conducía por las tranquilas calles con el corazón acelerado y las palmas de las manos empapadas en sudor. No había llamado ni había avisado; se presentaría allí sin más, esperando lo mejor. Solo habían pasado dos semanas, así que Patience no podía haberse desenamorado de él tan rápidamente, ¿no? Aún tenía una oportunidad.

La convencería, se dijo. Le explicaría que había estado muy equivocado al pensar que alejarse de ella era el modo de protegerla. Le suplicaría si era necesario, le haría ver que pasaría el resto de su vida asegurándose de que fuera feliz y se sintiera protegida y amada.

Aparcó delante de la casa y fue hacia la puerta delantera. La casa estaba oscura y maldijo al darse cuenta de que era demasiado pronto para llamar y molestar a nadie. Después de todo por lo que habían pasado con su padre, lo único que haría sería asustarlas. Tenía que esperar hasta…

De pronto se giró y echó a correr.

Patience no estaba durmiendo en la cama, ¡estaba en el Brew-haha! Siempre hacía el turno de mañana.

Corrió por las tranquilas calles del pueblo; la herida aún le dolía, pero no le importó. Dobló una esquina y vio el brillo de las luces salpicando la acera.

Justo en ese momento, Charlie salía del local con un café para llevar. Estaba con un hombre. Los dos lo miraron y después ella le susurró algo a su acompañante. Pasó corriendo delante de ellos.

Dentro del establecimiento, había una multitud de personas. Varios policías sentados en mesas, algunos ejecutivos haciendo cola frente al mostrador y un par de señoras mayores acurrucadas en una esquina.

Pero a él solo le importaba Patience. Estaba junto a la caja registradora con una brillante sonrisa mientras hablaba con sus clientes. Solo él podía obviar ese entusiasmo fingido y ver sus ojeras y el modo en que la boca le temblaba un poco en las comisuras.

Le había hecho daño, pensó abatido. Le había roto el corazón. ¿En qué había estado pensando?

Fue hacia ella y, al verlo, a Patience se le paralizaron las manos y se le cayeron al suelo un par de billetes.

—Justice.

Quería decirle muchas cosas; quería contarle lo equivocado que había estado al marcharse, lo mucho que había temido hacerles daño a Lillie y a ella. Quería explicarle que no había tenido fe, que había pensado que el odio de su padre era fuerte, pero que ahora sabía que el amor lo era mucho más. Necesitaba que supiera que iba a trabajar con Ford y con Angel para abrir el Sector de Defensa Cerbero y que ella ya no tendría que volver a preocuparse de que se marchara.

Pero en lugar de hacerlo, se detuvo, le rodeó la cara con las manos y la besó.

—Lo siento —susurró—. Te quiero, Patience. Me equivoqué y espero que puedas perdonarme. Te amo.

La cafetería se sumió en un absoluto silencio y él pudo oír su propio corazón palpitar. Los enormes ojos de Patience se abrieron de par en par.

—Has vuelto.

—He vuelto y quiero quedarme. Si me aceptas. Quiero casarme contigo.

Alguien suspiró tras ellos.

—Es muy guapo —dijo una de las señoras mayores.

—Es un idiota.

—Bueno, pero aun así seguro que es muy ardiente en la cama.

—Debería casarse con él.

—Creo que lo hará.

Patience sonrió.

—¿Y si hablamos de esto en un sitio un poco más privado?

—Sería genial —volvió a besarla—. ¿Vas a casarte conmigo?

—Probablemente.

Él sonrió.

—¿Cuándo lo vas a decidir?

—Después de descubrir si de verdad eres ardiente en la cama.

Él se acercó y rozando su oreja con sus labios susurró:

—Lo soy.

A Patience la recorrió un cosquilleo y se abalanzó sobre él.

—¡Cuánto te he echado de menos!

—Yo también a ti. He sido un idiota.

—Has sido un hombre que sabe cuándo se equivoca y que se disculpa de un modo medio decente. Puede que tenga que casarme contigo después de todo.

Miró tras él y sonrió.

—Esta mañana vamos a estar un poco cortos de personal.

Justo en ese momento, Felicia entraba por la puerta con actitud decidida, pero adormilada.

—Buenos días —dijo con un bostezo—. La alcaldesa me ha llamado para decirme si podía venir a ayudar —lo vio—. ¡Justice! Has vuelto. Bien. No habrías sido feliz en ningún otro sitio.

—¿Tienes un análisis estadístico que respalde esa afirmación? —le preguntó él.

—No, es más bien una suposición mía. Una muy buena.

Patience rodeó a Justice por la cintura mientras salían del establecimiento.

—¿Cómo crees que ha sabido la alcaldesa Marsha que volverías?

—No tengo ni idea.

—Es muy misteriosa. Creo que tiene súper poderes —y acercándose más añadió—: Gracias por volver.

—Gracias a ti por perdonarme. Tengo mucho que contarte.

—Pues quiero oírlo todo, y en especial la parte en la que dices que estabas equivocado. Pero más tarde, ¿vale? Ahora vayamos a casa a contarle a Lillie que vamos a ser una familia para siempre.

Juntos pasearon por las serenas calles de Fool's Gold. A su alrededor las luces iban encendiéndose según los vecinos se levantaban para comenzar el día. Una vez en la casa, subieron las escaleras y Lillie se despertó en cuanto entraron en su habitación.

Los miró y empezó a reír.

—¡Lo sabía! Sabía que volverías.

Se abalanzó sobre él, que abrazó a madre e hija con fuerza.

Estaban juntos. Ya tenía su propia familia. Para siempre.

ÚLTIMOS TÍTULOS PUBLICADOS EN HQN

Un jardín de verano de Sherryl Woods

Al desnudo de Megan Hart

Noches de verano de Susan Mallery

Érase una vez un escándalo de Delilah Marvelle

Perseguida de Brenda Novak

El anhelo más oscuro de Gena Showalter

Provócame de Victoria Dalh

Falsas cartas de amor de Nicola Cornick

Aquel verano de Susan Mallery

Cuatro días en Londres de Erika Fiorucci

Sin salida de Brenda Novak

La misteriosa dama de Julia Justiss

Solo un chico más de Kristan Higgins

Difícil perdón de Mercedes Santos

Promesas a medianoche de Sherryl Woods

Noches perversas de Gena Showalter